儒林外史・書生現形記

楊昌年・編撰

中國歷代經典寶庫

20

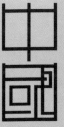

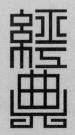

出版的話

時報文化出版的《中國歷代經典寶庫》已經陪大家走過三十多個年頭。無論是早期的紅底燙金精裝「典藏版」，還是50開大的「袖珍版」口袋書，或是25開的平裝「普及版」，都深得各層級讀者的喜愛，多年來不斷再版、複印、流傳。寶庫裡的典籍，也在時代的巨變洪流之中，擎著明燈，屹立不搖，引領莘莘學子走進經典殿堂。

這套經典寶庫能夠誕生，必須感謝許多幕後英雄。尤其是推手之一的高信疆先生，他秉持為中華文化傳承，為古代經典賦予新時代精神的使命，邀請五、六十位專家學者共同完成這套鉅作。二〇〇九年，高先生不幸辭世，今日重讀他的論述，仍讓人深深感受到他對中華文化的熱愛，以及他殷殷切切，不殫編務繁瑣而規劃的宏偉藍圖。他特別強調：

中國文化的基調，是傾向於人間的；是關心人生，參與人生，反映人生的。我們的聖賢才智，歷代著述，大多圍繞著一個主題：治亂興廢與世道人心。無論是春秋戰國的諸子哲學，漢魏各家的傳經事業，韓柳歐蘇的道德文章，程朱陸王的心性義理；無論是貴族屈原的憂患獨歎，樵夫惠能的頓悟眾生；無論是先民傳唱的詩歌、戲曲，村里講談的平話、小說……等等種種，隨時都洋溢著那樣強烈的平民性格、鄉土芬芳，以及它那無所不備的人倫大愛；一種對平凡事物的尊敬，對社會家國的情懷，對蒼生萬有的期待，激盪交融，相互輝耀，繽紛燦爛的造成了中國。平易近人、博大久遠的中國。

可是，生為這一個文化傳承者的現代中國人，對於這樣一個親民愛人、胸懷天下的文明，這樣一個塑造了我們、呵護了我們幾千年的文化母體，可有多少認識？多少理解？又有多少接觸的機會，把握的可能呢？

參與這套書的編撰者多達五、六十位專家學者，大家當年都是滿懷理想與抱負的有志之士，他們努力將經典活潑化、趣味化、生活化、平民化，為的就是讓更多的青年能夠了解繽紛燦爛的中國文化。過去三十多年的歲月裡，大多數的參與者都還在文化界或學術領域發光發熱，許多學者更是當今獨當一面的俊彥。

三十年後，《中國歷代經典寶庫》也進入數位化的時代。我們重新掃描原著，針對時代需求與讀者喜好進行大幅度修訂與編排。在張水金先生的協助之下，我們就原來的六十多冊書種，精挑出最具代表性的四十種，並增編《大學中庸》和《易經》，使寶庫的體系更加完整。這四十二種經典涵蓋經史子集，並以文學與經史兩大類別和朝代為經緯編綴而成，進一步貫穿我國歷史文化發展的脈絡。在出版順序上，首先推出文學類的典籍，依序有詩詞、奇幻、小說、傳奇、戲曲等。這類文學作品相對簡單，有趣易讀，適合做為一般讀者（特別是青少年）的入門書；接著推出四書五經、諸子百家、史書、佛學等等，引導讀者進入經典殿堂。

在體例上也力求統整，尤其針對詩詞類做全新的整編。古詩詞裡有許多古代用語，需用現代語言翻譯，我們特別將原詩詞和語譯排列成上下欄，便於迅速掌握全詩的意旨；並在生難字詞旁邊加上國語注音，讓讀者在朗讀中體會古詩詞之美。目前全世界風行華語學習，為了讓經典寶庫躍上國際舞台，我們更在國語注音下面加入漢語拼音，希望有華語處，就有經典寶庫的蹤影。

《中國歷代經典寶庫》從一個構想開始，已然開花、結果。在傳承的同時，我們也順應時代潮流做了修訂與創新，讓現代與傳統永遠相互輝映。

時報出版編輯部

【導讀】

士人精神的漂泊

楊昌年

吳敬梓（西元一七〇一清聖祖康熙四十年—一七五四清高宗乾隆十九年）的傑作《儒林外史》，自清乾隆中葉問世迄今，風行海內外二百四十年，被許為諷刺小說中的巔峰之作，筆者承邀改寫，願在卷首先列賞析要點，以供我廣大的讀者參考。

（一）、當代批判：

《儒林外史》（以下簡稱《外史》）假託明代，其實卻是作者身處的清初康雍乾三代。雖被稱為盛世，其實名不副實，敗壞已然萌生。政治上的鬥爭（雍正朝滿漢大臣結黨對立），官吏貪腐（甘肅官吏侵吞糧款，牽連七十人，被戮三十人），賄賂風行（安慶府書辦向鮑文卿許賄向府尊說情），賞罰不公（湯奏立功反被連降三級，蕭雲仙開渠利民反要鬻產賠款），貧富懸殊（鹽商一年娶七八個妾，貧農無力葬父迫得自殺，做官的知縣一年不下萬金，教館的文士只有十二刃），文字獄箝制，思想不得自由（盧信侯私藏抄本《方輿紀要》，獄案十年，父死家破）。綜上所述，再加上社會風氣卑劣敗壞，現實勢利的世風觀念，與風俗人情的澆薄互為表裡，導致社會風氣全面敗壞趨下。如此令人悵然的時代實質，實早已種下日後癰毒潰決，終無轉機衰世亡國的因素。

（二）、科舉毒害與禮教殺人：

這是作者最為痛恨的意識重點。八股文取士，士人只知揣摩經書，其他一概不知，學識囿限，以致於當上學台的范進竟然不知蘇軾是誰？如此固陋何能去任官治理？再說科場選才弊惡多端，抽樣如匡超人槍手替考。而士人的中與不中全憑考官的主觀，如篇中的「周進取范進」，那又老又窮的周進一旦當上了考官，立意要留心提拔老貧，及至見到范進立刻眼睛一亮，「這不就是當年的我嗎？」所以說當兩人初見之時，范進就已經中了，文章好不好並不重要。更不公的是周學道當下「就填了第一名」，可那時眾考生的閱卷程序還未開始，誰能保證其他卷中就沒有比范進更好的？

魯迅在〈狂人日記〉中痛心疾首吶喊反對的「禮教殺人」，在《外史》中翻現令人驚心動魄的「王三姑娘之死」。三姑娘夫死無子，立意殉死，稟告老父老秀才王玉輝。這位「腐儒」想到「烈女之父」的令名與「貞潔牌坊」的輝煌，心中暗喜，昧著良心口頭讚許。三姑娘生前沒沒無名，死後轟動全城，大小官員忙著來祭悼。請旌表、立牌坊，設宴來「慶祝一位烈女的產生」，邀請王秀才來赴宴，可能是要他即席發表「如何逼死女兒使能青史留名」的宏論。總算這腐儒不曾出席，《外史》作者以不忍人之心寫出了他的悔吝：「為什麼不要一個活生生的女兒，而要一座冷冰冰的貞潔牌坊」，只是女兒已死，醒悟已遲，大錯已無可挽回。

儒家學術是為我華族文化的骨幹，原本是合理而自然的，只怪在二千餘年的遞嬗過程中，眾多的陋儒、腐儒們曲解經義，寖成為戕賊人性、殺人不見血的凶器。時至當代，台灣已是全亞洲女性主義最為鮮明的範例，那些噩夢雖已過去遙遠，但在回顧之時，仍然使我們憤惋難平，為什麼會有如此毒害的發生？又為什麼任它橫行荼毒那麼長久？

（三）、士人精神的漂泊：

誠如樂蘅軍教授以「世紀的漂泊者」論《外史》群像（見樂著《古典小說散論》）。士人（讀書人）本是社會的中堅，如今在惡劣的世風中不能守正，竟然精神漂泊，行為失格。所謂「士大夫之無恥，是為國恥」，斯誠為著者吳敬梓衷心之大痛。對於士人的不學無品，名士們的虛偽造作，清客們的招搖撞騙，《外史》文本在此著力揭露反諷：抽樣如杜慎卿的水仙症（顧影自憐）與大頭症（人讚詩賦考試列為首卷，他還要再自抬身價，說是適逢有恙，進場以藥物自隨）。古首熱腸的馬二先生原來是個陋儒，遊西湖一路吃過去又一路吃回來，湖光山色，自然意蘊全不理會。余大先生在無為州收賄私和人命。小氣財神嚴監生臨死還惦念著減惢省油。楊執中的沽名釣譽，權勿用的詐術欺矇，匡超人的前恭後倨（狂妄自稱先儒匡子），等而下之的還有梅玖忝顏無恥的自吹與捧人，牛浦郎的冒名頂替，以及嚴貢生的排場扮戲，目的只為了要賴不付船銀。

如今，既然我輩士人仍然是社會的中堅，閱讀《外史》，是否該從這一面「士人之鏡」中去照見自己，省思檢討自身，前車之跡宛然在目，今世的我們委實是不能再重蹈的了！

（四）、禮、樂治世的理想：

儒家設計的「禮」、「樂」治世，簡言之：「禮」就是「不成文法」，重在養成國人合宜的言行習慣。而「樂以中和」，正也就是陶冶人性的良方。這二者若能普遍實施，效應當是能積極地消弭犯罪於事先，它的自然與理想，當然更勝法治的消極制裁於事後。吳敬梓眷戀儒家的至善社會，禮樂治世。在《外史》中大力宣揚他「知其不可為而為」的復古主張。南京雨花台有明代所建的先賢祠，祀吳泰伯以下五百先賢，年久荒廢，友人遲衡山倡議整修為泰伯祠（泰伯，周太王長子，有弟仲雍、季歷。季歷之子姬昌，就是後來的周文王。泰伯因知太王欲立季歷而傳姬昌，就偕弟仲雍南奔，斷髮文身，禮讓季歷。荊蠻之人欽敬，相從者千餘家，立為吳太伯，是為孝悌至德的標準人物），敬梓響應，賣掉安徽全椒的祖產老屋來促成盛事。用意即在啟示世人，立身行事，追懷效法先賢，忮求糾改現實虛妄的人心風氣。可惜的是言者諄諄，聽者藐藐，篇中結尾，蓋寬崔護重來，當年的賢人名士都已不在，泰伯祠又再度荒蕪了。

看起來吳敬梓的理想似是迂闊難行，但由樂理與不成文法的已見成效來看，一定就是可行的根本解決之道，我們殷切希望，現代的法治能與古代的禮樂精神揉合，以期相輔相成，達成完善理想。

（五）、藝術價值與版本考訂：

有清一代的寫實小說發展蓬勃，如晚清的《廿年目睹之怪現狀》、《官場現形記》，但因作者主觀的憎惡明顯，反使讀者們的感染減弱，只能歸之於「譴責小說」之流，未若《外史》能以客觀、自然的敘事，作者的冷靜客觀，翻能使得讀者們激動難安，收效宏大。《外史》啟示士人必要講求文（道藝）、行（品德）、出處（出仕隱退應合理合義），特別推崇平民高潔人物（篇首的王冕、篇中的鮑文卿、鳳四老爹、篇末的四客），強調「做人」比「做官」重要，學問可貴，適性的生活更可貴。「人格」比「富貴」更重要。《外史》的不朽價值就在於它具備的現代感，它對人生的切剖與人性的透視真實鮮活，人物性行的缺失常就是我們現代人的缺失，它所顯示的社會部分就是現代社會的寫照，而它所啟示的人生理想，正是我們現代人迫切需要的南針。它，就是這樣一本宣告人性尊嚴、促使人性向善、實現正確理想的好書。

而《外史》流傳二百餘年，版本多誤，不可不慎。如五十六回本末回「幽榜」（篇中人物不分賢愚全部上榜，當是迷戀科舉舊夢，陋儒的妄作）。六十回本增列沈瓊枝後嫁鹽商，僧房借種，破壞了作者特別揄揚巾幗英雄的形象，迷信猥褻，狗尾續貂當是無聊文人的東施效顰。《外史》閱讀，由平民人物王冕始至「添四客敘往思來」的韻文出現，首尾結構明晰，原本就已無須加添。

時報出版公司推出中國歷代經典寶庫，筆者應邀改寫《外史》，自忖從事文學教育，多年致力於協助學生們認知，強化自我，改寫宣揚《外史》意識與我的夙志相合。套書屢經再版，相信它的廣度與深度，必能對現代所有讀者們，提供啟發，引導的助益。

【改寫原則】

一、本書根據三民書局民國六十二年六月初版的《儒林外史》（繆天華校訂）改寫。

二、將全書卅六萬字篇幅中不重要的情節及敘述、描寫、對話繁冗處，予以刪略，精簡濃縮成十五萬字左右。

三、取材以不違作者原意，不遺漏重要情節為準。

四、將原本情節跳脫處，重新安排連接，使能貫連，系統明晰。

五、對話及詞語，如係當時活用，現代較難了解者，改以現代語法、詞彙表現。

六、回目另行設計，以章節方式處理。

七、有關特殊語辭（名詞、地名、官職等），均在各章篇後加註，或就今古不同處說明，難念字並加注音。

八、各章之後，並加筆者的批評分析，揭示改寫之意識重點，俾供讀者閱讀時參考。

儒林外史◆書生現形記

目次

一、苦盡甘來的周進

㈠薛家集的新學堂

山東省兗（ㄧㄢˇ yǎn）州府汶（ㄨㄣˋ wùn）上縣的一處鄉村，叫作薛家集，百十來戶人家，都是務農的，村口的一座觀音庵，是村裡公眾集會議事的所在。這一年是明朝憲宗成化末年①的正月初八，集上的人齊來庵裡商議鬧龍燈的事，為首的申祥甫一進來就打和尚的官腔：

「和尚！你新年新歲，也該把菩薩面前香燭點勤些！阿彌陀佛！受了十方的錢鈔，也要享受。」又叫：「諸位都來看看；這琉璃燈裡，只有一半的油。」指著一個穿得整齊點的老翁說：「不論別人，只這一位荀老爹，年三十晚上還送了五十斤油給你，白白都被你炒菜吃了，全不敬佛！」

和尚陪著小心，等他發過威風，過來伺候茶水。大家商議龍燈上廟的事，申祥甫道：「且住，等我親家來一同商議。」

正說著，外邊走進一個人來，兩隻紅眼圈，一副鐵鍋臉，幾根黃鬍子，歪戴著一頂瓦楞帽，身上青布衣服，就如油簍（ㄌㄡˇ lǒu）子一般，手裡拿著一根趕驢的鞭子。進門來跟眾人拱拱手，一屁股就坐在上席，這人姓夏，是薛家集的總甲②。夏總甲吩咐和尚餵驢，說是議完了事還要去縣門口黃老爹家吃年酒。蹺起一條腿來，自己用拳頭捶腰，一面捶一面說道：「俺如今作了這總甲，倒反不如你們務農的快活！想這新年大節，縣太爺衙門裡，三班六房，哪一位不送帖子來？我怎好不去賀節？每天騎著這個驢，上縣下鄉，跑得個昏頭暈腦，趕得緊又被這瞎眼的畜牲在路上打了個前失，把我跌了下來，跌得我腰胯腫疼。」

申祥甫道：「新年初三，我備了個豆腐飯邀請親家，想必是有事沒來？」夏總甲道：「你還說哩！從新年這七八天來何曾得一個閒？恨不得長出兩張嘴來還吃不完。就像今天請我的黃老爹，就是縣太爺面前的大紅人，他抬舉我，我要是不到，豈不惹他見怪？」

申祥甫道：「是西班的黃老爹，我聽說他從年裡頭就被老爺差出去辦事了，他家又沒兄弟兒子，敢問那是誰作主人？」夏總甲道：「這你又不知道了，今天的酒，是快班李老爹請的，李家的房子小，所以把筵席擺在黃老爹的大廳上。」

談到龍燈，夏總甲作主叫大家出分子，硬派荀老爹出了一半，其餘各戶也都認了捐，事情算是說定了。申祥甫又說：「孩子大了，今年要請一個先生，就在這觀音庵裡作個學堂。」

商議著要去城裡請先生，夏總甲道：「先生倒是現成的有著一個，就是城裡顧老相公家裡請的一位，姓周，官名叫作周進，年紀六十多歲，前任老爺取過他的頭名，卻還不曾中秀才③。顧家請了他三年，去年顧家的小舍人就中了，和咱鎮上梅玖一齊中的。那天高中回來，小舍人頭戴方巾，身上披著大紅紬（ㄔㄡˊ chóu），騎著縣太爺棚子裡的馬，大吹大打來到家門口，俺衙門的人都攔著敬酒。後來請出周先生來，顧老相公親自敬酒三杯，把他尊坐首席，點了一本戲，是梁灝（ㄏㄠˋ hào）八十歲中狀元的故事。顧老相公為這戲心裡不太喜歡，落後戲文唱到梁灝的學生卻是十七八歲就中了狀元，知道是替他兒子發兆，這才高興了。你們若要請先生，俺去替你們把周先生請來。」眾人聽了說好。

㈡梅相公譏笑老塾師

周先生到薛家集來，談妥每年館金十二貫錢，家長們湊分子請他，就請集上新中的秀才梅玖作陪。周先生來時，頭戴一頂舊毡帽，身穿元色紬舊長袍，那右邊的袖子和後邊坐處都破了，腳上一雙舊大紅紬鞋，黑瘦面皮，花白鬍子，看起來樣子真是寒酸得很。介紹之後，知道梅玖是一位秀才，周進謙遜著不肯上坐。梅玖對眾人道：「你們各位是不知道我們學校規矩的，老友是從來不同小友論年齡長幼入座的；只是今天情形不同，還是周長兄請上。」

原來明朝士大夫，稱儒學生員秀才叫作「朋友」，稱沒中秀才的童生是「小友」。童生進了學，那怕只十幾歲，也稱為「老友」；若是不進學，就是七老八十，也還只稱「小友」。

因為是請老師，大家尊周先生首席，梅相公二席，敬酒之後吃菜，周進居然不動，一問才知道他是吃素齋的。梅玖道：「我因先生吃齋，倒想起了一個笑話，是一首一字到七的詩。」眾人停下筷子聽他念詩，他念道：

「獃！秀才！吃長齋！鬍鬚滿腮。經書不揭開，紙筆自己安排，明年不請我自來！」

念完又說：「像我們周長兄，如此大才，獃是不獃的了。」又掩著口說：「秀才嘛，指日就是。只是那『吃長齋，鬍鬚滿腮』倒是一點兒也不錯！」說罷，哈哈大笑，眾人一齊笑將起來。

周進不好意思，申祥甫打圓場，要罰梅玖的酒。梅玖道：「該罰該罰！但這個詩說明了這個秀才，不是說周長兄。而且這吃齋也是好事。先年俺有一個母舅，一口長齋；後來進了學，老師送丁祭④的胙肉來。我外祖母就說：『丁祭肉若是不吃，聖人就要見怪了，大則降災，小則生病。』我母舅只得就此開了齋。像俺這位周長兄，只到今年秋祭，少不得有胙肉送來，不怕你不開齋哩！」眾人說他發的利市好，同斟一杯，向周先生預賀，把周先生臉上羞得紅一塊、白一塊的。

㈢王舉人的怪夢

開館的那天，申祥甫同著眾人領了學生來，七長八短的幾個孩子，拜見先生，周進上位教書。晚間學生回家去，周進把各家送的見面禮拆開來看；只有荀家是一錢銀子，另有八分銀子的茶錢；其餘也有三分的，也有四分的，也有十來個錢的，加起來還不夠付庵裡一個月的伙食費，一總包了，交給和尚收著再算。那些孩子，就像蠢牛一般，一時照顧不到，就溜去外邊打瓦踢球，每天淘氣，周進也只好忍耐著教導。

這一天下著雨，河岸下來了一條船，有個人帶著從人走上岸來。周進看那人時，頭戴方巾，身穿寶藍緞袍，腳下粉底皂靴⑤，三綹髭鬚，約莫三十來歲。走來學堂門口，和尚迎將出來，向周進介紹道：「這位王大爺，就是前科新中的王惠老爺，先生陪著，我去端茶。」

周進知道他是個舉人，記得看過他中舉的文章，奉承著道：「老先生的硃卷，是晚生熟讀過的；後面兩大股文章，尤其精妙。」王舉人道：「那兩股文章不是俺作的。」周進道：「老先生又過謙了，卻是誰作的呢？」

王舉人道：「雖不是我作的，卻也不是他人作的，那時第一場，初九日，天色將晚，第一篇文章還不曾作完，我自己心裡疑惑，平日筆下最快，今天如何遲了？正想不出來，不覺瞌睡，伏在號房⑥打一個盹；只見五個青臉人跳進來，中間一人，手裡拿一枝大筆，把俺頭上點了一點，就跳出去了。隨即一個戴紗帽紅袍金帶的人，揭開簾子進來，把俺拍了一下，說道：『王公請起！』那時俺嚇了一跳，通身冷汗，醒轉來，拿筆在手，不知不覺就寫了出來。可見考場裡鬼神是有的，小弟也曾把這話回稟過大主考座師，座師就說弟應該高中第一名。」

正話之間，一個小學生送作業上來，周進叫他放著。王舉人道：「沒關係，你只管批改，俺還有別的事。」周進只得上位批改。王舉人吩咐家人把船上食盒拿上來，叫和尚作飯，準備在此住夜。一回頭，一眼看見那小學生作業上的名字是「荀玫」，不覺就吃了一驚，咂嘴弄脣的，臉上作出許多怪樣來。等周進批完之後，他就問道：「剛才這小學生幾歲了？」周進道：「他才七歲。」

王舉人笑道：「說起來竟是一場笑話，弟今年正月初一日，夢見看會試榜，弟中在上面是不消說了；那第三名也是汶上人，叫作荀玫。弟正疑惑我縣裡沒有這麼一個姓荀的孝廉，誰知竟同著這個小學生的名字，難道我以後會和他同榜中進士不成？」說罷哈哈大笑，又道：「可見夢作不得準，況且功名大事，總以文章為主，哪裡有什麼鬼神？」

周進道：「老先生，夢也竟有準的，前日晚生初來，會著集上的梅朋友，他說也是正月初一日，夢見一個大紅日頭落在他頭上，他也就是這年飛黃騰達的。」

王舉人道：「這話更作不得準了，比如他進個學，就有日頭落在他頭上，像我這中過舉的，不就該連天掉下來是俺頂著的了。」

到了晚上吃飯，王舉人的管家捧上酒飯，鷄魚鴨肉堆滿一桌，王舉人也不讓周進，自己坐著吃了，收下碗去。其後和尚送出周進的飯來——一碟老菜葉，一壺熱水——周進也吃了。次日天晴，王舉人乘船啟行，撒滿了一地的鷄骨頭、鴨翅膀、魚刺、瓜子殼，倒教周進昏頭昏腦地掃了一個早晨。

㈣山窮水盡，峰迴路轉

此後，薛家集的人都曉得荀家的孩子是縣裡王舉人的進士同年，傳為笑話；同學的孩子都叫荀玫作「荀進士」。各家父兄吃醋，故意向荀老爹恭喜，稱他為封翁老爺，把個荀老爹氣得有口難言。申祥甫背地裡說小話，向眾人道：「哪裡是王舉人親口說的這番話！這就是周先生看到我們這一集上只有荀家有幾個錢，揑造出這話來奉承，逢時過節，圖他家多送兩個盒子。俺前日聽說，荀家炒了些麵筋豆干送去庵裡，又送過幾回饅頭、火燒，就是這緣故了。」眾人因此都不喜歡周進，將就混了一年，連夏總甲也嫌周進獃頭獃腦不知道常來送禮道謝，由著眾人就把周進給辭退了。

周進失業，在家裡生活艱難，他的姊丈金有餘是作生意買賣的，約他去作個記帳的，混口飯吃。周進心想，「癱子掉在井裡，撈起來也只是坐著。」沒奈何也只好答應了。跟著一夥客人到省城，看到工匠們在修理考試的貢院，他想挨進去看看，被看門的用大鞭子打了出來。晚間向姊夫說，金有餘只好用了幾個小錢，約著一夥客人一同去看。到了大門之下，人家指給他看道：「周客人，這就是秀才相公們進來的門了。」進去兩邊號房門，指著說：「這就是『天』字號了，你自己進去看看吧！」

周進一進了號，看到兩塊號板擺得整整齊齊，不覺眼裡一陣酸楚，長歎一聲，一頭撞在號板之上，直殭殭地不醒人事。慌得金有餘等同來的人連忙取水來灌救，三四個客人一齊扶著，灌了下去，喉嚨裡咯咯地響了一聲，吐出一口濃痰來。眾人道：「好了！」扶著站了起來，誰知周進看著號板，又是一頭撞將過去，放聲大哭。眾人拉勸不住，眼見他伏著號板，哭個不停，一號哭過，又哭到二號、三號，滿地打滾，直哭得口裡吐出鮮血來，看得眾人心裡悽慘。問這是為什麼？

金有餘道：「列位老客有所不知，我這位舍舅原本不是生意人，因他苦讀了幾十年的書，連秀才也不曾中得一個，今天看見貢院，就不覺傷心起來！」一句話說中了周進的真心事，又是放聲大哭起來。

有一個客人道：「論這事，只該怪我們金老客，周相公既是斯文人，為什麼帶他出來作生意事？」金有餘道：「也是為了貧窮，沒奈何才上了這條路的。」又一個客人道：「看令舅這個光景，畢竟胸中才學是好的，只因沒有人識得他，所以才受屈到此地步！」

金有餘道：「他才學是有的，無奈的是時運不濟！」那客人道：「監生⑦也可以進場，周相公既有才學，何不捐他一個監？說不定進場就中了！」金有餘道：「我也是這麼想，只是哪裡有這一筆銀子？」

此時周進停止了嚎哭，那客人道：「這也不難，現放著我們幾個兄弟在此，每人拿出幾十兩銀子，借給周相公納監進場，若是高中了作官，他哪會在乎我們這幾兩銀子？就算是周相公不還，我們跑江湖的，又哪裡不破費幾兩銀子？何況這是好事，各位意下如何？」眾人一齊道：「君子成人之美。」又道：「見義不為是無勇，俺們有什麼不肯？」

周進道：「若得如此，各位就是我的重生父母，我周進變驢變馬，也一定要報答各位！」一趴到地下，連連向各人磕頭道謝。

第二天，四位客人果然準備了二百兩銀交與金有餘，一切其他的使費，都是金有餘包辦。替周進辦妥了一個貢監首卷。到了進場考試之時，周進看到自己痛哭的所在，不覺喜出望外。自古道：「人逢喜事精神爽。」那七篇文字就作得像花團錦簇的一般，出場之後，仍舊和一眾客人同住在雜貨行裡，等到放榜那日，果然高高中了舉人。

這一下真是山窮水盡，峰迴路轉，一齊回到汶上縣，拜本縣父母官、拜學師。那典史拿晚生帖子上門來賀，汶上縣的人，不是親的，也來認親，不相與的⑧，也來認相與，足足地忙了個把月。

申祥甫得知消息，在薛家集湊了分子，買了四隻鷄、五十個蛋，和一些炒米飯團之類的，親自到縣城裡來賀喜，周進留他吃了酒飯去。荀老爹的賀禮是不消說的了。等到上京會試，所有的旅費服裝，都是金有餘替他籌辦。到京會試，一帆風順，又中了進士。

【註釋】

① 明憲宗成化末年：相當於公元一四七八年。

② 總甲：相當於現在的鄉、鎮長。

③ 科舉時代，讀書人沒考上府縣學校的叫童生。童生考上了府縣學校的叫作進學，稱為生員，或稱秀才。

④ 丁祭：每年於仲春及仲秋的上旬丁日（二、四、六等偶數日）祭奠至聖先師。

⑤粉底皂靴：白邊底的黑靴。

⑥號房：明代時稱應試諸生的席舍叫號房。試場有數千間小房，按千字文編列數，如：天、地、玄、黃之類。

⑦監生：科舉的程序是先中秀才，再參加舉人考試。自明景宗景泰年開始，設立納粟入監之例，沒中秀才的，也可以捐錢取得監生資格，參加舉人考試。

⑧相與：相識結交。

【批評分析】（）號中數表示是哪一節，以下各章相同。

㈠申祥甫作威作福的小人嘴臉。夏總甲吹牛漏底，老著臉遮蓋。

㈡以梅玖的刻薄、狂妄，襯托周進的窮苦無奈。

㈢以王惠的得意自大與周進的窮酸失意對比。

㈣申祥甫的勢利中傷；鄉人的淺陋妒嫉；夏總甲的貪圖小利（嫌周進不知常來送禮道謝）。金有餘與眾客的義助，是可貴的雪中送炭。峰迴路轉之後；小人們全都改變，爭著來認相與，表現譏諷的、鮮活的世態炎涼。

二、范進的故事

㈠周學道憐憫貧老

上文介紹的周進，中了進士作官；這一年擔任廣東學道①，他想自己正是這裡面苦出頭的，這番當權，一定要把卷子都細細看過，不可委屈了真才實學的人。去到廣州上任，第三場考的是南海、番禺（ㄆㄢ ㄩˊ pān yú）兩縣的童生。周學道坐在堂上，看那些童生紛紛進來，也有少的，也有老的；儀表端正的、獐頭鼠目的；衣冠齊整的、襤褸破爛的。後來點進一個童生來，面黃肌瘦，花白鬍鬚，頭上戴著一頂破氈帽。這時已是十二月上旬，那童生還穿著件蔴衣袍，直凍得瑟縮發抖，接了卷子，下去歸號。

周學道看在眼裡，想起自己以前的坎坷，特別憐憫注意。等到交卷的時候，那穿蔴布的童生上來交卷，衣服朽爛，在號子裡又扯破了幾塊，周學道看看自己身上，緋袍金帶，何等輝煌？翻翻名冊，問那童生道：「你就是范進？」

范進跪下道：「童生就是。」學道問：「你今年多大年紀了？」范進道：「童生冊上寫的是三十歲，童生實年五十四歲。」學道又問：「你考過多少次了？」范進道：「童生二十歲應考，到今考過二十多次。」學道問：「為何總不進學？」

范進道：「總因童生文字荒謬，所以各位大老爺不曾賞取。」周學道云：「這也未必盡然，你且出去，卷子待本道細看。」范進磕頭下去了。

那時天色還早，還沒有童生來交卷，周學道把范進的卷子用心用意看了一遍。心裡不喜，暗道：「這樣的文字，都說的是些什麼話！怪不得不進學。」丟過一邊不看了。又坐了一會，還不見有人來交卷，心想：「何不把范進的卷子再看一遍？如果有一線之明，也好可憐他的苦讀之志。」

從頭又看了一遍，覺得有點意思；正想要再看看，卻有一個童生來交卷，那童生跪下道：「求大老爺面試。」學道微笑道：「你的文章已在這裡了，又面試些什麼？」那童生道：「童生詩詞歌賦都會，求大老爺出頭面試。」

學道變了臉道：「當今天子重文章，像你作童生的，只該用心作文章，那些文章以外的雜學，學他作什麼？況且本道奉旨到此衡文，難道是來此同你談雜學的嗎？看你這樣務名而不務實，那正務自然荒廢，都是些粗心浮氣的說話，看不得了！左右的！趕了出去！」一聲吩咐，兩旁過去幾個如狼似虎的公人，把那童生叉著膊子，一直叉出大門之外。

周學道雖然趕了他出去，卻還是把他的卷子取來看看。那童生名叫魏好古，文字也還清通。學道想：「把他低低地進了學吧！」取過筆來，在卷尾上點了一點，作個記號。又取過范進的卷子來看，看完之後，不覺歎息道：「這樣的文字，連我看一兩遍也不能了解，直到三遍之後，才曉得是天地間最好的文章，真是一字一珠！可見世上糊塗試官，不知屈煞了多少英才。」連忙取筆細細圈點，卷面上加了三圈，即刻就填了第一名；又把魏好古的卷子取過來，填了第二十名。

發出案來，范進是第一。謁見的那天，周學道著實讚揚了一回。點到二十名，魏好古上去，又勉勵了幾句：「用心舉業，莫學雜覽。」第二天學道啟程返京，范進送出三十里之外，轎前鞠躬。

周學道又叫他到跟前吩咐道：「龍頭屬老成，本道看你的文字，火候到了，就在這科，一定發達。高中之後上京，我在京裡等你。」

㈡范進中舉

范進的家離城還有四十五里路，連夜回來，拜見母親。家裡住的是草屋，十分貧窮。他的妻子是集上胡屠戶的女兒。范進進學回來，母親妻子，俱各歡喜，正待作飯，只見他丈人胡屠戶，手裡拿著一副大腸和一瓶酒，走了進來。范進向他作揖，坐下。

胡屠戶道：「算我倒運，把個女兒嫁與你這現世寶窮鬼，歷年以來，也不知連累了我多少，如今不知是我積了什麼德，攜帶你中了個秀才相公，我所以帶個酒來賀你。」范進唯唯連聲，叫妻子把腸子煮了，燙起酒來，就在門前茅草棚下坐著；母親自和媳婦在廚下作飯。

胡屠戶又教訓女婿道：「你如今既中了相公，凡事都要立起個體統來，比如我這一行同行的，都是些正經有臉面的人，又是你的長親，你怎敢在我們跟前裝大？若是家門口這些種田的、扒糞的，不過是普通百姓，你若是同他們拱手作揖，平起平坐，這就是壞了學校規矩，連我臉上都無光了。你是個爛忠厚沒用的人，所以這些事我不得不教導你，免得惹人笑話。」

范進道：「岳父教訓的是。」胡屠戶喚道：「親家母也來坐下吃飯，老人家每天小菜飯，想也難過。我女兒也來吃些，自從進了你家門，這十幾年，不知豬油可曾吃過兩三回哩？可憐！可憐！」說罷，婆媳兩個都坐著吃飯。胡屠戶吃得醉醺醺的，這裡母子兩個，千恩萬謝，屠戶橫披著衣服，腆（ㄊㄧㄢˇ tiǎn）②著肚子去了。

第二天起，范進少不得要拜拜鄉鄰，魏好古又約了一班同案中的秀才，彼此來往。到了六月，同案的人約范進一齊去參加舉人考試。

范進沒有旅費，走去跟丈人商量，被胡屠戶一口吐沫吐到臉上，罵了個狗血噴頭道：「莫作你的春秋大夢！只中了一個相公，就癩蛤蟆想吃起天鵝肉來！我聽人說，就是中相公時，也不是你的文章，還是宗師看到你老，不過意，施捨與你的！如今癡心就想中起舉老爺來，這些中老爺的，都是天上的文曲星③；你不看見城裡張府上那些老爺，都有萬貫家財，一個個方面大耳。像你這尖嘴猴腮，就該撒泡尿自己照照，不三不四，就想吃天鵝屁！趁早收了這心，明年等我替你找一處塾館，每年尋幾兩銀子，養活你那老不死的老娘和你老婆是正經！你問我借盤纏，我一天殺一隻豬，還賺不得錢把銀子，都把與你去丟在水裡，叫我一家老小喝西北風？」

一頓夾七雜八，罵得范進不敢吭聲，辭了丈人回來，自己心裡想：「宗師說我火候已到。自古絕無場外的舉人，如不進去考他一考，如何能夠甘心？」和幾個同案的商議，瞞著丈人，到城裡去應試。出了場立刻回家，家裡已是餓了兩三天，被胡屠戶知道，又罵了一頓。

到了發榜的那天，家裡沒米下鍋，母親吩咐范進道：「我有一隻生蛋的母雞，你快拿去集上賣了，買幾升米來煮飨粥吃。我已是餓得兩眼都看不見了！」范進慌忙抱雞去賣。去了沒多久，只聽得一陣鑼響，三匹馬闖將過來；那三個人下了馬，把馬拴在茅草棚上，叫道：「快請范老爺出來，恭喜高中了！」母親不知是什麼事，嚇得躲在屋裡；聽到是兒子中了，才敢伸出頭來，說道：「諸位請坐，小兒方才出去了。」那些報錄人道：「原來是老太太。」大家簇擁著要喜錢。正在熱鬧，又是幾匹馬，二報、三報的也到了，擠了一屋的人，連茅草棚地下都坐滿了。

鄰居都來擠著看，老太太央求一個鄰居去尋范進。那鄰居飛奔到集上，一直尋到集東頭，看見范進抱著雞，插著個草標，一步一踱的，東張西望，在那裡尋人買。鄰居道：「范相公快些回去！恭喜你中了舉人，報喜的人在等著！」

范進以為是哄他，只裝著沒聽見，低著頭往前走；鄰居見他不理，走上來就要奪他手裡的雞。范進道：「你拿我的雞做什麼？你又不買。」鄰居道：「你中了舉人，叫你快回家去打發報錄的人。」

范進道：「這位高鄰，你曉得我今天家裡沒有米，要賣這隻雞去救命，為什麼拿這種話來哄我？請不要開玩笑，你自己回去吧，莫要耽誤我賣鷄。」鄰居見他不信，劈手把鷄奪了，摜在地下，一把拉了他回來。

報錄的見了道：「好了！新貴人回來了！」范進三兩步走進屋裡來，只見報帖已經升掛起來，上面寫著：「捷報貴府老爺范諱進高中廣東鄉試第七名亞元④，京報連登黃甲。⑤」

范進不看便罷，看了一遍，又念一遍，兩手一拍，笑了一聲道：「噫！好了！我中了！」說著，往後一跤跌倒，牙關咬緊，不醒人事。老太太慌了，忙將幾口開水灌了醒來；范進爬將起來，又拍著手大笑道：「噫！好了！我中了！」笑著就往門外飛跑，把報錄的和鄰居都嚇了一跳。范進跑了不多遠，一腳踹在泥塘裡，掙起來，頭髮都跌散了，兩手黃泥，淋淋漓漓一身的水，眾人拉他不住，只見他拍著手笑著，一直走向集上去了。

眾人大眼望小眼，一齊道：「原來新貴人歡喜得瘋了！」老太太哭道：「怎麼這樣命苦，中了一個什麼舉人，就得了瘋病，這一瘋幾時才得好？」娘子胡氏道：「早上出去還是好好的，怎的就得了這樣的病，這卻如何是好？」眾鄰居勸道：「老太太不要心慌，我們如今且派兩個人跟定了范老爺；這裡大家去家裡拿些鷄蛋酒米來，先款待著報錄的老爺們，再作商量。」

當下眾鄰居有拿雞蛋來的，有拿白酒來的，也有背了斗米來的，也有捉兩隻雞來的，娘子哭哭啼啼，在廚下收拾齊了，擺在草棚下。鄰居又搬了些桌凳，請報錄的坐著吃酒商議。

報錄的內中有一個道：「在下倒有一個主意，不知能不能行？」眾人問：「是什麼主意？」那人道：「范老爺平日可有最怕的人？他只因太歡喜了，痰湧上來，迷了心竅；如今只要他怕的這個人來打他一個嘴巴說：『報錄的話都是哄你的，你並沒有中。』他吃這一嚇，把痰吐了出來，就明白了。」眾人都拍手道：「這主意好得緊又妙得緊，范老爺最怕的，莫過於他的老丈人，肉案子上的胡老爹，快請胡老爹來！」

當下有一個人飛奔去請，半路上遇著胡屠戶，後面跟著個伙計，提著七八斤肉，四五千錢，正趕著來賀喜。進門見了老太太，老太太哭著告訴了一番。胡屠戶詫異道：「難道這樣的沒福氣！」外邊一片聲請胡老爹說話。胡屠戶把肉和錢交給女兒，走了出來；眾人把商量好的計劃告訴他。

胡屠戶作難道：「雖然是我的女婿，但如今他作了舉老爺，就是天上的星宿；天上的星宿是打不得的。我聽說打了天上的星宿，閻王就要撳去打一百鐵棍，發在十八層地獄，永不得翻身，我真是不敢作這樣的事。」

鄰居內一個尖酸的人說道：「算了吧！胡老爹！你每天殺豬，白刀子進紅刀子出，閻王已不知叫判官在簿子上記了你幾千條鐵棍，就是添上這一百棍，又打什麼要緊？說不定你救好了女婿的病，閻王敘功，從地獄裡把你提上第十七層來也未可知！」

報錄的人也勸胡屠戶，沒奈何只好作。屠戶被眾人說著推辭不了，只得連斟兩碗酒喝了，壯一壯膽，把小心眼收起，將平日裡凶惡樣子拿出來，捲一捲那油晃晃的衣袖，走上集去，鄰居五六個都跟著走。老太太趕出來叮囑：「親家，你只能嚇他一嚇，千萬莫把他打傷了！」眾鄰居道：「這個自然，用不著吩咐。」

來到集上，看見范進站在一個廟門口，披散著頭髮，滿臉汙泥，鞋子也掉了一隻，還在拍著掌，口裡叫道：「中了！中了！」胡屠戶凶神惡煞般走到跟前，罵一聲：「該死的畜生！你中了什麼？」一個耳光打過去，眾人忍不住笑；胡屠戶雖然大著膽打了一下，心裡到底還是怕的，一隻手發起抖來，不敢打第二下。

范進被這一耳光打暈了，昏倒在地。眾鄰居一齊上前，替他抹胸口、捶背心，搞了半天，漸漸喘息過來，眼神明亮，不再瘋了。眾人扶起，借廟門口一個外郎科中⑥姚駝子板凳上坐著；胡屠戶站在一邊，不覺那隻打人的手隱隱地疼將起來。一看手巴掌仰著，再也彎不過來；心裡懊惱，想著果然是天上的文曲星打不得的，如今菩薩計較起來了！想著想著越疼得厲害，連忙問郎中討了個膏藥貼著。

范進看著眾人，說道：「我怎麼坐在這裡？」又道：「我這半天昏昏沉沉，像在夢裡一般。」眾鄰居道：「老爺，恭喜高中了，剛才歡喜得引動了痰，現在好了。快請回家去打發報錄的人。」范進說道：「是了，我也記得是中的第七名。」一面綰了頭髮，向郎中借了一盆水來洗臉。一個鄰居早把那一隻鞋尋了來替他穿上。

范進看到丈人，老習慣還是怕他又要來罵。胡屠戶上前道：「賢婿老爺！剛才不是我敢大膽，是老太太的主意。」鄰居有一個人道：「胡老爹剛才這個嘴巴打得親切，范老爹洗臉，怕不要洗下半盆子豬油來！」又有一個道：「胡老爹，你這手，明天殺不得豬了。」

胡屠戶道：「我哪裡還會殺豬！有了我這位賢婿老爺，還怕後半世靠不著嗎？我常說我的這個賢婿，才學又高，品貌又好；就是城裡頭那張府周府的老爺們，也沒有女婿這樣體面的相貌。你們不知道，得罪你們說，我小老兒這一雙眼睛，卻是認得人的！想著以前我小女在家裡，長到三十多歲，多少有錢的富戶要和我結親，我自己覺得女兒像有些福氣的，畢竟要嫁與個老爺，今天果然不錯！」說罷，哈哈大笑，眾人都笑將起來。

回家時范舉人先走，胡屠戶和鄰居跟在後面，屠戶見女婿衣裳後襟滾皺了許多，一路上低著頭替他扯了幾十回。到了家門，屠戶高聲叫道：「老爺回府了！」老太太迎出來，看到兒子不瘋了，喜從天降；問報錄的，已是家裡用屠戶送來的幾千錢打發他們去了。范進拜了母親，也拜謝丈人，胡屠戶再三不安道：「一點點錢，還不夠你賞人的哩！」

(三)名與利一「舉」齊來

范進又謝了鄰居，正待坐下，忽見一個體面的管家，手裡拿著大紅全帖，飛跑了進來道：「張老爺來拜新中的范老爺。」話一說完，轎子已到門口；胡屠戶連忙躲進女兒房裡，不敢出來，鄰居也各自散了。范進迎了出去，只見那張鄉紳下轎進來，頭戴紗帽，身穿葵花色員領⑦，金帶皂靴。他就是舉人出身，作過一任知縣的張師陸，別號叫作靜齋。范進讓了進來，堂屋裡平磕了頭，分賓主坐下。

張鄉紳先道：「世先生同在本鄉，一向有失親近。」范進道：「晚生久仰老先生，只是無緣，不曾拜會。」

張鄉紳提起范進中舉的房師，高要縣的湯知縣，就是張靜齋祖父的門生，兩人正是親切的世弟兄。眼睛四面望了一望，說道：「世先生果是清貧。」就隨從手裡拿過一封銀子來，說道：「小弟卻也無以為敬，謹具賀儀五十兩，世先生權且收著，這華居其實住不得，將來賓客來往，很不方便；弟有空房一所，就在東門大街上，三進三間，雖不軒敞，也還乾淨，就送給世先生，搬去那裡住，早晚也好請教。」

范進再三推辭，張鄉紳急了道：「你我世弟兄，就如至親骨肉一般，若再推辭，那就是見外了。」范進這才把銀子收下，作揖謝了，又說了一會，打躬作別。

胡屠戶直等客人上了轎，才敢走出堂屋來；范進把銀子交給妻子打開，一封封雪白的細絲錠子，包了兩錠遞給胡屠戶道：「方才費老爹的心，拿了五千錢來，這六兩多銀子，老爹拿了去。」

屠戶把銀子握在手裡，緊緊地把拳頭舒過來道：「這個，你且收著，我原是賀你的，怎好又拿回去？」范進道：「眼見得我這裡還有這幾兩銀子，若用完了，再來向爹討來用。」

屠戶連忙把拳頭縮了回去，把銀子往腰裡揣，口裡說道：「也罷，你如今結識了這個張老爺，以後何愁沒有銀子用，他家的銀子，比皇帝家還多些，他家就是我賣肉的主顧，一年就是無事，肉也要用四五千斤。」又轉回頭來望著女兒說道：「我早上拿了錢來，你那該死的兄弟還不肯。我說：『姑老爺今非昔比，少不得有人把銀子送上門去給他用，這些錢送去，只怕姑老爺還不稀罕哩。』如今果然被我說準了，我拿了銀子回家去，罵這死砍頭短命的奴才！」說了一會，千恩萬謝，低著頭笑瞇瞇地去了。

此後果然就有許多人來奉承范進，有送田產的，有送店房的，還有破落戶，兩口子來投身為僕，圖蔭庇的，不過兩三個月，范進家奴僕、丫鬟都有了，錢米更是不消說；張鄉紳來催著搬家。搬進新房，唱戲、擺酒、請客，一連忙了三天。

㈣鄉紳新貴合作打秋風

到第四天，老太太起來吃過點心，走到第三進房子裡，看到范進的娘子胡氏，家常戴著銀絲髮髻，十月中旬，天氣還暖，她穿著天青緞套，官綠緞裙，正督率著家人、媳婦、丫鬟，洗碗盞杯箸。老太太看了，說道：「妳們嫂嫂姑娘們要仔細些，這都是別人家的東西，不要弄壞了。」

家人、媳婦道：「老太太，哪裡是別人的，都是您老人家的。」老太太笑道：「我家怎的有這些東西？」

丫鬟和媳婦一齊都說道：「怎麼不是？不但這些東西是，就連我們這些人和這房子都是您老太太家的。」老太太聽了，把細磁碗盞和銀鑲的杯盤，逐件看了一遍，哈哈大笑道：「這都是我的了！」大笑一聲，往後跌倒，痰湧上來，不醒人事。

慌得范府連忙延醫診治，一連請了幾個醫生，都說病已不治，挨到黃昏，老太太奄奄一息，歸天去了。

范家大辦喪事，大門上掛了白布球、新貼的廳聯，都用白紙糊了。滿城縉紳，都來弔唁。范進請了同案的魏好古，穿著衣巾，在前廳陪客；胡老爹上不了臺盤⑧，只好在廚房裡，或是女兒房裡，幫著量白布、秤肉、亂竄。

等到二七過了，范舉人念舊，拿了幾兩銀子，交與胡屠戶，託他仍去集上庵裡，請平日熟悉的和尚作頭，約大寺八眾僧人來念經，拜《梁皇懺》，放焰火，追薦老太太。屠戶拿著銀子來集上庵裡的滕和尚家，恰好大寺裡的僧官慧敏也在。這僧官因為有田就在左近，所以常來這庵裡。見面就說：「老爹這幾天一定都在女婿家忙著，沒見來集上作生意。」

胡屠戶道：「可不是嘛！自從親家母不幸去世，滿城鄉紳，哪一個不來，就是我主顧張老爺、周老爺在招呼著，大長日子，坐著無聊，只拉著我說閒話，陪著喝酒吃飯。見了客來，又要打躬作揖，累得不得了。我是個閒散慣了的人，不耐煩作這些事，想要躲著些，我小婿倒是不會見怪，只怕縉紳老爺們誤會了，會怪我這至親的不會幫忙。」說著就把要請僧人作齋的事說了，和尚聽了，屁滾尿流，連忙轉託僧官就去約眾準備。

僧官進城，遇到他的佃戶何美之，約去家裡款待，何美之夫婦兩個作陪，僧官熱了，脫了件衣服，敞開懷，凸出肚子，黑津津的一頭一臉肥油，三個人正吃得高興，不想被一群光棍探知，衝了進來說道：「好快活，和尚婦人，大青天白日裡調情！好一個僧官老爺，知法犯法？」不由分說，拿條草繩，把精赤條條的和尚同婦人一齊捆了，送去南海縣，等候知縣出堂報狀。

和尚悄悄叫人送信給范府，范舉人因母親作佛事，和尚被人拴了，忍耐不得，立刻拿帖子向知縣說了。知縣差班頭把和尚放了，女人交給丈夫領回家去；一班光棍扣著待審，光棍們慌了，求張鄉紳拿帖子到知縣處說情，知縣也准了，早堂時罵了幾句，一齊趕了出去。和尚和光棍們全都倒楣，在衙門口用了幾十兩銀子。

范府作佛事的時候，僧官跟一個和尚說張鄉紳的劣跡：「想起我前日裡的一番是非，哪裡是什麼光棍，就是他的佃戶，商議定了，作鬼作神來捉弄我。也不過是要費掉我幾兩銀子，好逼我把屋後一塊田賣與他。壞心害人反害自身，落得縣裡太爺要打他的莊戶，這才慌了老著臉拿帖子去說情，惹得縣太爺不喜歡。」又說張鄉紳沒脊骨的事好多，硬替外甥女作主許給魏好古，其實魏好古文章不通，前日裡替范府作薦亡疏，僧官拿給人看，說是一篇疏裡就寫別了三個字。

七七之期已過，張靜齋來候問，談起范母安葬，范進坦陳費用不敷，張靜齋說道：「守孝自是正理，但世先生為安葬大事，也要到外邊去設法使用，不必拘泥。現今高中之後，還不曾到貴老師處問候，高要地方肥美，或可秋風⑨一二，弟意也要去候敝世叔，何不同行，一路舟車費用由弟措辦，不須世先生費心。」

范舉人道：「極承老先生厚愛，但不知大禮上能不能行？」張靜齋道：「就是禮，也有權宜，想來沒什麼行不得的。」

鄉紳舉人，結伴同去高要縣湯知縣處打秋風，進了高要城，正巧知縣下鄉去了，兩位只得在一處關帝廟裡坐下。正坐著吃茶，外面走進一個人來，方巾闊服，粉底皂靴，蜜蜂眼，高鼻梁，落腮鬍子，主動來問哪一位是張老先生？哪一位是范老先生？兩人各自道了姓名，那人道：「賤姓嚴，舍下就在附近，去年宗師案臨，僥倖列為歲薦升為貢生⑩，與我本縣湯太爺是極好的相與。二位老先生，想必都是年家故舊？」二位各說了年誼師生，嚴貢生不勝欽敬，連忙吩咐家人，酒食招待，請二位先生上席，斟酒奉過來，說道：「本該請二位老先生降臨寒舍，一來蝸居恐怕不尊，二來就要進衙門的，要避嫌疑；就此備些粗碟，休嫌輕慢。」

張、范兩位恐怕臉紅，不敢多用，吃了半杯酒放下。嚴貢生道：「湯父母為人廉靜慈祥，真是本縣一縣之福。」張靜齋道：「敝世叔也還有些善政麼？」

嚴貢生道：「老先生，人生萬事都是個緣法，真個勉強不來的！湯父母到任的那天，全縣縉紳搭了個綵棚在十里牌迎接，小弟站在綵棚門口，等著鑼、旗、傘、扇、吹鼓手、衙役，一隊隊都過去了。轎子將到，遠遠望見湯父母兩朵高眉毛，一個大鼻梁，方面大耳，我心裡就曉得這是一位慈祥君子。卻又奇怪，幾十個人在那裡迎接，湯父母轎子裡的兩隻眼睛只看著小弟一個人。那時有個朋友，同小弟並站著，他把眼睛望一望湯父母，又把眼望望小弟，悄悄問我是否先前認得這位父母官，小弟從實說以前不識。他就癡心，只以為湯父母看的是他，連忙搶上幾步，意思要湯父母問他什麼。想不到湯父母下了轎，同眾人打躬，倒把眼望了別處，這才曉得剛剛不是看他，把他羞得不得了。

第二天，小弟到衙門謁見，湯父母諸事忙作一團，卻連忙擱下諸事，叫請小弟進去談，換了兩遍茶，就像相交過幾十年的一般。」張鄉紳道：「總是因為你先生為人有品望，所以敝世叔相敬；近來想必還是時時請教？」

嚴貢生道：「後來倒也不常進衙門去。實不相瞞，小弟為人率真，在鄉里間從不占人一點便宜，所以蒙歷來的縣太爺相愛；湯父母雖是不大喜歡會客，卻也凡事心照。就如前月縣考，把二小兒取在第十名，叫了進去，細細問他，著實關切。」

范舉人道：「我這老師看文章是法眼，既然賞鑒令郎，一定就是英才。可賀！」嚴貢生道：「豈敢！豈敢！」又道：「我們這高要縣是廣東出名的縣，一年之中，錢糧、耗羨⑪、花布、牛、驛、漁船、田房稅，不下萬金。」又用手在桌上畫著，低聲說道：「像湯父母這個作法，不過八千金；前任潘父母作的時候，實有萬金。他還有些枝葉，還用得著我們幾個要緊的人。」

說著，恐怕被人聽見，把頭扭轉來望門外；一個蓬頭赤足的小使，走了進來，望看他道：「老爺！家裡請你回去。」嚴貢生道：「回去作什麼？」小廝道：「早上關的那口豬，那人來討了，在家裡吵著哩。」嚴貢生道：「他要豬，拿錢來。」小廝道：「他說豬是他的。」嚴貢生道：「我知道了，你先去吧，我就來。」小廝又不肯去。張范二位道：「既然府上有事，老先生就請回吧。」嚴貢生道：「二位老先生有所不知，這口豬原是舍下的……」

話未說完，聽得一聲鑼響，知縣回衙，張范兩位整一整衣帽，叫管家拿了帖子，向嚴貢生謝了，來到宅門，投帖進去。知縣湯奉接了帖子，一個寫「世姪張師陸」，一個寫「門生范進」。

湯知縣心裡沉吟道：「張世兄屢次來打秋風，甚是可厭。但這回同著我新中的門生來見，不便拒絕。」吩咐快請。

(五)清官禁屠鬧出人命

湯知縣見著范進，才知他母親去世，正在遵制丁憂。湯知縣連忙換了孝服，後堂備宴，席上用的都是銀鑲杯箸。范進退前縮後地不舉杯箸，知縣不知是為何？張靜齋笑道：「世先生因為親喪守制，想是不用這個杯箸。」

知縣忙教換了一個磁杯，一雙象牙筷來，范進還是不肯舉動，再換了雙白竹筷來，這才舉箸。知縣疑惑他居喪如此盡禮，如果不用葷酒，這一桌的菜可不是全都不能用？看他舉起筷子，在燕窩碗裡揀了一個大蝦圓子，送到嘴裡，這才放下心來。

席上談起奉旨禁宰耕牛，高要縣的回子們向知縣行賄，湯知縣向張靜齋請教，說道：「張世兄，你是作過官的，這件事正該和你商量。方才有幾個回教教親，送了我五十斤牛肉，請出一位老師父來求我，說若是禁得太嚴，他們就沒有飯吃，求我略寬鬆一些，這叫著瞞上不瞞下，五十斤牛肉，你看我是受不受得？」

張靜齋道：「老世叔，這是斷斷使不得的了。你我作官的人，只知有皇上，哪知有教親？想起洪武年間，劉老先生……」

湯知縣道：「哪個劉老先生？」靜齋道：「就是劉基，他是洪武三年開科的進士，『天下有道』三句中的第五名。」范進插口道：「想是第三名。」

靜齋道：「是第五名，那墨卷是弟讀過的；後來入了翰林⑫，洪武帝私行到他家，就如宋太祖雪夜訪趙普的一般，恰好江南張王送了他一罈小菜，當面打開一看，都是些瓜子金。洪武聖上惱了，說道：『莫以為天下事都靠著你們書生。』到第二天，把劉先生貶為青田縣知縣，又用毒藥擺布死了。這個如何了得！」

知縣見他說得口若懸河，又是本朝確切的典故，不由得不信。請問如何處置？張靜齋道：「依小姪愚見，世叔就可在這件事上出個大名，明日將那老師父拿進，打他幾十個板子，取一面大枷鎖了，把牛肉堆在枷上，出一張告示在旁，申明他大膽行賄，上司訪知，知道世叔一絲不苟，陞遷就在不遠。」

湯知縣不該信了張靜齋的主意，第二天將回教大師父重責三十板，一面大枷鎖了，五十斤牛肉堆在枷上，縣前示眾。天氣炎熱，枷到第二天，牛肉生蛆，第三天老回子嗚呼死了。

眾回子心裡不服，一時聚眾數百，鳴鑼罷市，鬧到縣衙門前來，說道：「我們就是不該送牛肉來，也不該有死罪，這都是南海縣的光棍張師陸出的主意，我們鬧進衙去，揪他出來一頓打死……」將縣衙門圍得水洩不通，知縣大驚，細查才知是衙裡的下人透露風聲。

知縣與心腹衙役商議，幸得縣衙後門緊靠北城，先由幾個衙役溜出城外，乘夜用繩將張范兩位縋（ㄓㄨㄟˋ zhuì）出城去，換穿藍布衣服，草帽草鞋，尋一條小路，忙忙如喪家之狗，急急如漏網之魚，連夜回去。一面由學師典史出來安民，說了許多好話，眾回子這才散去。

㈥蘇軾不查荀玫

范進守喪服滿，上京應試，拜見老師周進，那時的周進已進陞作了國子監司業⑬。師生相見，周司業特別念舊，對范舉人十分親切。會試之後，范進果然中了進士。授職部屬，考選御史，幾年之後，欽點擔任山東學道。令下之日，范學道就來叩見周司業，周司業道：「山東雖是我的故鄉，我卻也沒有什麼事情煩勞你，只是心裡還記得訓蒙的時候，鄉下有個學生，叫作荀玫，那時才得七歲，這又過了十多年，想也長成人了；他是個務農的人家，不知可讀得成書？若是還在應考，賢契留意看看，果有一線之明，酌情拔取了他，也了我一番心願。」

范進聽了，專記在心。去往山東到任，考事行了大半年，才按臨兗州府，竟把這件事忘了，直到要發榜的頭一晚才想起來，自責道：「你看我辦的是什麼事！老師託了我汶上縣的荀玫，我怎麼並不照應？大意極了！」慌忙先在生員等第卷子裡一查，全然沒有；隨即在各幕客房裡把童生落卷取來，對著名字，坐號，一個個細查，查遍了六百多卷子，並不見有荀玫的。學道心裡煩悶道：「難道他不曾來考？」又擔心著：「若是有在裡面，我查不到，將來怎樣去見老師？還是要再細查，就是明天不發榜也罷。」

一眾幕賓，也為這件事疑猜不定；內中有一個少年幕客蘧景玉說道：「老先生這件事倒合了一件故事：數年前，有一位老先生點了四川學差，在何景明⑭先生家裡吃酒；景明先生醉後大聲道：『四川如蘇軾的文章，是該考六等的了。』這位老先生記在心裡，其後三年學差回來，再會何老先生時說：『學生在四川三年，到處細查，並不見蘇軾來考，想必是臨場規避了。』」

說罷，將袖子掩了口笑；范學道是個老實人，也不懂他說的是笑話，只是愁著眉道：「蘇軾既然文章不好，查不著也罷了；這荀玫是我老師要提拔的人，查不著，不好意思的。」

一個年老的幕客牛布衣道：「是汶上縣？何不在已取中入學的十幾卷裡查一查？」學道道：「有理，有理。」忙把已取的卷子來對，頭一卷就是荀玫。學道看了，不覺喜逐顏開，一天的愁都沒有了。

第二天發案，先是生員：一等、二等、三等，都發落過了，傳進四等的來。汶上縣學四等第一名上來的是梅玖，學道責他文章荒謬，吩咐左右，將他扯上凳去，照例責罰。梅玖急了，哀告道：「大老爺，看生員的先生面上開恩吧！」學道問：「你先生是哪一個？」梅玖答是現任國子監司業的周進。

范學道云：「你原來是我周老師的門生，也罷，姑且免打。」門斗放他下來跪著，學道責備他有玷周老師的門牆，把他趕了出去。

傳進新中秀才，頭一名點著荀玫，人叢裡一個清秀少年上來接卷。學道問：「你和方才這梅玖是同門麼？」

荀玫不懂，答不出話來；學道又問：「你可是周進老師的門生？」荀玫道：「這是童生開蒙的師父。」學道道：「是了，本道也在周老師門下。出京之時，老師吩咐來查你卷子，不想你已經取在第一。如你這少年才俊，不枉了老師的一番栽培，此後用心讀書，頗可上進。」荀玫跪下謝了。

荀玫被鼓吹送出門來，遇著梅玖還站在轅門外，荀玫忍不住問道：「梅先生，你幾時從過我們周先生讀書的？」

梅玖道：「你後生家哪裡知道，想著我跟先生求學時，你還不曾出世；先生那時在城裡教書，後來下鄉來，你們上學時，我已是進過的了，所以你不曉得。先生是最喜歡我的，說是我的文章有才氣，就是有些不合規矩；方才范學臺批我的卷子也是這話，可見會看文章的都是一樣的。你可知道，學臺為何不把我放在三等中間，就是因為不得發落，不能見面，所以才特地把我考在這名次，以便當堂發落，說出周先生的話來，明明地賣個人情；所以會把你進個案首，也是為此。俺們作文章的人，凡事都要看出人的細心，不可以忽略過了。」

此時荀老爹已經去世，申祥甫也老了，拄著拐杖來替荀玫賀學，集上眾人在觀音庵裡擺酒，和尚指著庵裡供著周大老爺的長生牌，上面寫著：「賜進士出身，廣東提學御史，今陞國子監司業周大老爺長生祿位。」左邊一行小字寫著：「公諱進，字蕢軒，邑人。」右邊一行小字：「薛家集里人，觀音庵僧人同供奉。」

兩人恭恭敬敬，同拜了幾拜，又同和尚走到後邊屋裡，周先生當年設帳的所在來看，堂屋中間牆上，還是周先生寫的聯對，紅紙都久已貼白了，上面十個字是：「正身以俟時，守己而律物。」梅玖指向和尚道：「這是周大老爺的親筆，你不該貼在這裡，快拿些水噴了，揭下來裱一裱，收著才是。」和尚諾諾連聲，急忙去辦。

【註釋】

①學道：各省主持教育、考試的官。

②腆：挺出。

③文曲星：主管文章盛衰的星宿。也叫文星。

④亞元：時稱鄉試第一名為「解元」、第二名為「亞元」。慣例填榜時先從第六名起，前五名最

後倒填。報錄人稱第七名為「亞元」，出於諂媚，也因為是填榜時的第二名。

⑤連登黃甲：中進士的榜用黃紙寫，叫作黃榜。進士為甲科。這是報錄人預賀中舉的人連中進士的吉利話。

⑥郎中：大夫、醫生。

⑦員領：圓領子的長袍。員，通圓。

⑧上不得臺盤：不懂禮節，不能在席面上應酬。

⑨秋風：抽豐、乞助於有餘者，一般所謂的敲竹槓。

⑩貢生：科舉時代，選府州縣學生員學行俱優的、升入太學，叫作貢生。

⑪耗羨：舊時代政府徵收漕糧，為防漕運耗損，在正額之外加收若干，叫作耗羨。

⑫翰林：文學侍從之官。唐氏設學士院，選文學之士為翰林學士，專掌制誥。明代改稱學士院為翰林院，掌秘書著作。清代凡進士朝考得庶吉士者，都稱為翰林，是為科舉最清貴的途徑。

⑬國子監司業：相當於現在國立大學校長。

⑭何景明：明代文學前七子中的領導人物，提倡擬古，主張文崇秦漢，詩必盛唐。

【批評分析】

㈠周學道推己及人，同情貧老，這是好的。但他主考不公平，卷子還未收齊即看，就先把范進取作了第一名。同時他排斥詩詞歌賦，以為是不必學的「雜學」，正代表著他的淺陋固執。此外從范進實際年歲與填報的不符，可看出當時科舉不實的缺漏。

㈡胡屠戶前倨後恭的小人醜態，刻劃入微。

㈢張靜齋的施惠於范進，是為了日後的利用合作。鄉人們的趨炎附勢，充分說明中舉前後的大不同，名利所在，難怪士人醉心在於此。

㈣胡屠戶的吹牛自誇，是為掩飾自卑的人性。張靜齋謀奪僧官田產，設下圈套害人，一付土豪劣紳嘴臉。舉人魏好古的文章不通，且有別字，又是科舉不公。嚴貢生誇張與官府結交，顯示人格卑劣；明白指出官府貪汙，一年不下萬金，他自己就是前任潘知縣收賄弄錢的爪牙。以此與第一章周進教讀的收入（一年館金十二貫）相比，真有天壤之別，難怪貧士們爭著要中舉作官，原因在此。

㈤范進的虛偽做作，居喪不用銀器象牙筷，卻能吃蝦圓子。張靜齋的不學：舉說劉基是洪武（明太祖年號）三年的進士，事實上劉基是元代至順年的進士；所舉洪武私訪劉基被貶一節，並無此事，全是張靜齋胡謅的，而范進湯知縣兩個也一樣的淺陋，居然相信。湯知縣熱衷功名，誤用張靜齋的建議，故意表現廉潔，草菅人命，幾乎釀成民變。足見當時官紳勾結為虎作倀之可惡。

㈥范進主持考試不公：若不是荀玫已取在第一，少不得他也會賣人情取中。更可笑的是他連蘇軾是誰都不知道，顯示舊時科舉，士人只讀四書、五經，作八股文，其他一概不知，淺陋的缺失極為嚴重。八股文害人，使得士人「出則為貪官汙吏，退則為土豪劣紳」，這一點正是作者吳敬梓最為痛心，在書中極力反對的意識重點所在。梅玖一段與第一章呼應，以前奚落周進，如今竟冒稱是周進的門生而求情免打，還說是范學台故意安排的當面發落，真是厚顏無恥。結尾又寫和尚的勢利，以前的窮酸塾師，如今居然被供起長生牌位來了。

三、兄弟兩人大不同

㈠嚴貢生橫行鄉里

上文提到過的嚴貢生，本名嚴大位，字致中。自和張范兩位作別之後，一連冒出兩宗與他有關的案子：一件是嚴貢生的緊鄰王小二，去年三月，嚴家的一口小豬走到他家，他慌忙送回嚴家。嚴家說豬到人家尋回最不吉利，就以八錢銀子賣與王家。這口豬在王家養到一百多斤，不想又錯走到嚴家去，嚴家把豬關了；王小二的哥哥王大吉到嚴家討豬，嚴貢生說豬本是他的，要討豬就得照時值估價，拿幾兩銀子來領回去。當時發生爭吵，嚴貢生的幾個兒子一齊動手，拿門閂麵杖把王大吉打了個臭死，腿都打折了。

另一件是個五六十歲的老者黃夢統，去年九月上縣來交錢糧，一時短少，央請中人向嚴貢生借二十兩銀子，言明每月三分利，寫立借約送在嚴府，還不曾拿錢。後黃夢統在親眷那裡借到了銀子，繳完錢糧。大半年後才想起此事，向嚴府取回借約，嚴貢生說當時若是立即取回借約，他就好把銀子借與別人生利；因為不曾取約，他那二十兩銀子不能動，誤了大半年利錢，該由黃夢統出。黃夢統請中人說情，情願買個蹄酒上門取約；嚴貢生不肯，扣留了黃夢統毛驢、米袋，又不還借約。

兩件事告到縣裡，知縣湯奉說道：「一個作貢生的，忝列衣冠；不在鄉間作些好事，只管如此騙人，實在可惡。」批准了兩張狀子，早有人把知縣的話通知嚴貢生，嚴貢生慌了，三十六計走為上策，腳底抹油一溜煙溜去省城。縣裡來找被告，嚴貢生已不在家，只得去找著嚴二老官。這位二老官叫嚴大育，字致和，和嚴致中是同胞兄弟，卻已分了家。這嚴致和是個監生，家私富足，他是個有錢而膽小怕事人。連忙留差人吃了酒飯，拿兩千錢打發了去。叫小廝趕緊請兩位舅爺來商議。

他的兩位妻舅姓王，一個叫王德，一個王仁，都是秀才。請到家來，王仁笑道：「你令兄平日常說同湯知縣是相識要好的，怎的這一點事就嚇走了！」嚴監生說哥哥一溜，差人只找著他要人，十分無奈。王仁以此事既與嚴監生無關，大可不必管它。王德卻說：

「衙門裡的差人，只因妹丈有錢，他們作事，只揀有頭髮的抓①，若說不管，他們就更加緊要人了。如今只有使用釜底抽薪的辦法。」

二人商量，要去尋著王小二、黃夢統，把豬還與王家，出錢為王大養傷，還給黃家借約等物。嚴監生道：「兩位老舅說的是，只是我那家嫂也是個糊塗人，幾個舍姪，就像生狼一般，一總不聽教訓，他們怎肯把豬和借約拿出來？」王德又出主意，教嚴監生花錢消災，另由王德、王仁立個文書給黃夢統，言明借約作廢無效。當下商議定了，一切辦得停妥，嚴二老官攬下了這二件不相干的事，連同衙門使費，共用去了十幾兩銀子。

這天嚴監生備酒致謝兩位舅爺，王仁談起嚴貢生並無才學，一個秀才不知是怎樣得來的，王德道：「這是三十年前的話，那時宗師都是御史出來，本是個吏員出身，知道什麼文章？」談起親戚之間，一年之中，總得彼此來往應酬幾次，而嚴貢生除了前年出貢豎旗杆，在他家擾過一席之外，從來不曾見他請過一次客。又談到嚴貢生出貢，拉著人出賀禮，把總甲地方都派了分子，縣裡的狗腿差更是不消說，弄了不少錢。還欠下廚子錢，屠戶肉案子上錢，至今不肯還，時常有人上門討欠，吵吵鬧鬧，不成體統。

嚴監生道：「便是我也不好說。不瞞二老舅，像我家還有幾畝薄田，夫妻四口度日，豬肉也捨不得買一斤；每當小兒子要吃時，在熟切店裡買四個錢的哄他就是了。家兄寸土也無，人口又多，過不得三天，肉一買就是五斤，還要白煮得稀爛。上一頓吃完，下一頓又要在門口賒魚，當初分家，都是一樣多的田地，白白都吃窮了。如今常端了家裡的花梨椅子，悄悄開後門去換肉包子來吃，你說這事如何是好？」兩位舅爺聽了，哈哈大笑。

㈡二娘扶正大娘死

嚴監生的夫人王氏沒生兒子，姨太太趙氏倒生下了一個小兒子，年方三歲。王氏的身體不好，病得沉重。趙氏殷勤侍奉湯藥，夜晚抱著孩子在床腳頭坐著哭。那一夜說甘願求菩薩收了她去，只求保祐大娘好了便罷。王氏說人的壽數有定，誰也不能替誰。趙氏說出內心的疑懼，害怕王氏一死，嚴監生另娶正室，晚娘會虐待妾生的兒子。

有一晚趙氏出去了一會，不見進來，王氏問丫鬟道：「趙家的哪裡去了？」丫鬟道：「新娘每夜擺個香桌在天井裡，哭求天地保祐奶奶！」王氏聽了，心裡感動，就主張自己若是死了，叫丈夫把趙氏扶正，作個填房。趙氏連忙把嚴監生請了進來，嚴監生又要請兩位舅爺來，說定此事，才好有個憑據。

第二天請來兩位舅爺，嚴監生把妻子的意思說了，來到王氏床前，王氏已是不能言語，把手指著孩子，點了一點頭。兩位舅爺木喪著臉，都不說話。嚴監生拿出兩封銀子來，每位一百兩，遞與兩位老舅道：「休嫌輕意。」二位雙手來接，這才開始哭出聲來，眼皮紅紅地出主意。

王仁道：「舍妹真是女中丈夫，可說是王門有幸；扶正的主意，恐怕老妹丈胸中也沒有這樣的道理，還要恍恍惚惚，疑惑不清，枉為男子。」

王德道：「你不知道，你這一位如夫人，關係你家三代；舍妹歿了，你若另娶一人，磨害死了我外甥，不但老伯伯母在天不安，就是先父母也不安了。」

王仁拍著桌子道：「我們念書的人，全在綱常上作工夫；就是作文章，代孔子說話，也不過是這個理。你若不依，我們就不上門了。」

嚴監生還是膽小，說道：「恐怕寒族多話。」兩位道：「有我兩人作主。但這事須要大作，妹丈，你再出幾兩銀子，明日只當我兩人出的，備十幾席，將三黨親戚都請來，趁舍妹眼見你兩口子同拜天地祖宗，立為正室，以後誰人再敢放屁？」嚴監生又拿出五十兩銀子來交與，兩位喜形於色去了。

吉日那天，親眷都到齊了，只有隔壁嚴大爺家的五個親姪子一個也不到。先到王氏床前立下王氏的遺囑，兩位舅爺都畫了字。嚴監生與趙氏穿戴起來，拜天地、拜祖宗，兩位舅爺舅奶奶與一對新人平磕了頭，管家、家人媳婦、丫鬟使女，幾十個人都上來向主人主母磕頭。趙氏進房拜王氏姐姐，王氏已是昏了過去。行禮已畢，擺開二十多桌酒席，吃到三更時分，奶媽出來報告：「奶奶斷氣了！」嚴監生哭著進去，只見趙氏扶著床沿，一頭撞昏過去。眾人連忙救醒，兀自披頭散髮，滿地打滾，哭得天昏地暗，亂成一團。兩個舅奶奶在房裡，乘著人亂，將一些衣服、金珠、首飾，一擄精空，連趙氏婚禮時戴的赤金冠子，滾在地下，也被舅奶奶拾了起來，藏在懷裡。

㈢嚴監生省油用一莖

嚴監生料理喜事喪事，鬧了半年。懷念亡妻，十分感傷，這天指著一張櫥櫃，向趙氏說道：「昨天當鋪裡送來三百兩利錢，是你王氏姊姊的私房，每年一送來我就交與她，今年又送這銀子來，可憐就沒人接了！」

趙氏談起王氏生前樂善好施，而自奉卻是十分儉樸，說著說著，一頭貓跳來嚴監生腿前，嚴監生一腳踢去，那貓跑到房裡床頭，只聽得一聲大響，床頭上掉下一件東西來，把地板上的酒罈子都打碎了，看時竟是貓把床頂上的板子跳塌了一塊，從上面掉下一個大篾簍子來，簍子裡一些黑棗滾出，露出一封封桑皮紙包，打開看時，竟是五百兩銀子。嚴監生歎道：「我說她的銀子哪肯就用完了？像這都是歷年積聚的，怕我有急事，好拿出來用；如今物是人非，她往哪裡去了！」

自此之後，嚴監生感傷成疾，還撐著每晚算帳，又捨不得銀子吃人參進補。兩位舅爺要去省城參加鄉試，前來辭行，嚴監生病在床上不能起床，叫趙氏拿出幾封銀子來送與舅爺，指著趙氏說：「這倒是她的意思，說姊姊留下來的一點東西，送與二位老舅添著作恭喜的盤費。我這病勢沉重，將來二位回府，不知還能不能見面？我死之後，二位老舅照顧你外甥長大，教他讀書進學，免得像我這一生受大房裡的氣。」

兩位舅爺走後，嚴監生的病一日重似一日，親眷都來問候，五個姪子，穿梭地過來。中秋以後，醫家都不再下藥了。這一晚已近彌留，擠了一屋的人，桌上點著一盞燈。嚴監生已是不能說話，喉嚨裡痰響得一進一出，總不得斷氣，還把手從被單裡拿出來，伸著兩個指頭。

大姪子上前問道：「二叔！你莫不是還有兩個親人不曾見面？」他就把頭搖了兩三搖。二姪子走上前來問道：「二叔！莫不是還有兩筆銀子在哪裡，不曾吩咐明白？」他把兩眼睜得溜圓，把頭又狠狠地搖了幾搖，越發指得緊了。

奶媽抱著哥子插口道：「老爺想是因兩位舅爺不在跟前，所以紀念？」他聽了這話，把眼閉著搖頭，那手只是指著不動。趙氏慌忙揩揩眼淚，走近上前道：「爺！只有我能知道你的心事。你是為那燈盞裡點的是兩莖燈草，不放心，恐怕費了油，我如今挑掉一莖就是了。」說罷，忙走去挑掉一莖；眾人看嚴監生時，點一點頭，把手垂下，登時就斷了氣。

㈣二相公迎親

嚴府喪事，過了頭七，兩位舅爺王德王仁科舉回來，齊來弔喪。又過了三四天，嚴大老官也從省裡科舉了回來，趙氏派人送去兩套簇新的緞服，齊臻臻的二百兩銀子。嚴貢生滿心歡喜，細問起妻子，知道她和兒子們也都得了趙氏的好處。當下換了孝巾，繫一條白布腰帶，走來隔壁，柩前叫一聲：「老二！」乾嚎了幾聲，下了兩拜。趙氏在書房擺飯，請兩位舅爺作陪。

王德說起監生之死，不得當面一別，甚是慘然。嚴貢生卻說公而忘私，國而忘家，科場是朝廷大典，大家去省城為朝廷辦事，就是不顧私親，也是於心無愧。問起他大半年來在省城的事，嚴貢生道：「只因前任學臺周老師舉了弟的優行，又替弟考出了貢；他有個本家在省裡住，是作過應天府巢縣知縣的，弟到省之後去會他，不想一見如故，要同我結親，把他第二個令嬡許與二小兒了。」

王仁問：「在省城就住在他家嗎？」嚴貢生道：「住在張靜齋家，他也是作過縣令的，是本縣湯父母的世姪。因在湯父母衙裡同席吃酒認得，相交起來。這一次和周家結親，就是靜齋先生的大媒。」又談起王小二、黃夢統那二宗官司，兩位舅爺說湯父母著實動怒，多虧令弟看得破，息下來了。嚴貢生道：「這是亡弟老實不濟，若是我在家，和湯父母說了；把王小二、黃夢統這兩個奴才，腿也砍折了。我等鄉紳人家，哪由得老百姓如此放肆？」

王仁忍不住道：「凡事只是厚道些好。」嚴貢生把臉紅了一陣。奶媽奉了趙氏之命出來問開喪安葬的事，嚴貢生說就要同二相公到省裡去招親，把亡弟的喪事推得一乾二淨。

趙氏在家掌管家務，原本想守著那孤子，長大出頭，不幸那孩子出起天花來，成了險症，醫治了七天，竟然死了。趙氏傷心絕望，整整哭了三天三夜，直哭得淚水已盡。料理了之後，請兩位舅爺來，商量要立大房裡第五個姪子承嗣。二位舅爺躊躇說大先生不在家，不便代他作主。還是派人上省城去請大老爺回來。趙氏無奈，只得依著言語，寫了一封信，派家人來富連夜進省去接大老爺。

來富來到省城，找到嚴貢生寓處，只見四個戴紅黑帽子的，手裡拿著鞭子站在門口，來富嚇了一跳，不敢進去。等著看見跟大老爺的四斗子出來，才叫他領了進去。看見敞廳上，中間擺著一乘彩轎；彩轎旁豎著一把遮陽大傘，上面貼著「即補縣正堂。」四斗子進去請，嚴貢生走出來，頭截紗帽，身穿圓領補服，腳下粉底皂靴。來富上前磕頭遞信，嚴貢生看了道：「我知道了，我家二相公今日婚禮，你且在這裡伺候。」

一屋子亂哄哄的，等到夕陽西下，還不見吹鼓手來，新郎二相公前前後後走著催問，嚴貢生在廳上大嚷叫四斗子快傳吹打的。四斗子道：「今天是個好日子，八錢銀子叫一班吹手還叫不動；老爺給了他二錢四分低銀子，又還扣了他二分，叫張府押著他來，也不管他這一日裡應承了幾家，這時候怎得來？」

嚴貢生發怒道：「放狗屁，快替我去催！來遲了，連你也一頓嘴巴！」四斗子翹著嘴，一路數說著出去，說道：「從早到晚，一碗飯也不給人吃，偏就有這些臭排場！」

直到上燈時分，連四斗子也不見回來；抬新人的轎夫和那些戴紅黑帽子的催得緊，廳上客人道：「也不必等吹手，吉時已到，且去迎親吧。」將掌扇掮起，四個紅黑帽的開道，來富跟著轎來到周家。那周家的天井裡不亮，沒有吹打的，只有四個紅黑帽的，一遞一聲，在黑天井裡喝道。

周家裡面傳出話來：「拜上嚴老爺，有吹打的就發轎，沒吹打的不發轎。」正吵鬧著，幸好四斗子領著兩個吹手趕來，一個吹簫，一個打鼓，冷冷落落地在廳上滴滴打打，不成腔調，兩邊聽的人，笑個不住。周家鬧了一會，沒奈何，只得把新人轎子發來了。新人進門，又是一番忙亂。這且按下不表。

(五)船上演出的鬧劇

嚴貢生率領兒子和新媳婦，擇吉返回高要縣，定了兩艘大船，言明船銀十二兩，立契到高要付銀。一艘坐著新郎新娘，一艘嚴貢生自坐。辭別親家，借了一副「巢縣正堂」的金字牌，一副「肅靜迴避」的白粉牌，四根門鎗，插在船上，又叫了一班吹手，開鑼掌傘，吹打上船。船家看他官派十足，十分畏懼，小心服侍，一路無話。

那天將到高要縣，不過二三十里路時，嚴貢生坐在船上，忽然一時頭暈，兩眼昏花，口裡作嘔，吐出許多清痰來。來富、四斗子，一邊一個，架著膀子，只是要跌；嚴貢生口裡叫道：「不好！不好！」四斗子扶他睡下，還是不住地呻吟，慌忙同船家燒了開水，拿進艙來。

嚴貢生將鑰匙開了箱子，取出一方雲片糕來，約有十多片，一片片剝著，吃了幾片，揉著肚子，放了兩個大屁，登時好了。剩下幾片雲片糕，擱在船板上，半日也不來查點；那掌舵的嘴饞，左手把舵，右手拈來，一片片送在嘴裡，嚴貢生只作沒看見。

少刻到岸，嚴貢生命來富叫來兩乘轎子，擺齊執事，將二相公與新娘先送到家去；又叫碼頭上人來把箱籠搬上了岸。船家水手來討喜錢。

嚴貢生轉身走進艙來，慌慌張張地四面看了一遭，向四斗子道：「我的藥呢？」四斗子道：「哪裡有什麼藥？」嚴貢生道：「方才我吃的不就是藥嗎？分明放在這船板上的。」

那掌舵的道：「想是剛才船板上的幾片雲片糕，那是老爺剩下不要的，小的大膽就吃了。」嚴貢生道：「吃了？好賤的雲片糕！你知道我這裡面是些什麼東西？」掌舵的道：「雲片糕無非是些瓜仁、核桃、洋糖、麵粉作成的了，有什麼東西？」

嚴貢生發怒道：「放你的狗屁，我因素日有個暈病，費了幾百兩銀子合了這一料藥，是省裡張老爺在上黨作官帶了的人參，周老爺在四川作官帶了來的黃蓮。你這奴才！豬八戒吃人參果，全不知滋味，說得好容易！是雲片糕！方才這幾片，不僅是值好幾十兩銀子，而且我將來再發暈病，卻拿什麼藥來醫？你這奴才，害得我不淺！」叫四斗子開拜匣，寫帖子：「送這奴才到湯老爺衙裡去，先打他幾十板子再說！」

掌舵的嚇壞了，陪著笑臉。嚴貢生寫了帖子，遞給四斗子，四斗子慌忙上岸，一夥搬行李的，幫著船家攔著，兩艘船上船家都慌了，求嚴老爺開恩，嚴貢生越發惱得暴跳如雷。搬行李的腳夫出來，捺著掌舵的磕頭告饒，嚴貢生這才轉彎道：「既然你眾人說情，我又喜事匆匆，且放了這奴才，再和他慢慢算帳。」罵完之後，船錢不付，揚長上轎，行李小廝跟著，船家眼睜睜地看著他就這樣去了。

㈥狠心大伯謀產興訟

嚴貢生回到家，看到妻子正在騰出上房，要讓給新媳婦住。嚴貢生罵道：「我早已打算定了，要妳瞎忙什麼！二房裡放著的高房大廈，不好住嗎？」他妻子道：「他家的房子，為什麼要讓你的兒子住？」嚴貢生道：「他二房無嗣，難道不要立嗣？」妻子道：「這不成，他要過繼的是我們的第五個。」嚴貢生道：「這哪能由她，趙家的算是個什麼東西？我替二房立嗣，與她什麼相干？」

正好趙氏已約了王德王仁兩位舅爺，請大老爺過去。嚴貢生過去，見了王德、王仁，之乎也者了一頓；便叫過管事家人來吩咐，將正宅打掃出來，明天二相公同二娘來住。趙氏聽了，還以為他把第二個兒子來過繼，急著向兩位舅爺說道：「媳婦過來，自然住在後層，怎倒叫我搬出來？媳婦住著正房，婆婆倒住著廂房，天地間也沒有這種道理！」王德、王仁怕著嚴貢生凶惡，不敢替趙氏作主，出來說了幾句淡話，推說要作文會，作別去了。

嚴貢生擺出家主威風，拉把椅子坐下，將十來個管事的家人都叫來，吩咐道：「我家二相公，明日過來承繼了，是你們的新主人，須要小心伺候。趙新娘是沒有兒女的，二相公只認她是父妾，她不能再占著正屋；你們媳婦子把後進打掃兩間，替她搬過東西去，趕緊騰出正屋來，好讓二相公住。彼此間也要避個嫌疑，二相公稱呼她新娘，她叫二相公二娘是二爺二奶奶；過幾日，二娘來了，是趙新娘先過來拜見，然後二相公過去作揖。我們鄉紳人家，這些大禮，都是差錯不得的！你們各人管的田房利息帳目，都要連夜整理列單，先送給我細細看過，好交與二相公查點；此後比不得二老爺在日，小老婆當家，憑著你們這些奴才矇混作弊！日後若是有一點欺隱，我把們這些奴才，每人先打十板，還要送到湯老爺衙門裡，追回工錢米飯！」

家人媳婦奉命來催趙氏搬房，被趙氏一頓臭罵，鬧了一夜。次日一乘轎子抬到縣門口喊冤，湯知縣叫備了狀子，隨即批出：「仰族親處覆。」趙氏備了幾席酒，請親長們來家。族長嚴振先，平日最怕嚴大老官；兩位舅爺王德、王仁，坐著就像泥塑木雕的一般，總不置一個可否；趙氏娘家，兄弟趙老二在米店作生意，姪子趙老漢在銀匠店扯銀爐，本就是上不得臺盤，才要開口說話，被嚴貢生睜眼喝了一聲，竟就不敢言語。兩個人心裡也想著趙氏平日只敬重兩位舅爺，把娘家的人反而冷落，今日裡犯不著為她得罪嚴老大，「老虎頭上撲蒼蠅」——何必！落得作個好好先生。

趙氏在屏風後，見眾人都不說話，急得像熱鍋上螞蟻一般；自己隔著屏風，請教大爺，數說從前已往的話。數了又哭，哭了又數，捶胸跌腳，號作一片。嚴貢生聽著，不耐煩道：「像這潑婦，真是小家子出身，我們鄉紳人家，哪有這樣的規矩？不要惱犯了我的性子，揪著臭打一頓，叫媒人領出去發嫁！」趙氏越發哭喊起來，喊得半天雲裡都聽得見，要奔出來揪他、撕他；是幾個家人媳婦勸住了。

次日商議寫覆呈；王德、王仁道：「身在黌宮②，片紙不入公門。」不肯列名。嚴振先只得含混覆了幾句：「趙氏本是妾扶正③，也是有的；據嚴貢生說與律例不合，不肯叫兒子認作母親，也是有的。總候大老爺裁斷。」

那湯知縣也是妾生的兒子，見了覆呈道：「律設大法，理順人情，這貢生也太多事了！」就批說：「趙氏既扶過正，不應再說是妾；如嚴貢生不願將兒子承繼，聽趙氏自行揀擇，立賢立愛④可也。」

嚴貢生看了這批，頭上火冒十丈，立即寫呈告到府裡，沒想到那府尊也是有妾的，也覺得嚴貢生多事，命高要縣查案。知縣查覆上去，批下來還是照舊。嚴貢生更急了，再到省城按察司告狀，司裡批下說不是重大之事，應向府縣申告。嚴貢生沒法了，回不得頭，心想：「國子監周司業是我親家一族，不如趕去京裡求他，在京師部裡告下狀來，務必要正名分。」趕去京裡，大膽寫個眷姻晚生的帖求見周司業，周司業一查，不是什麼親戚，不相干的人不見。嚴貢生又碰了一鼻子灰。

【註釋】

①揀有頭髮的抓：找有錢的人進攻。

②黌宮：學校。

③妾扶正：由姨太太成為正室太太。

④立賢立愛：立品行優良的，或是喜愛的人為嗣。

【批評分析】

㈠土豪劣紳嚴貢生橫行鄉里的種種劣跡。衙門中的黑暗，專揀有錢的人敲詐。從王德口中說出取嚴貢生為秀才的宗師是吏員出身，本身就是外行，所以才會取中嚴貢生這種不學無術的人。嚴氏兄弟兩人的行為是強烈的對比：哥哥的奢侈、擺闊、充場面，變賣田產，用椅子去換肉包子，欠下作小生意的錢而賴債不還；富有的弟弟卻又過分吝嗇，連肉都捨不得買。臨死還捨不得兩根燈草耗油，吝嗇的鄙性，可見一斑。同樣的都是人性缺失。

㈡趙氏努力爭取扶正，顯示舊時代妾侍身分地位的可悲。王德、王仁兩個讀書人一心為錢，只要有錢就可以雇他們出力；他們的妻子也一樣，只會乘亂擄竊財物。卻沒有絲毫親情道義。

㈢嚴貢生沒有手足之情，對自己闖下的禍事仍然狂妄不認，又在為子迎親一段裡，可以看出他對下人的苛刻。他在船上演出裝病鬧劇，為的只是不付船銀，更暴露他生性之卑劣。他凶惡面目的全盤顯露莫過於欺凌婦寡，謀奪亡弟財產的不仁不義。

㈣王德、王仁的原形畢露，袖手旁觀，然不顧信義，使他兩人的名字成為一個巧妙的反諷。

四、郭孝子萬里尋親

㈠王老爺的預兆應驗

上文提到周司業特別關照提拔的小童生荀玫，科舉一帆風順，省試舉人，高高中了；進京會試，又中了進士。明朝的規矩，舉人報中了進士，立刻就在住處擺起公案來陞座，長班們參拜磕頭。這一天正磕著頭，外面傳呼接帖子：「同年同鄉王老爺來拜。」

荀玫迎了出去；只見王惠鬢髮皓白，進門一把拉著手，說道：「年長兄，我與你是天作之合，不比尋常同年弟兄。」談起王惠昔年夢見與荀玫進士同榜，荀玫也還依稀記得，是幼年時他啟蒙老師周司業說過的。如今奇夢應驗，一老一少，結成忘年之交。王進士在京中有房，便邀了荀進士同住。殿試兩位同授工部主事；俸滿後又一齊陞了員外。

那一日寓處閒坐，有一位擅長扶乩神數的陳和甫來拜。談起他乩壇的各種靈驗，兩位便請一問陞遷的事。陳和甫取來沙盤乩筆擺上，先請二位老爺默祝，二位祝罷，將乩筆安好；陳和甫拜了幾拜，燒了一道降壇的符，便請二位老爺兩邊扶著乩筆，又念了一遍咒語，燒了一道啟請的符，只見那乩漸漸動起來，陳和甫跪獻奉茶。

那乩筆畫了幾個圈就不動了；陳和甫又焚了一道符，叫眾人安靜，長班家人都站去外邊。又過了頓飯時，那乩扶得動了！寫出四個大字：「王公聽判」。

王員外慌忙下拜，求問大仙名號，那乩旋轉如風，寫下一行道：「吾乃伏魔大帝關聖帝君是也。」一嚇得三人連忙下拜。兩位員外扶乩，那乩運筆如風，陳和甫一旁記錄，竟是一闋西江月：

羨爾功名夏后，一枝高折鮮紅。大江煙浪杳無蹤，兩日黃堂坐擁。

只道驊騮開道，原來天府夔龍；琴瑟琵琶路上逢，一盞醇醪（ㄔㄨㄣˊ ㄌㄠˊ chún láo）心痛。

王員外道：「頭一句功名夏后，是夏后氏五十而貢，我恰是五十歲登科的，這句驗了；

此下的話，全然不解。」陳和甫道：「關夫子是從不誤人的，老爺收著，日後必有神驗，況且這詞上說天府夔龍，想是老爺陞任直到宰相之職。」王員外被他說破，心裡歡喜。荀員外拜求夫子判斷，那乩筆三回判的都是一個「服」字，十分不解。

誰知到晚上就已應驗，長班來報：「荀老爺家有人到。」只見荀家家人掛著孝，飛跑進來磕頭跪稟：「老太太已於前月二十一日歸天。」荀員外哭倒在地；跟著就要遞呈丁憂服喪。王員外卻說目前考選科道在即，若是服喪三年，豈不是躭誤了功名。吩咐荀家人換下孝服，先行瞞著。請了吏部掌案的金東崖來商議，金東崖說，若有大人們保舉，可以能員留部，在任守制。

到晚上荀員外換了青衣小帽，悄悄去求周司業、范通政兩位老師保舉，兩位都答應了。又過了兩三日，卻回覆說：「官小，與『奪情』之例不合。奪情須是宰輔或九卿班上的官，或是外官在邊疆重地的也行。工部員外是個閒曹，不便保舉奪情。」

荀員外無奈，只得送呈丁憂。王員外告了假，陪著他回到汶上縣薛家集去，借了上千兩的銀子與荀家辦理喪事。一連開了七天的弔，司道、府縣的主管官員，都來弔唁。喪事完畢，王員外回京，荀員外謝了又謝，一直送出境外才作別分手。

(二)衙門裡的三種聲音

王惠返京銷假，官運轉變，奉旨補授江西南昌知府。到了南昌，前任的蘧太守年老告病，已經出了衙門，印務由通判署理。為了移交的事，蘧太守老病，耳朵聽話也不甚明白，派他兒子蘧景玉過來領教。看到蘧公子時，翩然俊雅，舉動超俗。談起蘧太守的辭官，蘧公子道：「家君常說宦海風波，實難久戀。何況作秀才時，原本幾畝薄產，可供生活；先人留下的敝廬，可蔽風雨，就是琴罇爐几、藥欄花榭，也都還有幾處可供消遣。所以在風塵勞攘之時，多有長林豐草之思，如今掛冠，初志可遂了！」

王太守道：「老世台將來不日高科鼎甲，老先生好作封翁①享福了。」

蘧公子道：「老先生，人生的賢與不肖，倒也不在科名；晚生只願家君早歸田里，使我得以承歡膝下，這就是人生至樂的事了。」

說到移交，王大守面有難色。蘧公子道：「老先生不必太費清心。家君在此數年，布衣蔬食，過的仍是儒生生活；歷年所積俸餘，約有二千餘金。如此地倉穀馬匹，雜項之類，有什麼缺少不足之處，都將此項送與老先生任意填補。家君知道老先生京官清苦，不敢有累。」王太守見他說得大方爽快，這才歡喜，放下心來。

酒筵時王太守慢慢問道：「地方人情，可還有什麼出產？詞訟裡可也略有些什麼通融？」

蘧公子道：「南昌地方的人情，鄙野有餘，巧訟不足；若說地方出產及詞訟之事，家君在此，准的詞訟很少，若不是綱常倫紀大事，其餘有關戶婚田土的，都批到縣裡去辦，重點在安定息訟、與民休息。至於利之所聚，也絕不去搜剔，或者有也不可知。老先生問著晚生，只怕是問道於盲了。」王太守笑道：「可見『三年清知府，十萬雪花銀』的話，如今也很不確實了！」

酒過數巡，蘧公子見他問的都是些鄙陋的話，就又說起：「家君在此，無他好處，只落得個訟簡刑清，前任臬司②向家君說，南昌衙裡有三樣聲音，是吟詩聲、下棋聲、唱曲聲。」王太守大笑。

蘧公子說道：「將來老先生大力振作，只怕要換成另三種聲音，戥（ㄉㄥˇ děng）子聲③、算盤聲、板子聲。」王太守不知這話是在譏誚他，正色答道：「如今我們要替朝廷辦事，只怕也不得不如此認真。」

王太守開始辦公，果然放出了手段，雷厲風行。釘了一把頭號的庫戥，把六房書辦都傳進來，問明了各項餘利，不許欺隱，全部入官歸公，三日五日一比。打人用的是頭號板子，把兩根板子拿到內衙上秤，一輕一重，作了暗記；坐堂之時，吩咐叫用大板，衙隸若是取那輕的，就知他是得了犯人的錢，立即取重板子打衙隸。一些衙役百姓，一個個被他打得魂飛魄散；滿城的人，無一不知太守的厲害，連睡夢裡也是怕的。因此各位上司訪聞，都說他是江西第一位能員。

㈢一盞醇醪心痛

南昌知府作了兩年多，江西寧王造反，各路戒嚴，朝廷陞王惠為南贛道道臺，負責軍需。王惠接到緊急文書，星夜赴南贛到任；到任不久，出差查看軍需臺站，大車駟馬，一路曉行夜宿。那一天到了一地，公館設在一所大房子。進去抬頭一看，廳上懸匾、上帖紅紙，四個大字是「驊騮開道」，王道臺吃了一驚；掩門用飯的時候，忽然一陣大風，吹落紅紙，現出裡面綠底的四個大字是「天府夔龍」。王道臺不勝駭異。這才曉得關聖帝君判斷的話已應驗。那「兩日黃堂」，就是南昌府的「昌」字了。

第二年，寧王的兵打敗了南贛官軍，百姓開城，四散逃去。王道臺也抵擋不住，黑夜裡乘了一只小船逃走；到了大江之中，正遇著寧王百多條大戰船，明盔亮甲。船上千萬火把，照見了小船，一聲叫：「拿！」幾十個兵卒跳上船來，衝進中艙，把王道臺反綁了手，捉上大船；王惠的從人船家，有的被殺、有的投水而死。

王道臺嚇得不住發抖，燈燭影裡，望見寧王高坐，王惠不敢抬頭；寧王見了，走下座來，親手替他解縛，叫取衣裳穿了，說道：「孤家是奉了太后密旨，起兵誅殺君側之奸；你既是江西的能員，降順了孤家，少不得封授你的官爵。」王道臺抖著叩頭道：「情願降順。」寧王親賜一杯酒，此時王道臺被縛得心口疼痛，跪著接酒，一飲而盡，心就不再疼了。

寧王賞給他江西按察使④之職，此後就隨在寧王軍中。聽左右說寧王在玉牒⑤中是第八個王子，才悟到關聖帝君所判的「琴瑟琵琶」四字頭上，正是八個「王」字。那一次扶乩所判，竟是全都應驗了。

寧王鬧了兩年，不想被新建伯王守仁一陣殺敗，束手就擒；一些偽官，殺的殺、逃的逃。王惠匆匆，只取了一個枕箱，裡面幾本殘書、幾兩銀子，換了青衣小帽，又是一次黑夜逃亡。慌不擇路，趕了幾天旱路，又改乘船。

這一天船行到浙江烏鎮，王惠上岸吃點心，和一位少年同桌，看他彷彿有些認得，卻又想不起來。一問竟是下任南昌蘧太守的孫兒，邀到船上談話，方知多病掛冠的蘧老太守尚健在，而那位俊雅的蘧景玉公子卻已英年早逝，這位少年便是蘧景玉之子，名叫蘧來旬，字甡（ㄕㄣ shēn）夫，現年還只有十七歲。

蘧公孫向他請教，王惠附耳低言道：「便是後任的南昌知府王惠。」蘧公孫大驚道：「聽說老先生已榮陞南贛道，如何改裝獨自到此？」王惠不好意思把降順寧王的事說出來，只道：「只為寧王反叛，弟便掛印而逃；圍城之中，不曾取出盤費。」蘧公孫道：「如今要到哪裡去？」王惠道：「窮途流落，哪有定所？」

蘧公孫道：「老先生既是邊疆不守，今日當然不便出來自呈；此去盤費缺少，哪能方便？晚學生這次奉家祖之命，在杭州舍親處討取一椿銀子，現在贈與老先生以為路費。」取出四封銀子，共二百兩，遞與王惠。王惠感激道：「趕路不可久遲，只得告別，周濟之情，不死當以厚報！」雙膝跪了下去，蘧公孫慌忙跪下同拜。

王惠又道：「我有一個枕箱，內有殘書幾本。潛蹤在外，惟恐被人識破，惹起是非，如今便交於世兄。」交過枕箱，彼此灑淚分手。王惠道：「問候令祖老先生，今世恐已不能再見，來生當作犬馬相報！」分別之後，王惠竟然更姓改名，出家作了和尚。

蘧公孫回到嘉興，見了祖父，稟告此事。蘧太守大驚道：「他是降順了寧王的！」問起有沒有施以援手，知道公孫已將所有的銀子盡數送他，蘧太守不勝歡喜，將當年蘧景玉代表辦理移交的事告訴公孫，讚道：「你不愧是你父親的肖子！」公孫取出王惠枕箱中的書來給祖父看，發現有一本高青邱親筆繕寫的詩話。

蘧太守道：「這本書多年藏在大內，多少才人，求見不得；天下並沒有第二本，如今你無意間得到，真是天幸。」蘧公孫將這書刻印了幾百部，遍送親友，自此浙西各郡，都仰慕蘧太守公孫，是個少年名士。

㈣為尋親跋涉走天涯

過了若干年後，有一位郭力先生，字鐵山，二十年走遍天下，尋訪父親，是出了名的郭孝子⑥。聽說父親到江南，二次來尋不遇，這番第三次來江南，聽說父親已去四川山裡，削髮為僧。郭孝子啟程入川，南京的一般名士如武書、杜少卿、虞博士、莊徵君等欽敬他的孝行，紛紛解囊相助。杜少卿問起太老先生如何數十年不知消息？郭孝子不好說。武書附耳低言道：「曾在江西作官，降過寧王，所以逃竄在外。」杜少卿聽罷駭然，心裡著實欽敬。

南京國子監虞博士還寫了一封信給西安府尤知縣，託他照應郭孝子。這位尤公名叫扶徠。也是南京的一位老名士，去年才到陝西同官縣上任，一到任就作了一件好事：一位廣東人客死陝西，妻子哭哭啼啼，地方的人又不懂她的話，領到縣堂上來。

尤公看她是個要回故鄉的意思，送了俸銀五十兩，差一個年老差人，尤公自取一塊白綾，懇懇切切作了一篇文，寫上自己的名字尤扶徠，用了同官縣的官印，吩咐差人：「你領了這婦人，拿著我這幅綾子，逢州過縣，送與地方官看，都要求用一個印信。一直送到她故鄉，討了回信來見我。」

將近一年，差人回來報告：「一路上各位老爺，看了老爺的文章，個個都可憐這婦人，都有幫助，有十兩、八兩、六兩的，等到送到廣東這婦人家裡，已有二百多兩銀子。她家親戚本家百十個人，都望空叩謝老爺的恩典，又都向小的磕頭，叫小的是菩薩。小的這都是沾老爺的恩。」

郭孝子來時，尤公看了虞博士的信，著實欽敬，正好有事要下鄉，尤公請郭孝子屈留三天，等他回衙再行請教，還有一封信要託郭孝子帶去四川成都朋友處。郭孝子答應了，但不肯住在衙裡，尤公叫衙役送他去海月禪林暫住。方丈老和尚面貌清癯慈悲，問起情由，郭孝子看他慈悲良善，坦白地把尋親之事說了，老和尚聽了流淚歎息。晚餐之後，郭孝子把路上買的兩個梨送與老和尚，老和尚道謝收下，便教火工道人抬兩隻缸在丹墀，一口缸放一個梨，每缸挑上幾擔水，拿扛子把梨搗碎了，擊雲板，傳齊了全寺二百多僧眾，一人吃一碗水。郭孝子見了，點頭歎息。

等到第三天，尤公回來，贈他盤費五十兩，又備了一封信，叮囑郭孝子去成都城外二十里，地名東山的地方，找一位古道熱腸的蕭昊軒先生，遇事可得幫助。郭孝子見尤公意思懇切，道謝了收下書銀。到海月禪林來辭別老和尚，老和尚合掌道：「居士到成都，尋著了尊大人，務必寫個信與貧僧，免得我懸望。」

㈤孤行萬里多奇遇

郭孝子肩著行李西行入川，路多是崎嶇小道；走一步、怕一步。那天，走到一處地方，天色將晚，望不著一個村落。好不容易遇見一人，問他到宿店所在還有多遠，那人說有十幾里，說是夜晚路上有虎，要趕緊走。郭孝子急急前奔。天色全黑，十四五的月色明亮，走進一林，忽地劈面起了一陣狂風，風過處，跳出一隻老虎來，郭孝子叫一聲：「不好了！」一跤跌倒，老虎把郭孝子抓了坐在屁股底下。

坐了一會，見郭孝子閉著眼。以為他死了，去地下挖了一坑，把郭孝子推到坑裡，又用爪子撥了些落葉蓋住，那老虎走開去了。郭孝子在坑裡，偷眼看老虎走過幾里，到那山頂上，還把兩隻通紅的眼睛轉過身來望，看見這裡不動，才一直走了。郭孝子從坑裡爬出，爬上樹去，擔心會被老虎咆哮震動，嚇著掉下來，心生一計，用裹腳把自己縛在樹上。等到三更之後，月色分外光明，只見那隻老虎帶著一個東西過來。那東西渾身雪白，頭上一隻角，兩眼就如兩盞大紅燈籠。郭孝子不認得，不知是什麼怪獸。

只見那東西走近來坐下，老虎忙著到坑裡去尋人，見沒有了人，老虎慌作一堆。那東西大怒，伸過爪來，一掌就把虎頭打掉。老虎死在地下，那東西抖擻身上的毛，發起威來，回頭一望，望見月下地上，照著樹枝頭上有個人，就向樹枝上一撲，沒撲到，跌了下來，又盡力往上一撲，已離郭孝子不遠。郭孝子道：「我完了！」想不到樹上一根枝幹，正對這東西肚皮，後來這一撲，力太猛了，枝幹戳進肚皮，有一尺多深。那東西掙扎，搖得枝幹戳得更深，掙扎了半夜，掛在樹上死了。

到天明時，有幾個獵戶來，看了嚇了一跳。郭孝子在樹上叫喊，眾獵戶接他下來，拿出乾糧、獐子鹿肉，讓郭孝子吃了一飽，送出五六里路作別，眾獵戶自去地方衙門請賞。

郭孝子又走了幾天，在山凹裡一個小庵裡借住。和尚招待素飯，窗前坐著吃，正吃之間，只見外面一片紅光，郭孝子慌忙丟了飯碗道：「不好！起火了！」和尚笑道：「居士請坐莫慌，這是我的『雪道兄』到了。」推窗開時，只見前面山上，蹲著一頭異獸，頭上一隻角，只有一隻眼睛，卻生在耳後，和尚說牠就是「雪道兄」，名為「羆（ㄆㄧˊ pí）丸」，就算堅冰凍厚幾尺，只要牠一叫，冰層立時碎裂。

當晚下雪，雪積三尺，郭孝子不能走，只好住下。到第三日雪晴，辭別和尚上路，山路一步一滑，兩邊都是澗溝，那冰凍的支稜就跟刀劍一般鋒利。郭孝子小心前行，天又晚了，遠遠望見樹林裡一件紅東西掛著，半里路前有個人走著，到那東西前，一跤跌下澗去。郭孝子心生警惕，注意看時，只見那紅東西底下鑽出一個人來，把那人行李拿了，又鑽了下去。郭孝子猜到是搶劫，全然不驚，走上去一看，果然是一對夫婦在裝鬼嚇人，女的扮成弔死鬼弔著，腳底下埋著一口缸，缸裡埋伏著丈夫，伺機動手。那男盜見郭孝子生得雄偉，不敢下手。

郭孝子勸他莫作這種傷天理的事。那人自稱姓木名耐，夫妻兩個，原也是好人家的兒女，只因生計艱難，凍餓不過，迫得作這種事。郭孝子拿出十兩銀子給他。木耐感動道謝，決心改過，就將這銀子充作本錢，夫妻倆以後作個小生意度日。

小倆口把郭孝子迎回家去，住了兩日，郭孝子教了木耐一些刀法拳法武藝，木耐歡喜，拜郭孝子為師。到第三日孝子堅意要行，木耐的娘子為他準備了乾糧燒肉，木耐替師父裝著行李，一直送出三十里外，方才告辭回去。

郭孝又走了幾日，那一日天冷，迎著西北風，山路凍得如白蠟一般，又硬又滑。走到天晚，只聽山洞裡一聲大吼，又跳出一隻老虎來。郭孝子道：「我這番真要死了！」一跤跌倒，不醒人事。原來老虎吃人，專吃害怕牠的活人，看到郭孝子殭殭直躺在地上，竟然不敢吃他，把一個虎嘴湊上來嗅。一莖虎鬚，戳（ㄔㄨㄛ chūo）在郭孝子鼻孔裡，戳出郭孝子一個大噴嚏來，那老虎反倒嚇了一跳。連忙轉身，幾個縱跳跳過一座山頭，竟跌下一處極深的澗溝裡，被那些刀劍般鋒利的冰稜欄著，動彈不得，就這樣凍死了。

郭孝子爬起來，老虎已是不見，說道：「慚愧，我又經了這一番！」背起行李再走。走到成都府，訪著父親在四十里外一個庵裡。郭孝子找來庵前敲門，老和尚開門，見是兒子，嚇了一跳。郭孝子見到父親，跪在地下痛哭。老和尚道：「施主請起，我是沒有兒子的，想是你認錯了。」

郭孝子道：「兒子萬里迢（ㄊㄧㄠˊ tiáo）遙，尋到了父親，父親怎麼不認我？」老和尚道：「方才我已說過，貧僧是沒有兒子的。施主，你有父親，你自己去尋，為什麼望著我貧僧哭？」郭孝子道：「雖然幾十年父子不見，難道父親就認不得兒子了？」跪著不肯起來。

老和尚道：「貧僧自幼出家，哪裡來的兒子？」郭孝子放聲大哭道：「父親不認兒子，但兒子到底還是要認父親的！」纏得老和尚急了，說道：「你是何處的光棍，敢來胡鬧！快出去！我要關山門了！」郭孝子跪在地上痛哭，不出去。老和尚道：「你再不出去，我就拿刀來殺了你！」郭孝子伏在地上哭道：「父親就是殺了兒子，兒子也是不出去的！」

老和尚大怒，雙手把郭孝子拉起來，提著衣領，一路推出庵門，老和尚關了門進去，再也叫不應。郭孝子在門外，哭了一場，又哭一場，又不敢敲門；見天色將晚，心想：「罷了！料想父親是不肯認我的了！」

抬頭看這庵叫作竹山庵，郭孝子只得在半里路外租了一間房屋住下。次早在庵門口看見一個道人出來，買通了這道人，日日搬柴運米，養活父親。不到半年，身邊銀子用完，想著要去東山找蕭昊軒，又怕尋不著，躭誤了父親的飯食；只好在左近人家幫傭，替人家挑工、打柴，每日賺幾分銀子，養活父親。遇著有個鄰居要去陝西，他就把尋著了父親的事，細細寫了一封信，託帶給海月禪林的老和尚。

【註釋】

①封翁：以子孫貴顯而受封典者，亦稱封。

②臬司：明清兩代，省級主管司法的官。

③戥：稱銀子的小秤。

④按察使：明清以提刑按察使司，按察使為一省司法長官。

⑤玉牒：皇室家譜。

⑥郭孝子萬里尋親事，一般考證他要尋的父親就是逃亡的王惠。《外史》裡沒有明白交代，可信的是書中說王惠逃亡，已做了和尚；武書向杜少卿附耳低言，也說郭孝子的父親曾在江西作官，降過寧王；郭孝子自己也說父親來過江南，可能就是指王惠在浙江烏鎮遇見蘧公孫的事。

但又有兩點可疑，一是王惠姓王，兒子為何姓郭？另一點是書中郭孝子自稱湖廣人，在《外史》第二回王惠第一次出場時，顯示他和荀玫同鄉，是山東汶上縣人。不知是不是作者的隱筆？還是郭孝子為了掩飾真象，故意改了姓氏和籍貫。

【批評分析】

㈠周進、范進兩位的徇私，與人為不義，明知荀玫不願守喪是為了功名作官，居然還答應替他辦保舉奪情。

㈡蘧太守清官為政，訟簡刑輕，俸銀所積，留與後任；蘧景玉「賢與不屑，不在科名」的高尚見識：父子兩人，不愧讀書人本色。相反的是王惠的貪利之心，剛上任就急著探聽利害竅門。

㈢王惠的貪生怕死，失節投降。蘧公孫的義助，大有祖父之風；但其後刻書送人，分明又為的是沽名釣譽了。這說明一般人總難超越功利的羈絆。

㈣郭孝子的苦孝，虞、莊、杜、武等人的相助，好官尤扶徠的德政善行：都是作者標榜的正面人物。老和尚受梨，缸中搗碎放水分食一段：這出家人未免有點矯情做作。但也正是人性的真實寫照。

㈤郭孝子導正木耐，意義正當。和尚（王惠）不認兒子，顯示他連人倫親情都已棄絕，這並不是佛家的道理，而是士人在形體落魄流浪之餘，連精神也已渙滅死寂了。這是作者一種較深刻的表現手法。

五、父是英雄兒好漢

㈠辛家驛響馬劫銀

上文提過，郭孝子要去找的蕭昊軒，那是一位英雄，以前也曾與南京名士莊徵君①莊紹光相識。那一次莊徵君被朝廷徵辟上京，從水路過了黃河，雇車來到山東兗州附近，地名叫作辛家驛的地方，稍事休息，催著車夫趕路。店家告知，近來盜匪甚多，過往客人，須要遲行早住，莊徵君只好住下。

稍停只聽得門外驛鈴亂響，來了一起由四川押解餉銀的，百十匹騾馬運送銀鞘內，有一位解官，武員打扮；又有一位同伴，五尺以上身材，六十來歲年紀，花白鬍鬚，頭戴一頂毡笠，身穿箭衣，腰插彈弓，腳下黃牛皮靴。入門住店，與莊徵君彼此介紹：那解官是一位守備、姓孫；他的同伴姓蕭、字昊軒，成都人。

蕭昊軒道：「久聞南京有位莊紹光先生，是當今大名士，不想今日無意中相遇。」極為欽佩。莊紹光見蕭昊軒氣宇軒昂不凡，也就著實親近，談起路上出現響馬。蕭昊軒笑道：「這事先生放心。小弟生平有一薄技，百步之內用彈子擊物，百發百中。響馬若來，只消小弟一張彈弓，管教他來得去不得，人人送命，一個不留！」

孫解官道：「先生若是不信敝友手段，可以當面請教。」蕭昊軒拿了彈弓，走出天井來，向腰間錦袋中取出兩個彈丸，拿在手裡。舉起彈弓，向空闊處先打一丸彈子，拋入空中，跟著又打出一丸，恰好與先打的一丸相碰，半空裡打得粉碎。莊徵君看了，讚歎不已。連那店主也嚇了一跳。

次日未明時上路，只見前面林子裡，黑影中有人走動。騾夫們一齊叫道：「不好了！前面有賊！」把百十匹騾子都趕到道旁坡子出去。蕭昊軒疾忙把彈弓拿在手裡，孫解官也拔出腰刀。只聽得一枝響箭，飛了出來；響箭過處，一大群騎馬的盜匪從林中馳出。蕭昊軒大喝一聲，扯滿了弓，一彈子打去，沒想到刮的一聲，弓弦迸為兩段。響馬賊數十人，齊聲打個訊號，飛馳過來。解官嚇得撥轉馬頭就逃，騾夫們個個爬伏在地，一任響馬趕著百十牲口銀鞘，往小路上去了。

蕭昊軒弓弦斷了，使不得力量，撥馬向原路馳回，到了一處小店，敲開了門，店家知是遇賊，問明昨晚住處，店家道：「那家店原是和賊頭趙大一路作眼線的，老爺的弓弦，必是他在昨晚作了手腳。」

蕭昊軒醒悟，悔之不及；一時人急智生，自己拔下頭髮一綹，登時把弓弦續好，飛馬趕回，遇著孫解官，說是賊人已投向東的小路去了。那時天色已明，蕭昊軒策馬飛奔，不久望見賊眾在前，加鞭趕上，手執彈弓，一陣彈丸，就好像暴雨打落葉一般，打得那些賊人一個個抱頭鼠竄，丟下銀鞘，紛紛逃命。蕭昊軒會同孫解官趕著牲口回到大路，檢點銀鞘，毫無損失。

㈡吃人腦的惡和尚

且說郭孝子在成都，把尋著了父親的事寫了一信，托人帶去陝西同官海月禪林的老和尚。老和尚看了信，又是歡喜，又是欽敬。隔了一陣子時間，禪林裡來了個掛單的和尚。他就是響馬賊頭趙大，披髮怪眼，長相凶惡。老和尚慈悲，容他住下。不想這惡和尚在海月禪林，吃酒行凶打人，無所不為。

首座領著一班和尚來稟，要求趕他出去。

老和尚教他自去，他不肯走。其後首座叫知客僧對他說：「方丈叫你走，你能不走嗎？方丈說道，你若再不走，就依禪林規矩，抬去後院，一把火把你燒了！」惡和尚聽了懷恨在心，也不向老和尚告辭，第二天就走了。

半年之後，老和尚想著要去四川峨嵋山，順便去成都會會郭孝子。辭別了海月禪林的僧眾，獨自挑著行李衣缽，風餐露宿，一路來到四川。離成都還有百十多里路，那一天老和尚看山景，到一處茶棚吃茶。

棚裡先坐著一個和尚。老和尚忘記，認不得他。那和尚卻認得老和尚，上來打個問訊道：「和尚，這裡茶不好！前面就是小庵，何不請到小庵裡去奉茶？」老和尚歡喜道好。被那和尚領著，曲曲折折，走了七八里路，來到一處庵裡。一進了庵，那和尚才說道：「老和尚，你還認得我嗎？」

老和尚這才想起他就是海月禪林裡趕出去的惡和尚，吃了一驚，說道：「是方才偶然忘記，而今記得了。」

惡和尚竟自去楊床坐下，睜著一對凶眼道：「今日你既到我這裡，不怕你飛上天去！我這裡有個葫蘆，你拿去到半里路外山岡上，一個老婦人開的酒店裡，替我打一葫蘆酒來！快去！」

老和尚不敢違抗，捧著葫蘆，找到山岡子上，果然有個賣酒的老婦人。老和尚把葫蘆遞與她，那婦人接了葫蘆，上上下下把老和尚一看，止不住眼裡流下淚來。老和尚嚇了一跳，打個問訊②，問是何故？

老婦含淚說道：「我見老師父面貌慈悲，不該遭這一難！」老和尚驚問：「貧僧遭的什麼難？」老婦人道：「老師父，你可是在半里路外那庵裡來的？」

老和尚道：「貧僧便是，妳是怎麼知道的？」老婦人道：「我認得他這葫蘆。每次他要吃活人腦子，就拿這葫蘆來打我店裡的藥酒。老和尚，你這一打了酒去，就沒有活的命了！」

老和尚聽了，魂飛天外，慌忙道：「這怎麼辦？我趕緊逃走吧！」老婦人道：「你怎麼逃得掉？這四十里地內都是他舊日的響馬黨羽，他庵裡走了一人，一聲梆子響，即刻就有人綑翻了你，送回庵裡！」

老和尚跪在地上，哭求救命。老婦人道：「我怎能救你？我若說破了，我的性命也難保。但看你老師父慈悲，死得可憐，我今指點一條明路給你，離此處有一里多路，一個小山岡叫作明月嶺。從我屋後山路過去很近。你到嶺上，有一個少年在那裡打彈子。你跪在他面前，等他問你，把這些話向他說。只有這一個還可以救你，你快去求他。卻也不見得有把握，他若救不得你，我今日說破了這話，連我的命也完了。」

㈢自古英雄出少年

老和尚聽了，戰戰兢兢，謝了老婦人，捧著酒葫蘆，自屋後攀籐附葛尋去，果然尋到了明月嶺。小山岡上，一位少年正在打彈子，山洞裡嵌著一塊雪白的石頭，不過銅錢大小，那少年眼力過人，彈子打去，一下下都打得極準。

老和尚走近看時，那少年頭帶武巾、身穿藕色戰袍，白淨面皮，十分美貌。老和尚走來，雙膝跪倒，少年正待要問，山凹裡飛起一陣麻雀。那少年道：「等我打這些雀兒看！」手起彈落，把麻雀打死了一隻墜下去。

那少年看著老和尚道：「老師父，快請起來。你的來意我知道了。我在此學彈子，正為此事；但才學到九分，還有一分未到，怕有意外失誤，所以不敢動手。今日為了你，我也說不得了，想必是他畢命的日子到了。老師父，你快把葫蘆酒送去庵裡，臉上千萬不可慌張，更不可悲傷。到了那裡，他叫你怎樣你就怎樣，一點也不可以違抗他，我自然會來救你。」

老和尚依照舊路，來到庵裡。進到第三層，只見惡和尚坐在榻床之上，手裡已是拿著一把明晃晃的鋼刀，問老和尚道：「你怎麼這時才來？」老和尚道：「貧僧認不得路，走錯了，慢慢找了回來。」

惡和尚道：「這也罷了，你跪下吧！」老和尚雙膝跪下。惡和尚道：「跪上來些！」老和尚害怕不敢上去。

惡和尚道：「你不上來，我劈面就砍！」老和尚只得膝行著上去。惡和尚道：「你褪（ㄊㄨㄣˋ tùn）了帽子吧！」

老和尚含著眼淚，自己除了帽子。惡和尚把老和尚的光頭捏一捏，把葫蘆藥酒倒出來吃了一口，左手拿酒，右手執刀，在老和尚頭上試了一試，比個中心。老和尚這時，沒等他劈下來，那魂靈已飛天外。惡和尚比定中心，知是腦子所在，一劈開了，恰好腦漿迸出，趁熱好吃。當下對準了中心，手執鋼刀，向老和尚頭頂心裡劈將下來！

一刀未落，只聽門外颼的一聲，一個彈子飛進，打中惡和尚左眼。惡和尚大驚，丟了刀，放下酒，手按著左眼，飛跑出來。到了外層，看見伽藍菩薩頭上坐著一人，惡和尚抬頭看時，又是一個彈子，把他的右眼打瞎。惡和尚痛極跌倒。那少年跳了下來，進到中層，老和尚已是嚇得軟癱在地，少年把老和尚扯起來，背在身上，急急出了庵門，一口氣奔出四十里地。

少年把老和尚放下，說道：「好了！老師父脫了這場大難，自此前途吉慶無虞。」老和尚驚魂甫定，跪下拜謝，請問恩人姓名，那少年道：「我也不過是要除這一害，並非有意救你。」總不肯說出姓名，老和尚只得拜了九拜，辭別恩人，上路走了。

那少年精力已倦，就路旁一處店裡坐下，只見店裡先坐著一人，面前放著一個盒子。看那人時，頭戴孝巾，身穿白布衣服，腳下芒鞋，面容悲戚，眼下許多淚痕，少年和他拱一拱手，對面坐下。

那人笑道：「清平世界，朗朗乾坤，把彈子打瞎了別人的眼睛，卻來這店裡坐得安穩？」

少年道：「老先生從哪裡來？怎會知道這件事的？」那人道：「我方才是說笑，翦除惡人，援救善良，這是最難得的事，你這位長兄尊姓大名？」少年道：「我姓蕭，名采，字雲仙。舍下就在這成都府二十里外的東山。」

那人驚道：「東山有一位蕭昊軒先生，是不是……？」蕭雲仙驚道：「就是家父，老先生怎麼知道？」那人說出姓名，就是萬里尋親的郭孝子。並說：「尋親來川、在陝西同官縣會見縣令尤公，曾有一信與尊大人；只因尋親念切，還不曾到府上拜訪。長兄你方才救的這位老和尚，我也認得。今日裡和長兄邂逅相逢，如此少年英雄，就是昊軒先生的令郎，可敬！可敬！」蕭雲仙道：「老先生既已尋著了太老先生，為何不同在一處，如今獨自又要去到哪裡？」

郭孝子哭了起來，說道：「不幸先君已去世了。這盒子裡便是先君的骸骨。我本是湖廣人，而今要把先君骸骨背回故鄉去歸葬。」蕭雲仙垂淚同情，邀請郭孝子去東山家裡和父親一會。

郭孝子道：「本該造府訪謁，無奈我背著先君的骸骨，多有不便，而且我歸葬心急。請長兄致意尊大人，將來有便，再來奉謁吧。」從行李裡取出尤公的信來，交給蕭雲仙；又拿出百十個錢來，叫店家打了一些酒，割了二斤肉，和一些蔬菜，同蕭雲仙吃著，向他道：「長兄，你我一見如故，像你作的事，是如今世人不肯作的，真是難得；但我也有一句話要勸你，不知能不能向你說？」

蕭雲仙道：「晚生年少，正要求老先生指教，哪有什麼不能說的！」

郭孝子道：「這冒險捐軀，都是俠客的勾當。如今比不得春秋戰國時代，這樣的事一作就能成名；如今是四海一家的時代，就算是荊軻、聶政，在現在也只好叫作亂民。像長兄有這樣的品貌才藝，又有這般義氣肝膽，正該出來替朝廷效力；將來到疆場，一刀一槍，博得個封妻蔭子，也不枉青史留名。不瞞長兄說，我自幼空自學了一身武藝，不幸遭逢天倫之慘，奔波辛苦了數十餘年，如今老了，眼見得不中用了。長兄年輕力強，萬不可蹉跎自誤。盼你能牢記老拙今日之言。」

蕭雲仙道：「晚生蒙老先生指教，如撥雲見日，感激不盡。」住了一夜，第二天早上，直送郭孝子到二十里路外，兩人灑淚而別。

回到家中，向父親稟告經過，呈上尤公的信。蕭昊軒道：「尤公老友與我相別二十年，不通音訊。他如今作官適意，可喜！可喜！」又道：「郭孝子武藝精通，少年時與我齊名，可惜如今，他和我都老了。能夠救得他太翁的骸骨歸葬，也算是難得的了。」

㈣青楓城一戰成功

過了半年，松藩衛③邊外生番與內地民眾互市，因買賣不公發生爭執。番子造反，占領了青楓城。朝廷差少保平治督師平亂。蕭昊軒與平少保是舊識的，就叫蕭雲仙前去投軍效力。蕭雲仙念著父親年邁，不敢遠離膝下；蕭昊軒責他若是不去，便是貪圖安逸，乃是不孝之子。一番道理說得蕭雲仙閉口無言，只得叩辭父親，前去投軍。

那一天離松藩衛還有一站多路，出店太早，天還沒亮。正行之間，忽聽得背後腳步聲響；蕭雲仙跳開一步，回頭看時，一個人手持短棍，正待上前來打，早被他飛起一腳，踢倒在地，奪了他的短棍，劈頭要打。那人在地下喊道：「看在我師父的面上，饒了我吧！」蕭雲仙問他師父是誰？那人說出來歷，竟是郭孝子的徒弟木耐。聽說平少保率軍征番，要去投軍，只因缺少路費，所以又再犯了攔路打搶的老毛病。

蕭雲仙看在郭孝子的面上饒了他，木耐大喜，情願追隨蕭雲仙，作一名親隨。兩人來到松藩衛，平少保見是蕭昊軒之子，收在帳下，賞給千總職銜，軍前效力。

過了幾天，糧餉調齊，平少保升帳。兩位都督伺候，蕭雲仙向他們請了安。聽一位都督說，前日馬總鎮出兵，中了番子的計，人馬落入陷坑，傷重身死，到現在屍身還沒找到。那馬總鎮是宮裡司禮太監老公公的姪兒，如今上面傳下令來，務必要找到屍身，若是尋不著，將來不知會有什麼樣的處分！這件事要怎麼辦？另一位都督道：「聽說青楓城一帶幾十里都是沒有水草的，要等到冬天積雪，春融之時，山上雪水化了，流下來，人和馬匹才有水喝。如今我們兵發青楓，只要是幾天沒水喝，活活地就都要渴死了，哪還能打什麼仗！」

蕭雲仙聽了，上前稟道：「兩位太爺不必費心，這青楓城是有水草的，不但有，而且肥饒。」兩位都督問蕭雲仙可曾去過？

蕭雲仙道：「卑弁④不曾去過。」兩位都督說既不曾去過又如何知道？蕭雲仙道：「卑弁在史書上看到過，記載著這地方水草肥饒。」兩位都督變了臉道：「書上的話，怎能相信。」

少刻，聽門前一陣鐃鼓，少保升帳，傳下將令，將兩位都督率領本部兵馬，作中軍策應；命蕭雲仙帶領步兵五百名先鋒開路；少保元帥督領後隊調遣。

蕭雲仙携帶木耐，率領五百步兵出發，望見前面一座高山，十分險峻，山頭上隱隱有旗幟。這山叫著椅兒山，是青楓城的門戶。蕭雲仙吩咐木耐道：「你帶領二百人從小路爬過山去，在他總路口等著，聽到山頭砲響，你們就喊殺回來助戰，不得有誤。」又命一百兵丁，埋伏在山凹裡，聽到山頭砲響，一齊吶喊，報稱大兵已到，趕上山來助戰。分派已定，蕭雲仙帶著二百人殺上山來，山上幾百名番子蜂擁而出。

蕭雲仙腰插彈弓，手拿腰刀，奮勇爭先，手起刀落，先殺了幾個番子。番子們見勢頭勇猛，正要逃走。二百人捲地湧來，猶如暴風疾雨。忽然一聲砲響，山凹裡伏兵齊聲大喊：「大兵到了！」飛奔上山。

番子魂驚膽落，又見木耐率領山後的二百人，搖旗吶喊，飛殺上來，番子們以為大軍已得了青楓城，鬥志已失，紛紛逃命，哪裡禁得蕭雲仙一陣彈子打來，無處可躲。蕭雲仙將五百兵合在一處，圍殺番子，把那幾百個番子，猶如砍瓜切菜，全部砍死，擄獲旗幟兵器無數。

眾軍暫歇之後，鼓勇前進。走完一路深密樹林，出林是一條大河，遠望青楓城就在數里之外。蕭雲仙見無船可渡，忙命五百人砍伐竹林，編成筏子，一齊渡過河來。

蕭雲仙道：「我們大兵尚在後面，攻打城池，不是五百人作得來的，現在最重要的是不可叫番賊知道我們的虛實。」吩咐木耐率領兵眾，將奪得的旗幟改作雲梯，帶二百兵，每人身藏枯竹一束，自城西僻靜處悄悄爬上城去，就堆貯糧草處，放起火來，火起時蕭雲仙自帥兵眾，攻打東門。

且說兩位都督率領中軍到了椅兒山下，不知蕭雲仙可曾過去。兩位商議道：「像這樣的險惡所在，必有埋伏，我們多放些大砲，轟得他們不敢出來，也就可以報捷了。」正說著，一騎馬飛馳而來，少保傳令兩位都督速去策應蕭雲仙。兩都督不敢不遵，號令軍中，疾進到帶子河，見有現成的筏子，渡過河去，望見青楓城裡，火光燭天。蕭雲仙正在東門外施砲攻城，番子見城中火起，不戰自亂。城外中軍已到，與先鋒兵眾合圍青楓。番酋開了北門，捨命一場混戰，只餘得十數騎突圍逃命去了。

少保督領後隊到時，城裡的百姓，頭頂香花，跪迎少保進城。少保傳令，救火安民，隨即寫了本章，差官進京報捷。蕭雲仙叩見少保，少保大喜，賞了他一腔羊、一罈酒，誇獎了一番。過了十多天，旨意下來，著平少保來京，兩都督回原任候陞，蕭采實授千總。那青楓城善後事宜，少保便交與蕭雲仙辦理。

㈤英雄心裡的抑鬱寒涼

蕭雲仙送了少保進京，見青楓城毀壞，必須修繕，細心計劃了，用文書稟明少保。少保批了下來，將修城之事責成蕭雲仙辦理。蕭雲仙奉了將令，監督築城，前後在青楓城住了四年，築城完工。新城周圍十里，六座城門；城裡又蓋了五處衙署，出榜招集流民，入城居住；城外就叫百姓開墾田地。蕭雲仙心想——像這樣的旱地，一遇荒年，就不能收成糧食，須是要興建水利，才是根本解決之道。就動支錢糧，雇用民伕。蕭雲仙親自設計，在農田旁開出許多溝渠來，大小縱橫，高高低低，彷彿江南光景。

待得成功，犒勞百姓，每到一處傳齊百姓，建立壇場，立起「先農」⑤牌位，擺設祭禮，蕭雲仙主祭，木耐贊禮，升香奠酒，三獻八拜。又率領百姓北向叩謝皇恩。

祭禮之後，百姓團團坐下，蕭雲仙坐在中間，拔劍割肉，大碗斟酒，歡呼笑樂，痛飲了一天。吃完了酒，蕭雲仙率眾種樹，自己先種一棵，眾百姓每人也種一棵——一方面是水土保持，另一方面藉此花樹，在邊荒之地保留江南風光，也好紀念這一場水利興農、富裕民生、永除邊患的盛事。蕭雲仙同木耐，今日在這一方，明日去那一方，一連吃了幾十日酒，共栽了幾萬棵柳樹。

眾百姓感念恩德，在青楓城外，集資蓋了一座先農祠，中供先農神位，旁邊供著蕭雲仙的長生祿位牌；又在祠牆上繪畫一幅，畫的是蕭雲仙紗帽補服，騎在馬上；馬前木耐持著紅旗，巡行勸農。百姓人家男女，每到朔望，都來先農祠裡焚香點燭跪拜。

到了第二年春天，楊柳發青，桃杏都開。蕭雲仙騎馬，帶著木耐出來巡遊。只見綠樹蔭中，百姓家的孩子，三五成群地牽著牛，也有倒騎在牛上的，也有橫睡在牛背上的，在田旁溝裡飲了水，從屋角慢慢轉了過來。蕭雲仙想著：從此百姓有好日子過了，心裡歡喜，只是文教不興，必須找一位先生，立個塾館，教這些孩子們識字念書才好。正好有一位江南人沈先生，遭逢兵亂，流落在此。蕭雲仙禮請他來，商量設館教學的事，那沈先生欽敬蕭雲仙是個今世的班超，一口就答應了。

蕭雲仙就駐防的二三千兵卒裡，揀選了十個識得字多的兵，託沈先生每日指授書理。開了十處學堂，把百姓家略有聰明的孩子，都養在學堂裡讀書。讀了兩年多，沈先生就教他們作些破題、轉承、起講的文章法則。但凡作得來的，蕭雲仙就和他分庭抗禮，以示優待。漸漸地使民眾們知道讀書是最體面的事。

城工已竣，報上文書，就叫木耐送去。木耐見了少保，少保賞他一個外委把總，調到外地去了。少保根據蕭雲仙的詳文，呈報兵部工部核算，公文批下來，竟指青楓城水草豐饒，燒造磚灰便利；新集流民，充當工役的甚多：指摘蕭雲仙開支浮濫，用銀一萬九千三百六十兩一錢二分一釐五毫之中，核減了七千五百二十五兩有零。今在蕭雲仙名下追賠歸公，同時行文蕭員的故里四川成都，由地方官在限期內辦理公款追賠。

蕭雲仙接到上司公文，只得收拾行李回成都。到家時父親已臥病在床。床前請安，稟告從軍經過，慚愧傷心，伏地磕頭不肯起來。蕭昊軒道：「這些事，你都沒有作錯，為什麼跪地不起？」蕭雲仙才把修築城工，被工部核減追賠的一案稟告，慚愧說道：「兒子不能掙得一絲半粟，孝敬父親，倒要破費了父親的產業，心裡實在愧恨萬分。」蕭昊軒道：「這是朝廷功令，又不是你不肖，何必氣惱？我的產業一齊大約還有七千金，你都拿去賠還公銀吧！」

蕭雲仙哭著答應，眼見父親病重，他衣不解帶地侍候了十多天，眼見已是不濟。哭著問父親有什麼遺言？蕭昊軒道：「你這又是傻話了。我在一日，是我的事；我死之後，就都是你的事了。總之，為人以忠孝為本，其餘都是次要。」說畢，瞑目而逝。

蕭雲仙呼天搶地，想著塞翁失馬，焉知非福，要不是為了追賠，自己也不能回家，也就不能親自為父送終，可見這追賠雖是枉屈，但也正是不幸中的大幸。

喪葬完畢，家產都賠光了，還少三百多兩，幸好換了新知府，是平少保舊日提拔的，看在少保面上，替蕭雲仙先出了一個完清的結狀，叫他先去少保那裡，以後再設法賠補。

少保見了蕭雲仙，慰勞了一番，替他出公文送部引見，兵部議定應由千總班次，論俸推陞守備。又等了五六個月，發表了應天府江淮衛守備，領了劄（ㄓㄚˊ zhá）付⑥出京上任，走東路來南京，過了朱龍橋，來到廣武衛地方。晚間住店，正是嚴冬時分，二更之後，店家吆喝道：「客人們起來！木總爺查夜來了！」

蕭雲仙見那位總爺，原來就是木耐，木耐見了主人，喜出望外。叩安之後，請到衙裡住了一宿。次日要行，木耐留住他道：「老爺且寬住一日，這天色想是要下雪了。今日且到廣武山阮公祠去遊玩，也好讓卑弁盡個地主之誼。」

木耐備了酒菜，兩人騎著馬，來到廣武山阮公祠，道士迎接，後樓坐下。木耐開了六扇窗格，正對著廣武山側面，看那山上，樹木凋敗，被北風吹得凜冽，天上已飄下雪花來了。

蕭雲仙看了，對木耐說道：「我兩人在青楓城的時候，這樣的雪，也不知經過了多少，那時倒也不覺得有什麼苦楚；如今見了這點雪，倒覺得寒冷得緊！」

木耐道：「想起那兩位都督大老爺，此時穿著貂裘烤火，不知怎樣快活哩！」說著，吃完了酒，蕭雲仙起來閒步，右邊一個小閣子，牆上嵌著許多名人題詠。蕭雲仙看到內中一首七言古風，題目寫著：「廣武山懷古」，後面一行寫著：「白門武書正字氏稿」。蕭雲仙讀了又讀，讀過幾遍，不覺悽然淚下。

【註釋】

①徵君：徵辟，朝廷選拔平民而授以官職叫徵辟。士人受朝廷徵聘的稱為徵士、徵君。

②問訊：僧尼向人合掌或敬揖。

③松藩衛：地名，在今四川省理番縣北，古氐、羌地。明代時設置松州、潘州二衛，後併為松潘（藩）衛。

④卑弁：軍隊裡下對上官的自稱。

⑤先農：就是神農氏。

⑥劄付：舊制公文一種。

【批評分析】

㈠蕭雲仙見義勇為，不愧是少年英雄的本色。

㈡在這一節裡可以看出蕭雲仙機智勝敵的才能，兩位都督的顢頇無能，只想別人去拚命，自己坐享功勞。

㈢蕭雲仙在邊疆興水利、辦教育、修築青楓城、招撫流亡，贏得民眾感激愛戴。有大功而不得陞賞，反被指摘開支浮濫，迫得要變賣家產來賠償，可見專制時代的賞罰不公，兵部工部不明真實。顢頇貪墨反能陞賞，才俊忠直竟然屈沉被斥。蕭昊軒不怪兒子，允許以家財作賠，灑脫明白，是豪傑豁達性格的表露。蕭雲仙在青楓城不覺得寒冷；和木耐登臨廣武山賞雪，倒覺得寒冷得緊。這不是雪冷，而是英雄內心的寒涼。晉時阮籍登臨廣武山而歎息：「時無英雄，使豎子成名。」《外史》化用了這一段，意識正是為千古志士才人的抑鬱所作的傾吐。

六、婁家的兩位公子

㈠公子爺楓林訪賢

作過南昌府的蘧家和婁家是姻親，婁家中堂①在朝二十多年，死後諡為文恪公。婁家的公子們稱蘧太守為姑丈，長公子現任通政司②大堂。三公子婁瓚，字玉亭，是一位孝廉；四公子婁瓚，字瑟亭，在監讀書。這兩位公子因為科名不順，到現在還未能中進士，入翰林，激成了一肚子的牢騷不平；常說：「自從永樂篡位之後，明朝就不成個天下！」兄長婁通政怕會惹出事來，勸他們離開京師，返回浙江。

兩位公子來到嘉興，見到姑丈蘧老太守，說江西寧王反叛，多虧新建伯王守仁建大功、除大難。婁三公子道：「新建伯這次有功而不居功，尤其難得！」四公子道：「據小姪看來，寧王此番舉動，也與成祖差不多；只是成祖運氣好，到而今稱聖稱神；寧王運氣低，就落得個為賊為虜，也算是一件不平的事。」蘧太守道：「以成敗論人，雖是庸人之見；但本朝大事，你我作臣子的，說話須要謹慎。」四公子這才不敢再說了。

談到蘧太守的孫子蘧公孫的學業，由於父親去世得早，祖父嬌養，替他捐了個監生，學業不曾十分講究。平日裡蘧太守倒是常教他作作詩，吟詠性情，要他知道樂天知命的道理，能在膝下承歡就行了。兩位公子聽了，正合心意，大為贊成，說道：「這就是姑丈的高見。與其出一個消磨元氣的進士，不如出一個培養陰德的通儒。」

兩位公子返里祭掃祖墳，看墳的鄒吉甫問說：「本朝的天下，原本要同孔夫子的周朝一樣好的，就為出了個永樂爺，就弄壞了，這事可是有的？」問他這話是誰說的？鄒吉甫說：「是鎮上鹽店的一位管事先生楊執中說的，最近這位楊先生虧空了七百多兩銀子，被東家告到德清縣裡，監禁著已有一年半了。家裡又窮，兩個兒子都是蠢人，情況實在可憐。」兩位公子聽了，命管家晉爵去查，原來這楊執中還是個廩生拔貢，當下就由婁府替他出了七百五十兩銀子，辦理交保。那晉爵仗著婁家的勢，吞沒了七百多兩，只用了二十兩銀，叫縣裡書辦以婁府帖子去壓制德清縣知縣放人。

楊執中只知是被一個姓晉的保了出來，糊里糊塗，對婁家公子的一番義舉全然不知。過了月餘，婁家公子弟兄在家也覺得詫異。兩人商議，楊執中至今並不來謝，品行不同流俗，商量著要主動下鄉去訪這位賢人。於是叫了一只小船，不帶從者，此時正值秋末冬初，晝短夜長，朦朧月色下行船，河裡各家運租米的船，十分擁擠。

三更多天氣，聽到河面一陣喧嚷，兩位公子在艙門板縫裡看時，只見上游流下來一艘大船，明晃晃點著兩對大高燈；一對燈上字是「相府」，一對是「通政司大堂」。船上站著幾個如狼似虎的僕人，拿著鞭子，專打擠河路的船。兩位公子嚇了一跳，以為是自己府中的家人狐假虎威；但看了卻又不識。正看著，大船已到跟前，拿鞭子打船家，船家道：「好好的一條河路，你走就走罷了，為什麼行凶打人？」

船上人罵道：「奴才，睜開驢眼看看燈籠上的字，是哪家的船？」船家道。「燈上是相府，我怎麼知道你是哪個宰相家！」那些人道：「瞎了眼的死囚！湖州除了婁府，還有第二個宰相？」船家道：「是婁府，罷了，不知是哪一位老爺？」那船上道；「我們是婁三老爺裝租米的船，誰不曉得，這狗才再回嘴，拿繩子來把他拴在船頭上；明日回過三老爺，拿帖子送到縣裡，先打幾十板子再講！」船家道：「婁三老爺現在我們船上，你哪裡又有個婁三老爺來了？」開了艙板：「請三老爺出來，給他們認一認！」

三公子走出船頭，問道：「你們是我家哪一房的家人？」那些人卻認得三公子，一齊都慌了，都跪下道：「小人們的主人劉老爺，曾作過守備。因從莊上運些租米，怕河路裡擠，大膽借了老爺裡的官銜；不想就衝撞了三老爺的船，小的們該死了！」

三公子道：「你主人與我同在鄉里，借個官銜燈籠何妨？但在河道裡行凶打人，說是我家，豈不壞了我家的聲名？何況你們也知道的，我家從沒有人敢作這樣的事，你們起來，回去見了你主人，也不必說在河裡遇著了我，只是下次不可再如此就好了！」眾人應諾，謝了三老爺的恩典，把兩副高燈，登時吹熄了。

第二天船到新市鎮，去找鄒吉甫不在家。問到楊執中家，一個村子，不過四五家人家，幾間茅屋，屋後兩棵大楓樹，經霜之後楓葉通紅。楊執中不在家，一個耳聾的老嫗應門，兩位公子留下話，囑她轉告是城裡大學士婁家來訪。

晚間楊執中回家，老婦告訴他城裡有兩個姓柳的來尋，說在大覺寺裡住。楊執中心疑，想起當初鹽商告他，打官司時，縣裡出的官差姓柳。一定是這差人來敲詐要錢，罵老嫗道：「老不死的老蠢蟲，這樣的人來尋我，只回我不再家罷了，又叫他改天再來作什麼？」老嫗不服回嘴，楊執中惱了，打了老嫗一頓。

此後，怕差人來尋，清早就出門閒混，到晚才回。不想婁府兩位公子，過了四五日又來訪晤，惹得老嫗一肚子氣，嚷著說為了兩人，連累她招來一頓拳打腳踢，楊老爹不在家，以後好些日子也不在家，叫兩人莫來找麻煩。兩公子不知是何緣故，又好惱又好笑。

歸程中，無意中從一個賣菱的孩子處得到楊執中所作的詩，一幅素紙上寫：「不敢妄為些子事，只因曾讀數行書。嚴霜烈日皆經過，次第春風到草廬。」後面署名：「楓林拙叟楊允草」。兩位公子看了，不勝歎息，說道：「這先生襟懷冲淡，真是可敬！」

㈡蘧公孫入贅魯府

蘧老太守把孫兒蘧公孫的婚事，託付給兩位內姪，婁家的三公子、四公子。其後兩位公子的同鄉魯編修來訪，在婁府見到了蘧公孫，喜歡他俊逸多才，當下就請牛布衣、陳和甫兩先生為媒，稟明了蘧太守，兩家聯婚。婁府兩公子託陳和甫選定花燭之期，陳和甫選在十二月初八日，送過吉期去。魯編修說只有一個女兒，捨不得嫁出門，要蘧公孫入贅；婁府這邊也應允了。

到了十二月初八日，婁府張燈結綵，先請兩位月老吃了一日，黃昏時分，大吹大擂起來，婁府一門官銜燈籠，就有八十多對，添上蘧太守家燈籠，足足擺了三四條街還擺不完。全副執事，又有一班細樂，八對紗燈，引著四人大轎，蘧公孫端坐在內；後面四乘轎子，便是婁府兩位公子、陳和甫、牛布衣，同送公孫入贅。到了魯宅門口，開門錢送了幾封；只見重門洞開，裡面一派樂聲，魯編修紗帽蟒袍、緞靴金帶，迎了出來。到廳拜見，編修公奉新婿正面一席坐下，兩公子、兩冰人和魯編修兩列相陪；獻過三遍茶，擺上酒席。蘧公孫偷眼看時，是個舊舊的三間廳古老房子；此時點幾十枝大蠟燭，極其輝煌。

戲子上來參了堂，磕頭下去，打動鑼鼓，跳了一齣加官，演了一齣張仙送子、一齣封贈。唱完三齣頭的，副末執著戲單，上來請點戲，才去到公孫席前跪下，恰好侍席的管家，捧出一碗燴燕窩來，上在桌上。管家叫一聲：「免。」副末立起，呈上戲單；忽然乒乓一聲，屋梁上掉下一件東西來，不左不右，不上不下，端端正正掉在燕窩碗裡，將碗打翻，那熱湯濺了副末一臉，碗裡的菜潑了一桌。驚看原來是一隻老鼠，從梁上走滑了腳，掉將下來。那老鼠掉在滾熱的湯裡，嚇了一跳，把碗跳翻，爬起來就從新郎官身上跳了下去，把一件簇新的大紅緞補服都弄油了。眾人臉上變色，忙將這碗撤去，桌上打抹乾淨，又取一件員領與公孫換了。公孫再三謙讓，不肯點戲，商議了半日，點了一齣三代榮，副末領單下去。

酒過數巡，廚下捧上湯來。那府役雇的是個鄉下小使，他趿著一雙釘鞋，捧著二碗粉湯，站在丹墀裡，尖著眼看戲。管家才端了四碗上去，還有兩碗不曾端；他捧著看戲，看到戲場上小旦，扭扭怩怩地唱，他就看昏了，忘其所以然，只道粉湯碗已是端完了，把盤子向地下一掀，要倒那盤子裡的湯腳，沒想到叮噹一聲，把兩碗粉湯都砸碎在地。他一時慌了，彎下腰去撳那湯粉，又被兩條狗爭著來吃。他怒從心上起，使盡平生氣力，一腳踢去，不想不曾踢著狗，用力太猛，把一隻釘鞋踢脫，飛起有丈把高。

陳和甫坐在左邊第一席，席上上了兩盤點心，一大碗粉絲八寶攢湯。正待舉箸，忽然一個烏黑的東西自空掉下，乒乓一聲，把兩盤點心打得稀爛，陳和甫吃了一驚，慌忙站了起來，衣袖又把湯碗招翻，潑了一桌，滿座詫異。

魯編修自覺此事不甚吉利，懊惱著又不好說，悄悄把管家叫過來，責罵了幾句。鬨亂之中，戲子正本作完。眾家人掌了花燭，把蘧公孫送進新房。

㈢新娘出題考爾夫

新房之中，魯小姐卸了濃裝，蘧公孫細看，真有沉魚落雁之容、閉月羞花之貌。兩個貼身侍女，一個叫作采蘋，一個叫作雙紅，都是裊娜輕盈，十分顏色。蘧公孫見小姐十分美貌，已是醉心，還不知小姐又是個才女。

魯編修無子，就把女兒當作兒子；五六歲請先生開蒙，讀的是四書五經。十一二歲就教作八股文③，教她作「破題」、「轉承」、「起講」、「題比」、「中比」，先生督課，同男學生一樣。這小姐天資高，記性又好，各大家的文章，歷科程墨，各省宗師考卷，她的肚裡記得三千多篇，作出來的文章，理法老到，花團錦簇。

魯編修每常歎道：「若是個兒子，幾十個進士狀元都中來了！」閒居無事，常和女兒談說：「八股文章若是作得好，隨你作什麼東西——要詩就詩，要賦就賦——都是『一鞭一條痕，一摑一掌血』④，若是八股文章欠講究，任你作出什麼來，都是野狐禪，邪魔外道。」

小姐得了父親的教訓，益發用功為文，詩詞歌賦，正眼兒也不一看。家裡雖有幾本詩集詩話之類，倒給伴讀的采蘋雙紅們看，閒暇也教她們謅幾句詩，以為笑話。這番招進蘧公孫來，門戶相稱，才貌相當。料想公孫舉業已成，不日就是個少年進士。贅進來十多日，香房裡滿架文章，公孫卻全不在意。小姐心想：「這些自然都是他爛熟於胸的了。」又疑心著：「或許是新婚燕爾，一時還想不到正業。」

過了幾天，公孫赴宴回房，袖裡藏了一本詩來燈下吟哦，拉著小姐並坐同看；小姐還有點害羞，不好問他，只得勉強看了一個時辰。到次日，小姐忍不住了，知道公孫正在書房，出了一道題目「身修而後家齊」，叫采蘋送去給姑爺，就說是老爺要請教一篇文字的。

公孫接到，付之一笑，說道：「我對此事不甚在行，況到尊府尚未滿月，正要作些雅事；如此俗事還不耐煩作哩。」公孫只以為對才女說這樣的話是極雅的了，沒想到正犯著忌諱。

當晚養娘就見小姐愁眉淚眼，長吁短歎，說道：「我只道他舉業已成，不日就是舉人進士；誰想如此，豈不誤我終身？」等到公孫進來，小姐待他詞色就有些不善。公孫自知慚愧，彼此不便明言。從此夫婦間有了距離，但說舉業，公孫總是不喜，勸得緊了，反說小姐俗氣。

魯夫人知道了，來勸女兒說：「新姑爺人物已是十分了，況妳爹原愛他是個少年名士。」小姐道：「母親，從古到今，哪有不曾中進士的人可以叫著名士的？」夫人和養娘又勸，道是兩家鼎盛，就姑爺不中進士作官，難道這一生會有什麼缺少？

小姐道：「好男不吃分家飯，好女不穿嫁時衣，總是自掙的好，靠著祖父，那就是不成器。」養娘道：「當真姑爺不得中，小姐將來生出小公子來，自小依妳的教訓，不要學他父親。家裡放著妳這個好先生，還怕教不出一個狀元來，就替妳爭口氣。妳這封誥還是穩的。」

小姐歎了一口氣，也就罷了。其後魯編修知道了，也出了兩題請教公孫，公孫勉強成篇。編修公一看，全是詩詞上的話，有兩句像〈離騷〉，有兩句又像子書，不是正經文字；因此心裡也悶，說不出來。全虧魯夫人疼愛女婿，如同心頭之肉。

㈣楊執中的銅爐

兩位公子忙著為表姪蘧公孫與魯編修家小姐結婚的事，忙了月餘，已是殘冬，又忙著度歲。新年正月，看墳的鄒吉甫來，這才將兩番造訪楊執中的事告知，鄒吉甫說楊先生是個極忠厚的人，絕不會裝身分故意躲著不見。鄒吉甫本說由他去約了楊執中來見。兩位公子仍是尊賢不肯，約好由鄒吉甫先去楊家，兩公子定期來訪。

鄒吉甫知楊家貧窮，自帶了一些鷄肉酒菜，見了楊執中，見他把兩手袖著笑道：「鄒老爹，不好意思告訴你，我自從去年在獄裡出來，家下一無所有，常日只好吃一飧粥。直到除夕那晚，我這鎮上開當鋪的汪家，想要我這座心愛的爐，出二十四兩銀子，分明是算準了我過年沒有柴米，要來討這個巧。我說：『要我這個爐，須是三百兩現銀子，少一厘也不成。就是當當，過半年也要一百銀。像這幾兩銀子，不夠我燒爐買炭的哩！』汪家的將銀子拿了回去，這一晚到底沒有柴米。我和老妻兩個，點了一枝蠟燭，把這爐摩弄了一夜，就這樣過了一個年。」將爐捧著，指給鄒吉甫看，又道：「你看這上面的色漿，好顏色！今天又恰好沒有米，所以方才在此摩弄這爐，消遣時間。想不到你帶著酒菜來，只是無米作飯。」

鄒吉甫又拿錢給楊執中，吩咐老嫗買米。兩人坐下細談，楊執中這才知道救他出獄，二度來訪的竟是婁家的兩位公子。今日約定，不久就來，吩咐家裡準備，坐了一會，楊執中的二兒子楊老六，在鎮上賭輸了，又喝得爛醉，想著回家來向母親要錢再去賭。楊執中叫他來與鄒老爹見禮，那老六跌跌撞撞，作了個揖就去廚下，看見鍋裡煮的鷄和肉噴鼻香，又悶著一鍋好飯，房裡又放著一瓶酒，不知是哪裡來的，不由分說，揭開蓋就要撈來吃，被他娘劈手把鍋蓋上了，楊執中罵道：「你又不害饞癆病，這是別人拿來的東西，還要等著請客！」他哪裡肯依，醉得東倒西歪，只是搶了吃。楊執中罵他，他還睜著醉眼混回嘴。

楊執中急了，拿火叉趕著要打他，鄒吉甫勸著，說道：「酒菜是候婁府兩位少爺的！」那楊老六雖蠢，但聽是婁府，也就不敢胡鬧了。他娘見他酒略醒些，撕了隻鷄腿，盛了一大碗飯，泡上些湯，瞞著他老子遞與他吃，吃畢扒上床睡覺去了。

兩位公子同蘧公孫，直到日暮方到，進來見是一間客座，六張舊竹椅，壁上懸著朱子治家格言，兩邊有一副聯，寫著：

三間東倒西歪屋

一個南腔北調人

上面貼著一個報帖：「捷報貴府老爺楊諱允，欽選應天淮安府沭陽縣儒學正堂，京報。」楊執中道：「是三年前弟不曾被禍之時的事，垂老得這一個教官，又要去遞手本，行庭參，自覺得腰胯硬了，作不來這樣的事；當初辭病不去，哪知辭官未久，被遭橫禍，受小人之欺！懊惱著不如去到沭陽，也免與獄吏為伍，若非三先生、四先生大力相援，小弟這幾根老骨頭，只好病死獄中了！此恩此德，何日得報！」

三公子道：「小事何足掛懷，先生辭官一事，更使人敬仰品高德重！」四公子道：「朋友原有通財之義，小弟們還恨知道此事已遲，未能早為先生洗脫，心中不安。」

請進一個草屋，是楊執中修茸的書房，面對一方小天井，梅開三兩枝。書房裡滿壁詩畫，一副聯子上寫著：

嗅窗前寒梅數點，且任我俛仰以嬉

攀月中仙桂一枝，久讓人婆娑而舞

兩公子看了，不勝歎息，此身飄飄如遊仙境。

飯後烹茗清談，兩公子邀請楊執中來家盤桓。楊執中答應三四日後即來。直談到起更時候，一庭月色，照滿書窗，梅花枝枝如畫，兩公子留連不忍相別。楊執中自知蝸居難容貴賓，踏著月影，把兩位公子和蘧公孫送到船上。

回到婁府，看門的稟道：「魯大老爺有要緊事，請蘧少爺回去，來過三次人了。」蘧公孫慌忙回去，見了魯夫人。夫人告訴說，編修公因女婿不肯作舉業，心裡生氣，商量要娶一個如君⑤，早養出一個兒子來，教他讀書，接進士的書香。夫人說年紀大了，勸他不必，他就生了氣，昨晚跌了一跤，半身麻木，口眼有些歪斜。小姐在旁，眼淚汪汪，只是歎氣。公孫也無奈何，忙去書房問候，陳和甫已在把脈，道是編修公身在江湖，心懸魏闕⑥，故爾憂愁抑悒，出現此症，治法當先以順氣祛痰為主。改服了陳和甫的方子之後，漸漸見效，方才放心。

(五)名士俠客一齊來

楊執中來到婁府，向兩位公子介紹他的朋友，姓權名勿用，字潛齋，蕭山縣人。有滿腹的經綸，程朱⑦的學問，乃是世間第一奇人。兩位公子大驚，就要去訪。恰好街道廳魏廳官來拜，為丈量土地的事，要兩位公子將祖墳墓道地基開示，魏廳官仔細查有無小民在附近樵採。兩公子答應同去墓地。不及親訪大賢，商議著只好由兩位公子親函，楊執中附書一封，差了家人晉爵的兒子宦成，帶著禮物，專誠前往蕭山促駕。

宦成上路，在船上遇到兩位蕭山縣的人，向他們打聽權勿用，這才知道權勿用在山裡住，世代務農，到他父親時掙了幾個錢，送他在村學讀書。其後他父親死了，他不會種田，又不會作生意，坐吃山空，把些田地弄得精光。足足考了三十多年，連一回縣考覆試都不曾取。肚子裡從來就沒有通過，借在土廟裡訓幾個蒙童，每年應考混著過。

那年遇著湖州新市鎮鹽店裡的一個夥計，楊老頭子來討賬，住在廟裡，獃頭獃腦，說些什麼天文地理、經綸匡濟的混話。他聽了就此像神附著的發了瘋，從此不應考了，要作個高人。這一作高人，幾個學生也不來了，在家窮得沒法過，就在村坊上騙人過日子。口裡動不動就說：「我和你至交相愛，分什麼彼此？你的就是我的，我的就是你的。」這幾句話，就是他的歌訣。

宦成心想二位老爺也真可笑，沒來由，老遠的來尋這種混賬人作什麼？到了蕭山，尋到一個山凹裡，幾個壞草屋，門上貼著白，原來權勿用的母親去世。權勿用熱孝在身，不能出門，收下厚禮，作書道謝，約定百日滿後到婁府來相會。

宦成回報，兩公子不勝悵悵，把書房後一處軒敬亭上，換了一匾，寫作「潛亭」，以示專等權潛齋來住的意思。楊執中此時住在婁府，老年痰疾，夜裡要人作伴，把第二個蠢兒子老六叫了來同住。

將及一月，楊執中又寫信去催，權勿用收拾搭船來湖州。在城外上了岸，左手捎著被套，右手晃蕩著大布袖，一腳高一腳低在街上亂撞。過了城門外吊橋，路上甚擠，恰好一個鄉下人在城裡賣完了柴出來，肩頭上橫捎著一根尖扁擔，一撞之下，把權勿用的一個高高的孝帽橫挑在扁擔尖上，鄉下人低著頭走，也不知道，捎著去了。

權勿用把手亂招，口裡喊道：「那是我的帽子！」追了過來，眼睛不看前面，沒想到一頭撞到一頂轎子上，把那轎子裡的官幾乎撞得跌了出來。那官大怒，要叫衙役鎖他，他又不服氣，向著官指手畫腳地亂吵，這時街上圍著人看，內中走出一個人來，頭戴一頂武士巾，身穿一件青絹箭衣，幾根黃鬍子，兩隻大眼睛，走上來向那官說：「老爺！且請息怒。這人是婁府請來的上客。雖然衝撞了老爺，若是罰他，恐婁府面子不好看！」那官就是街道廳老魏，聽了這話，將就著吆喝一聲，起轎去了。

權勿用看那人時，便是他舊相識的俠客張鐵臂。兩人一同來到婁府，門房問他姓名，他死也不肯說，只說：「你家老爺很久就知道了。」看門的不肯傳，他就大嚷大叫，鬧了一會才說：「把楊執中老爹請出來吧！」

楊執中出來，見他一身白衣，又不戴帽，嚇了一跳，這才延請入內。兩公子都不在家，晚間回來，書房相會，彼此恨相見之晚，指著潛亭與權勿用看了，說出欽慕之意。擺出酒席接待，席間問起張鐵臂綽號的來源，張鐵臂道：「晚生小時，有幾斤力氣。朋友和我賭賽，我睡在街心，把膀子伸著，等那牛車過來，那車來得力猛，足有四五千斤，車轂打從膀子上過，正壓著時，晚生把膀子一掙，吉丁的一聲，那車就滾過去幾十步遠，看晚生這膀子時，連白跡也沒有一個，所以眾人就加了我這一個綽號。」

張鐵臂又表演舞劍，兩公子取出一柄松紋古劍來，遞與他，燈下拔開，光耀閃爍，張鐵臂持劍走出天井，兩公子吩咐點燭，張鐵臂就一上一下，一左一右，舞將起來。舞到酣暢之時，只見冷森森的一片寒光，如萬道銀蛇亂掣，看不見舞劍的人，只覺得冷風襲人，看得人毛髮皆豎。權勿用又取了一個銅盤，叫管家滿貯了水，用水蘸著酒，一點也灑不進，舞了一會，大叫一聲，寒光陡散，還是一柄劍執在手裡。看那張鐵臂時，面不紅、氣不喘，眾人大大稱讚。

㈥鶯脰盛會和人頭會

自此權勿用、楊執中、張鐵臂都成了相府的上客。一日三公子說，要請眾賓客一遊鶯脰（ㄉㄡˋ dòu）湖。天氣漸暖，權勿用身上那一件大粗白布衣服太厚，穿著熱了，想去當幾錢銀子，買些藍布，縫件單袍，好穿了作遊鶯脰湖的上客。於是就瞞著公子，託張鐵臂去當了五百文錢來，放在床頭枕，夜晚一摸，五百文不見了，問楊執中的蠢兒子楊老六可曾看見？老六說看見了的。權勿用問到哪裡去了？老六道：「是下午時候，我拿出去賭錢輸了。還剩有十幾個錢，留著等一下買燒酒吃。」

權勿用道：「老六！這也奇了！我的錢，你怎麼拿去賭輸了？」老六道：「老叔！你我原是一個人，『你的就是我的，我的就是你的』，還分什麼彼此。」氣得權勿用乾瞪眼，幸好三公子見他沒有衣服，取出一件淺藍綢長袍來送與他。

那日鶯脰湖盛會，正值四月中旬，天氣清和，到會的是主人三公子、四公子、蘧公孫、清客牛布衣、楊司訓執中、權高士勿用、張俠客鐵臂、扶乩看病的陳山人和甫。八位名士，帶著楊執中的蠢兒子楊老六，當下牛布衣吟詩、張鐵臂擊劍、陳和甫說笑，伴著兩位公子的雍容爾雅，蘧公孫俊俏風流，楊執中的古貌古心，權勿用的怪模怪樣，真乃是一時勝會。兩邊船窗打開，奏著細樂，遊來湖中，酒席齊備，十幾個闊衣高帽的管家，在船頭上更番斟酒上菜，那食品之清潔，茶酒之清香，不容細說。

飲到月上時分，兩艘大船上點起五六十盞羊角燈，映著月色湖光，照耀如同白日。樂聲大作，空闊處更覺得響亮，聲聞十多里。兩岸上人望著，有如神仙，誰人不羨？

次早蘧公孫回去，見到魯編修告知，編修公道：「令表叔在家，應該閉戶作些舉學，以繼家聲；怎麼只管結交這樣一班人？如此招搖，實非所宜。」

次日，蘧公孫向兩位表叔說了。三公子大笑道：「我也不了解你這位岳丈，竟然俗到如此地步！」正說之間，門上人進來稟報：「魯大老爺開坊，陞了侍讀，朝命已下，京報剛才到了，老爺們須要去道喜。」

蘧公孫得知，慌忙先回岳家去賀喜。到了晚間，公孫打發家人跑來報：「不好了。魯大老爺接著朝命，正在合家歡喜，打點擺酒慶賀，不想痰病大發，已是不醒人事，快請二位老爺過去。」兩位公子連忙趕去，到了魯宅，進門就聞一片哭聲，魯編修已經去世。魯府親戚們，得報來到，商量在本族親房立一個兒子過繼，然後大殮治喪。蘧公孫哀毀骨立，極盡半子之誼。

魯編修亡故了之後，有一天，兩位公子在內書房對坐，商議寫信到京。此時正是下旬，月色未上，二更之後，忽聽得房上瓦一片大響，一個人從屋簷上掉下來，滿身血汙，手裡拿著一個革囊。兩公子驚著，竟是張鐵臂，問他是怎麼回事？

張鐵臂道：「二位老爺請坐，容我細稟，我生平一個恩人，一個仇人。這仇人已銜恨十年，無從下手；今日得便，已被我取了他的首級在此，這革囊裡面就是人頭。我那恩人正在這地方十里之外，須要五百兩銀子去報了他的大恩。自此之後，我的心事已了，就可以捨身為知己者用了。我想可以措辦這事的只有二位老爺，除此哪能有此等胸襟的人，所以冒昧黑夜來求，如果不蒙相救，就要從此遠遁，不能再相見了！」

說完，提了革囊要走，兩公子此時已嚇得心膽皆碎，連忙攔住道：「張兄休慌，五百金小事，不必介意，只是人頭如何處理？」

張鐵臂笑道：「只要我略施奇術，就可以滅跡，目前匆忙不行，等我把五百金送去之後，不過兩個時辰，就可以回來，取出人頭，加一藥末，頃刻化水，毛髮不存，二位老爺可以先備筵席，多請賓客，看我來作這事。」

兩位公子駭然，忙取五百兩銀子來付與張鐵臂，張鐵臂留下革囊，道謝一聲，騰身而起，上了房簷，行步如飛，只聽得一片瓦響，無影無蹤去了。兩位公子依言，天明之後，約了牛布衣、陳和甫、蘧公孫、楊執中、權勿用，舉行人頭會，專等張鐵臂回來處理，一直等到晚上，不見回來，天氣暖和，革囊臭了出來，大著膽打開來看，那是什麼人頭，不過是六七斤重的一個豬頭在裡面。

兩公子悄悄相商，受騙也只好自認倒霉，不必使別人知道，當下仍舊出來陪客人飲酒。心裡正悶著，看門的人進來稟報：「烏程縣有個差人，持了縣裡老爺的帖，同蕭山縣來的兩個差人叩見老爺，有話面稟。」

三公子留四公子陪客，自來廳上見那差人，呈上公文，上面寫著：「蕭山縣正堂吳。

為地棍奸拐事：案據蘭若庵僧慧遠，具控伊徒尼僧心遠被棍權勿用奸拐霸占在家一案。查本犯未曾發覺之先，自潛跡逃往貴治。為此移關，煩貴縣查照來文，遣役協同來差，訪該犯潛蹤何處，擒獲解還敝縣，以便審理究治。」

看過之後，差人稟道：「小的本官上覆三老爺，知道這人在府裡，因老爺這裡不知他這些事，所以留他。而今求老爺把他交與小的，他本縣的差人現在外面伺候，交與他帶去，莫使他知道逃走了，不好回文。」

三公子吩咐候著，滿心慚愧，叫請四老爺和楊老爺出來。兩位出來時，看了公文和本縣拿人的拘票，四公子也覺得不好意思。楊執中道：「三先生、四先生，自古道：『蜂蠆（ㄔㄞˋ chài）入懷，解衣去趕』。他既然弄出這樣的事來，先生們也庇護他不得，如今我去向他說，把他交與差人，等他自去料理。」

兩公子沒奈何。楊執中走進書房席上，一五一十說了，權勿用紅著臉道：「真是真，假是假！我就同他們去，怕什麼！」兩位公子走進來，不改常態，說了些代抱不平的話，又敬了兩杯別酒，取出兩封銀子送作盤程。兩公子送出大門，打躬而別。那兩個差人見權勿用出了婁府，兩公子已經進府，就把他一條鍊子鎖著帶去了。

【註釋】

①中堂：宰相。

②通政司：官名，掌內外章疏，臣民密封申訴之事。

③八股文、明清兩朝應科舉的文體，又名制義、時文、四書文。分破題（共二句道破全題的要義）、承題（伸明破題之意）、起講（又名原起，一篇開講之處）、提比（又名提股，起講後入手之處）、虛比（又名虛股，承提比之後，後來廢除不用了）、中比（又名中股，是全篇的中堅）、後比（暢發中比未盡之義）、大結（一篇的總結、其後多廢除不用）。

④一鞭一條痕，一摑一掌血：譬喻得心應手，樣樣到家。

⑤如君：姨太太。

⑥身在江湖，心懸魏闕：此處指魯編修閒在家裡，一心盼著作官。

⑦程朱：指理學家程頤、程灝、朱熹。

【批評分析】

㈠婁家兩公子「與其出一個消磨元氣的進士，不如出一個培養陰德的通儒」，是為作者痛恨時文科舉，要求尊重獨立人格的意識表現。鄒吉甫問兩位公子的話，正就是二公子常發的牢騷，是為投其所好。二公子敬重斯文，義救楊執中，而德清縣知縣只憑婁府的一張帖子放人，損失的是國庫公帑。劉守備冒稱婁府官船，河中打人一段，可見狐假虎威，富貴欺壓平民的社會寫實；兩公子的寬容極好，但三公子仍是糊塗，說：「我家從沒有人敢作這樣的事。」其實從晉爵吞沒七百兩銀子的事看來，婁府下人的惡劣絕不下於守備家人。楊執中故意放長線釣魚，自高身價，加強公子們的器重，「不敢妄為些子事……」一詩，是元代中書左丞呂仲實所作七律的後四句，楊執中抄襲掠美，二公子居然也淺陋不察。

㈢魯編修只知作八股文、作官，觀念腐舊固執，影響魯小姐也成了個冬烘頭腦。但蘧公孫自以為是的名士風流，其實所學也是極不充實。

㈣楊執中的摩娑銅爐，是一種待價而沽的象徵式說明。他的狐狸尾已顯露，既然淡泊名利，又為何還把一張沭陽縣儒學正堂的報貼貼著叫人看，從這種自我標榜中可見其人的虛偽做作。而箋聯「三間東倒西歪屋，一個南腔北調人。」也是割裂抄襲之作；紀昀《閱微草堂筆記》，記張晴嵐（明經）除夕前自題門聯：「三間東倒西歪屋，一個千錘百鍊人。」袁枚《隋園詩話》記魯之裕觀察署門：「兩間東倒西歪屋，一個南腔北調人。」

㈤楊執中的援引權勿用，是物以類聚，目的在壯聲勢。權勿用的矯情立異，裝模作態，一方面是掩飾自己的淺陋；另一方面是故意乖張脫俗，引人注意。

㈥魯編修因為有官作，竟然歡喜得痰病大發而死，既可悲又可笑。張鐵臂用假人頭騙錢，權勿用的真相暴露，原來是奸拐僧尼的地棍。兩公子明知受騙，仍然寬厚，這雖是可貴的，但也暴露了當時官紳之流的鄉愿虛偽鄙性。

七、遇仙記

㈠馬二先生的文章事業

上文提過的蘧公孫，招贅在魯編修家，後來魯編修去世；蘧老太守有病，蘧公孫回嘉興侍疾，兩位婁公子陪同去問候姑丈。到了嘉興，蘧大守已是病得重了，看來是個不起之病。公孫傳著蘧老太守之命，托婁府兩位公子去替他接魯小姐回家。魯府編修夫人疼愛獨生女，不肯放她去婆家。倒是小姐深明大義，決意要返婆家侍疾。此時兩個丫環：采蘋已嫁了，只有雙紅隨著小姐贈嫁。叫了兩艘大船，全副妝奩搬來船上，來到嘉興蘧府，蘧老太守已經去世。魯小姐上侍孀姑，下理家政，井井有條，蘧府的親戚們無不欽羨。

公孫居喪三載，眼見婁府的兩位表叔，半世豪舉，到頭來落得一場掃興，因此名心也漸漸淡了，詩話也不刷印送人了。魯小姐頭胎生的小兒子已有四歲，小姐每天拘著兒子在房裡講四書、讀文章，公孫也在旁指點。因此公孫有了改變，想要結交幾個考高等的朋友，談談舉業，無奈嘉興的朋友們都知公孫是個作詩的名士，不來親近他。公孫覺得沒趣。那一天街上走過，看到一處新書店裡貼著一張報貼，介紹選文專家處州馬純上先生。

蘧公孫親去書坊拜訪，店裡人道：馬先生在樓上，喊一聲：「馬二先生，有客來拜。」一人應聲下樓，公孫看那馬二先生時，身長八尺，容貌甚偉，頭帶方巾，身穿藍袍，腳下粉底皂靴，面皮深黑，臉上長著稀疏的幾根鬍子。相見啟談，才知馬二先生作秀才已二十四年，也考過六七次案首，只是科場不利，至今還未中舉。談了一會，公孫告別。馬二先生問了明住處，約定明日回拜。

公孫回家，向魯小姐說：「馬二先生明日來拜，他是個選文作舉業的專家，我想留他便飯。」小姐欣然準備。

次日馬二先生來拜，公孫問道：「先生所選的範文是以那一種文章為主？」

馬二先生道：「文章總以理法為主；風氣會變，理法總是不變。作文章不能帶著有注疏氣，尤其不可帶著有詞賦氣。有了注疏氣只不過影響缺少文采；若帶有詞賦氣那就會有礙於聖賢口氣，那是為文的大忌。」

公孫道：「這是作文章的道理了，請問批選文章，又是怎樣的道理？」

馬二先生道：「選文批文，也是全然不可帶有詞賦氣。小弟每常見前輩批語，有些風花雪月的字樣，被那些後生看見，就會想到詩詞歌賦那條路上去，就會壞了心術。古人說得好：『作文之心如人之眼』。凡人眼中，塵土屑固然不可有，就是金玉屑也是有不得的，所以小弟選批文章，總是採取精語，不肯隨便下筆，時常一個批語要作半夜。務必要那些讀選文的人，讀了這一篇就能悟出幾十篇的道理，這才能得實益。」

說著，裡面捧出飯來，果然是家常餚饌：一碗燉鴨、一碗煮鷄、一尾魚、一大碗煨得稀爛的豬肉。馬二先生食量頗高，舉箸向公孫道：「你我知己相逢，不作客套。這魚且不必動，倒是肉好。」當下吃了四碗飯，將一大碗爛肉吃得乾乾淨淨。裡面知道了，又添出一碗來，連湯都吃完了。吃畢喝茶清談。馬二先生問道：「先生名門，又這般大才，應該早已高發，為何困守在此？」

公孫道：「小弟因先君去世得早，在先祖膝下料理些家務，所以不曾致力於舉業。」

馬二先生道：「你這就差了。『舉業』二字，是從古到今人人必要作的。就如孔子生在春秋時候，那時用『言揚行舉』①作官，所以孔子就講成『言寡尤，行寡悔，祿在其中。』②這就是孔子的舉業。到了戰國時，以遊說作官，所以孟子歷說齊梁，這就是孟子的舉業。到了漢朝『賢良方正』③開科，所以公孫弘、董仲舒，舉賢良方正，這就是漢人的舉業。到唐朝用詩賦取士，他們若講孔孟的話，就沒有官作，所以唐人都會作幾句詩，這就是唐人的舉業。到宋朝又好了，都用明理學的人作官，所以程朱就講理學，這就是宋的舉業。現在本朝用文章取士，這是極好的法則。就是孔夫子在如今，也要念文章，作舉業，絕不講那『言寡尤，行寡悔』的話，為何？如果天天講究『言寡尤，行寡悔』，誰會給你官作？孔子的道，也就不行了。」一席話，說得蘧公孫如夢方醒，又留他吃了晚飯，足足談了一天，結為性命之交。

自此日日往來，那一天在文海樓會著，看到刻的墨卷目錄放在桌上，上寫著「歷科墨卷持運」，下面一行刻著「處州馬靜純上氏評選」，蘧公孫想在上面添上自己的姓名，藉此出名，不料話一說出，竟被拒絕。馬二先生道：「這是有道理的，占封面也不是容易之事。就是小弟，全虧幾十年考核得高，有點虛名，所以會有書商來請。難道先生如此大名，還占不得封面？只是你我兩個，只可獨占，不可合占。」公孫問是何故？

馬二先生道：「這事不過是『名利』二字。小弟不肯自壞名聲，自認圖利。若把你先生寫在第二名，世俗人以為刻書的錢是先生出的，那小弟豈不是個謀利之徒了嗎？若是把先生寫在第一名，小弟這數十年虛名，豈不又都是假的了嗎？」

㈡急友難傾囊相助

魯小姐在家督促小兒子念書，十分嚴格，時常到三更四鼓。如果小兒子書背不熟，小姐就要督責他念到天亮，先打發公孫到書房去睡。小丫頭雙紅侍候公孫，她也會念詩，常拿些詩來求講。公孫喜歡她殷勤，就把昔年逃亡的降官王惠留下的一個舊枕箱，賞給雙紅盛花兒針線，又在無意之中把昔年救助王惠的事告訴了雙紅。

沒想到婁府家人晉爵的兒子宦成，小時候與她有約，竟然大膽來到嘉興把這丫頭拐了去。蘧公孫大怒，報了秀水縣，出批文捉拿回來，宦成這小奴才託人來求公孫，情願出幾十兩銀子與公孫作丫頭的身價，要求把雙紅賞給他作老婆。公孫斷然不肯，宦成、雙紅兩個被拘在差人家裡，那差人一回回恐嚇敲詐。宦成的銀子用完，衣服也都上了當鋪。

那一晚小倆口商議，要把這個舊枕箱，拿去賣幾十個錢來買飯吃。雙紅說出枕箱來歷，被差人聽到，想到這可能是敲詐蘧公孫的好機會，先借二百文與宦成倆口子吃飯，叮囑千萬莫賣枕箱，差人自去尋了一個老練的差人商議，告訴他如此這般，問他：「這事還是就此弄破了好？還是開弓不放箭，大家弄幾個錢要緊？」

那老差人「呸」的一口大啐道：「這種事哪能講破！講破了那還有什麼好處？如今只是悶著跟他講，不怕他不拿出錢來，虧得你衙門裡幾十年，這種利害也不曉得；遇著這等事竟要講破！破你娘的頭！」罵得這差人連聲道謝承教。趕回家來，拉了宦成到茶室商量。正在說著，一個人找差人請教道：「白白給他打了一頓，卻是沒有傷，喊不得冤。怎麼辦？」

差人悄悄拾起一塊磚頭，凶神似的，走上去照那人頭上一砸，打出一個大洞，鮮血直流。那人嚇了一跳。問差人道：「老爹，這是為什麼？」差人道：「你方才說沒有傷，這不是傷嗎？又不是你自己弄出來的！不怕老爺會驗！還不快去喊冤！」那人感激道謝，把血用手一抹，塗成一個血臉，往縣前喊冤去了。

宦成看到聽到，又學了一個乖；差人回來與他商議，說道：「昨晚聽見你女人說，那枕箱是王太爺的，王太爺降了寧王，又逃走了，是個欽犯；這箱子就是欽贓，蘧家的結交欽犯，藏著欽贓；若是被人告到官裡，那就是殺頭充軍的罪，他還敢拿你怎麼？」

宦成聽了這番話，如夢方醒，說道：「多蒙老爹提醒，如今我就寫呈子去告！」

差人道：「傻兄弟！這你又錯了。你如去告官，就算把他一家殺得個精光，於你也無益處，何不趁此弄他幾個錢。何況你與他又無深仇，如今只消託一個人出來，嚇他一嚇，嚇出幾百兩銀子，又把丫頭白白送與你作老婆，不要身價，這事也就罷了。」

宦成道：「多謝老爹費心，全憑老爹替我作主就是。」

差人從雙紅處問知，蘧公孫與馬二先生相好。先寫一張檢舉叛逆的狀子，帶在身邊，到文海樓來請馬二先生說話。馬二先生見是縣裡的人，不知何事？邀他上樓坐下。差人道：「先生一向可是與作南昌府的蘧家蘧小相交好？」

馬二先生道：「他是我極相好的弟兄，頭翁，你為何問他？」差人故作神秘，兩邊一望道：「這裡沒有什麼外人嗎？」馬二先生道：「沒有！」

差人拿出那張呈狀來給馬二先生看，說道：「他家發生了這樣的事，我們是『公門裡好修行』，所以通個信給他，叫他好早早料理。」馬二先生看完呈子，驚得面色如土，向差人道：「這事絕不能告官說破，既蒙頭翁好心，千萬先把呈子捺下！蘧先生現不在家，去鄉間修墳去了，等他回來才好商議。」

差人道：「告狀的今天就要遞狀，這種事誰能捺得下來？」馬二先生慌了道：「這個如何了得？」差人道：「先生，你這一個『子曰行』的人④；怎的如此沒主意？自古『錢到公事辦，火到豬頭爛』，只要破費些銀子，把這枕箱買了回來，這事便罷了。」

馬二先生拍手道：「好主意！」當下鎖了樓門，請這差人到酒店，馬二先生作東，大盤大碗請他吃著，商議如何了斷？

那差人獅子大張口，假說宦成的意思，少說也得要二三百兩銀子。馬二先生搖頭道：

「二三百兩是不能的。不說他現在不在家，是我在替他設法；就是他在家，雖然是個作官人家，如今也已家道中落，一時哪能拿出這許多銀子來！」

差人說道：「既然沒有銀子，本人現又不能出面，我們就不要管它，隨宦成那小子去鬧罷！」馬二先生道：「話不是這樣說，我同蘧小相是深交，眼看他有事，如不能替他掩蓋，那就不成朋友了！」提出條件，由馬二先生代墊二三十兩銀子，了結此事。

那差人惱了道：「這正合著古話『滿天討價，就地還錢』，我說二三百兩，你就說二三十兩？『戴著斗笠親嘴，差著一帽子』，怪不得人說你們『詩云子曰』的人難講話！這樣看來，你好像『老鼠尾巴上害癤子，出膿也不多』，倒是我多事，不該來惹這番婆婆媽媽口舌的！」說罷，站起身來就要走。

馬二先生心裡著急，急忙拉住，坦白說出，自己的束脩總共一百兩銀子，這些時用掉了幾兩，還要留兩把作盤費到杭州去。抖了包，只擠得出九十二兩銀子。若是不信，情願同到住處去搜，若是搜出一錢銀子，馬二先生就不是人。如今願意傾囊取出，請差人大力維持，如果再不能，那也就沒法了，只好怨蘧公孫的命。

差人道：「先生，像你這樣血心為朋友，難道我們當差的心不是肉作的？只是宦成那奴才不知肯不肯？」想了一想，出個主意：叫馬二先生替蘧公孫立個婚書，言明收到雙紅丫環身價一百兩，連同那實得的九十二兩，將近二百之數，將就可以塞得住那小廝的嘴。

馬二先生答應了，當下雙方說定，馬二先生回文海樓等候；那差人假作去會宦成，去了半日，回到文海樓來，又吹牛說他費了不少口舌，才將宦成那邊壓下。差人將枕箱拿上樓來，馬二先生交出銀子婚書，差人拿著去了。

差人回到家中，把婚書藏起；另外開了一篇細賬，借貸吃用，衙門使費，共開出七十多兩，只剩下十幾兩銀子與宦成；宦成嫌少，被他一頓臭罵：「你奸拐了人家使女，犯著官法；若不是我替你遮蓋，怕老爺不會打折你的狗腿！我倒替你白白地騙了個老婆，又騙了許多銀子；得不到你一聲感謝，反倒向我討銀子！我如今去回老爺，先把你這奸情事打幾十板子；丫頭傳蘧家領回去，叫你吃不了兜著走！」宦成被他罵得閉口無言，收下銀子，道了謝，領著雙紅去他州外府尋生意去了；這裡差人憑著婚書，另寫稟帖銷案。

蘧公孫從墳上回來，馬二先生來候，慢慢說到這件事上來；蘧公孫初時還含糊著，馬二先生道：「長兄，你這事還要瞞我嗎？那枕箱現就在我的住處。」公孫滿面飛紅。

馬二先生說出經過，明說九十二兩銀子不要蘧公孫還，公孫聽罷大驚，忙取一把椅子，放在中間，把馬二先生捺了坐下，倒身拜了四拜。跟著進到內室，告知魯小姐，說道：「像這樣的，才是斯文骨肉朋友，有義氣、有肝膽！結交了這樣的正人君子，也不枉了！像我妻家表叔結交了多少人，一個個出乖露醜；相比之下，豈不是可羞！」魯小姐也著實感激，備飯招待馬二先生，飯後叫人跟去，將那枕箱取回來毀了。

㈢書呆子遊西湖

馬二先生原在杭州選書，被嘉興文海樓請來，一部書已選完，辭別了蘧公孫，仍返杭州。一時選文之事不忙，住了幾天，腰裡帶了幾個錢，就去西湖走走。

這西湖乃是天下第一個真山真水的景致，且不說那靈隱的幽深，天竺的清雅；只出了這錢塘門，過聖因寺，上了蘇堤，中間是金沙港，轉過去就望見雷峰塔，到了淨慈寺，有十多里路；真乃五步一樓，十步一閣；有金粉樓臺，也有竹籬茅舍；有桃柳爭妍，也有桑麻遍野。賣酒的青帘高揚，賣茶的紅炭滿爐，仕女遊人，絡繹不絕。真個是：「三十六家花酒店，七十二座管絃樓。」

馬二先生獨自一人，步出了錢塘門，在茶亭裡吃了幾碗茶，到西湖上牌樓前坐下，只見一船船鄉下婦女來燒香的，各色各樣，一頓飯時，就來了五六船；那些女人後面，都跟著自己的丈夫，掮著傘，拿著衣包，上了岸，分散到各廟去了。

馬二先生看了一會，不在意裡，起來又走了一里多路，望著湖沿上接連幾家酒店，掛著透肥羊肉，櫃枱上盤子裡盛著滾熱的蹄子、海參、糟鴨、鮮魚；鍋裡煮著餛飩，蒸籠上蒸著極大的饅頭。馬二先生沒錢買，喉嚨裡直嚥唾沫；只得走進一家麵店，十六個錢吃了一碗麵，肚裡不飽，又走到隔壁茶室喝了一碗茶，買兩個錢的處片嚼嚼，倒覺得有些滋味。

吃完出來，見湖邊蔭下繫著兩艘船，船上的女客正換衣裳；一個脫去元色⑤外套，換了一件水田披風；一個脫去天青外套，換一件玉色繡的八團衣服；一個中年的脫去寶藍緞衫，換了一件天青緞二色金的繡衫。那些跟從的女客，十幾個人，也都換了衣裳。這三位女客，一位跟前一個丫環，手持黑紗團扇，替她們遮著日頭，緩步上岸。那頭上珍珠的白光，直射多遠；裙上環珮，叮叮噹噹地響。馬二先生低著頭走了過去，不曾仰視。

走過了六橋，轉個彎，像是鄉村地方。馬二先生想要回家，問人道：「前面還有沒有好玩的所在？」那人道：「轉過去就是淨慈雷峰，怎麼不好玩？」馬二先生又往前走。走了半里路，看見一座樓臺，蓋在水中間，馬二先生從板橋上過去，在門口茶室吃了一碗茶。裡面的門鎖著，馬二先生要進去看，管門的向他要了一個錢，開門放他進去。

裡面是三間大樓，樓上供的是仁宗皇帝的御書。馬二先生嚇了一跳，慌忙整整頭巾，理理袍服，在靴桶裡拿出一把扇子來當作笏板⑥，恭恭敬敬，朝著樓上揚塵舞蹈，拜了五拜。拜畢定一定神，仍回茶桌邊坐下。旁邊有個花園，賣茶的人說是布政司房裡的人在此請客，不好進去。那廚房卻在外面，熱騰騰的燕窩海參，一碗碗在眼前捧過去，馬二先生又羨慕了一番。出來，過了雷峰，遠望高高下下許多房子，蓋著琉璃瓦；曲曲折折，無數的朱紅欄杆。馬二先生走近，看見一個極高的山門，一個直匾，金字，上寫著：「敕賜淨慈禪寺。」

馬二先生從山門旁的小門進去，一個大院落，地下都是水磨的磚。進了二道山門，兩邊廊上都是幾十層極高的階級；那些富貴人家的女客，成群結隊，裡裡外外，來往不絕，穿的都是錦繡衣服；風吹過來，身上的香陣陣撲鼻。

馬二先生身材高大，戴一頂高方巾，一張烏黑的臉，凸著肚子，穿著一雙厚底破靴，橫著身子亂跑，只管在人窩子裡撞；女人們不看他，他也不看女人。前前後後，跑了一陣；又出來坐在南屏亭內，吃了一碗茶。櫃上擺著許多碟子：橘餅、芝蔴糖、粽子、燒餅、處片、黑棗、煮栗子，馬二先生每樣買了幾個錢，不論好歹，吃了一飽，覺得倦了，直著腳，跑進清波門，回到住處，關門睡了。

因為走多了路，睡了一天，第二天起來去城隍山走走。城隍山就是吳山，就在城中。走不多遠，已到山腳下；望著幾十層階級，馬二先生一口氣走上，不覺氣喘。廟門前吃了一碗茶，進去看時，是吳相伍子胥的廟。馬二先生作了個揖，把匾聯一副副細看了一遍；再走上去，走到片石居，裡面也是個花園，有些樓閣。馬二先生進去看見窗槅關著，便在門外張望，只見一群人圍著，像是在請仙。馬二先生心想：他們若是請仙判斷功名大事，我也要進去問一問。

站了一會，望見一個人磕起頭來；旁邊有人道：「請了個才女來了！」馬二先生聽了暗笑。又一會，一個問道：「是不是李清照？」又一個問：「是不是蘇若蘭⑦？」又一個拍手道：「原來是朱淑貞⑧！」馬二先生看這些人不是管功名的，志不同道不合，不如去吧。

又轉過兩個彎，上了幾層階級；只見平坦的一條大街，左邊靠著山，一路有幾處廟宇；右邊一路，一間間房子，都有兩進。後面的一進，窗子大開著，空闊一望，錢塘江隱隱可見。那些房子有賣酒的、賣耍貨的、賣餃兒的、賣麵的、賣茶的、測字算命的，廟門口擺的都是茶桌子。這一條街，單是賣茶的就有三十多處，十分熱鬧。

馬二先生正走著，只見茶鋪子裡，一個油頭粉面的女人招呼他吃茶；馬二先生扭頭就走，去間壁茶室泡了一碗茶，見有賣簑衣餅的，叫打十二個錢的餅，吃了，略覺有些意思。走上去，一個大廟，甚是巍峨，就是城隍廟。馬二先生進去瞻仰了一番；過了城隍廟，一個彎後又是一條小街，酒樓麵店都有。

還有幾家簇新的書店，店裡貼著報單，上寫：「處州馬純上先生精選三科程墨持運於此發賣」，馬二先生見了歡喜，走進書店坐坐，取過一本自己選的書來看，問了價錢，又問銷售的情形好不好？書店人道：「墨卷只行得一時，哪裡比得上古書？」

馬二先生再往上走，是個極高的山岡，走到岡上，左邊望著錢塘江，那天江上無風，水平如錦，過江的船，船上的轎子，都看得明白。再走上些，右邊又見西湖雷峰一帶，連湖心亭都望得見。那湖裡打魚船，一條條如小鴨浮在水面。馬二先生心曠神怡，只管再走上去，又見一處大廟，廟門前擺著茶桌賣茶，馬二先生走得腳酸，且坐吃茶。吃著，兩邊一望，一邊是江、一邊是湖：又有那山色一轉圍著，又遙見隔江的山，高高低低，忽隱忽現。

馬二先生歎道：「真是載華嶽而不重，振河海而不洩，萬物載焉！」吃著茶肚裡正餓，正好有鄉人捧著燙麵薄餅來賣，又有一籃子熟牛肉，馬二先生大喜，買了幾十文的餅和牛肉，就在茶桌上，盡興一吃。

想著趁飽再上，走了一箭多路，左邊一條小徑，荒榛蔓草，馬二先生走過去，見那玲瓏怪石，千奇萬狀。鑽進一處石罅（ㄒㄧㄚˋ xià），石壁上多有名人題詠，馬二先生不看。過了一個小石橋，沿著窄小的石蹬走上去，又是一座大廟，又有一座石橋，很不好走。馬二先生攀藤附葛，走過橋去，見是個小小的祠宇，上有匾額，寫著「丁仙之祠」。走進去，見中間塑一個仙人，馬二先生見有籤筒，想著：「我今困在杭州，何不求籤問問吉凶？」正要上前展拜，只聽得背後一人道：「馬二先生！要想發財，何不問我？」

㈣仙人的魔術

馬二先生回頭一看，祠門口立著一人，身長八尺，頭戴方巾，身穿繭紬長袍，左手理著腰裡絲縧，右手拄著龍頭拐杖，一部大白鬚，直垂過臍，飄飄有神仙之表。馬二先生慌忙上前施禮，敢問素昧平生，何以便知學生姓馬？那人道：「天下何人不識君？先生既遇著老夫，不必求籤了，且同到敝寓去談談。」

當下攜了馬二先生的手，走出了仙祠：卻是一條平坦大路，未及一刻功夫，已到了伍相國廟門前。馬二先生心裡疑惑：原來有這近路，是我方才走錯了；又疑惑恐是神仙縮地騰雲之法也未可知。進入伍相國寺殿後，有極大的地方，又有花園，園裡有五間大樓，四面都是窗子，望江望湖，景色全收眼底，那人就住在這樓上，邀馬二先生上樓，施禮坐下。四個長隨，整整齊齊，都穿著紬緞衣服，腳下新靴，上來奉茶，那人吩咐備飯，一齊應諾下去。

馬二先生舉眼一看，樓中間貼著一張素紙，上寫冰盤大小的二十八個大字，乃是一首絕句，詩道：

南渡年來此地遊，而今不比舊風流。
湖光山色渾無恙，揮手清吟過九州！

後面一行寫：「天臺洪憨仙題。」馬二先生屈指一算，宋高宗南渡，已是三百多年前的事，這人經歷南渡，而今還在，一定是個神仙無疑。問道：「這佳作是老先生的？」

那人道：「憨仙便是賤號。偶爾遣興之作，頗不足觀；先生若愛看詩句，前時在此，有同撫臺、藩臺及諸位當事在湖上唱和的一卷詩，取來請教。」說完，拿出個手卷來，馬二先生放開一看，都是各當事的親筆，一首首七言律詩，詠的西湖之景，圖書新鮮，著實讚了一回。

捧上飯來，雖是便飯，卻也豐盛，馬二先生腹中尚飽，不便辜負仙人，又盡力吃了一餐。飯畢清談，談起目前住在書坊裡，沒有什麼文章選，想要問問可有發財機會？洪憨仙道：「發財也不難，但大財須緩一步，目前先發個小財好嗎？」走進房內，床頭邊摸出一個包來，打開，裡面有幾塊黑煤，遞與馬二先生道：「你將這東西拿回去，燒起一爐火來，取個罐子把他頓在上面，看他成個什麼東西，再來和我說！」

馬二先生接著，晚間果然如法泡製，那火吱吱地響了一陣，取罐傾了出來，竟是一錠細絲紋銀，馬二先生喜出望外，一連傾了六七罐，倒出來六七錠大紋銀。疑惑不知是否真銀，次日清早上街，送到店裡去看，錢店都說是十足紋銀，隨即換了幾十錢，拿回住處收好。趕到洪憨仙住處來道謝，果然仙家妙用，憨仙道：「早哩，我這裡還有一些，先生再拿去試試。」又取出一包來，比前有三四倍，送與馬二先生。別了回來，一連在住處燒爐，燒了六七天，把那些黑煤都傾完了，都是紋銀，上戥子一秤，足有八九十兩，馬二先生歡喜無限，一包包收藏起來。

這一日，憨仙請馬二先生去，憨仙道：「先生，你是處州，我是臺州，相近原要算是同縣；今天有個客來拜我，我和你要認作中表弟兄，將來自有一番交際，不可有誤。」馬二先生道：「請問這位尊客是誰？」

憨仙道：「便是這城裡胡尚書家三公子，名縝，字密之。尚書公遺下宦囊不少，這位公子卻有錢癖，想要多多益善。他要學我這燒銀之法，眼下可以拿出萬金來，以為爐火藥物之費；但這事須有一位中間的人，先生的大名，他是知道的，何況在書坊選批文章，是有蹤跡可尋，可靠的人，他更可以放心。如今相會過了，決定此事，開始燒銀，到七七四十九天之後，成了銀母：凡是一切銅錫之物，點著就成黃金，何止數十百萬？我是用他不著，到那時告別還山，先生得了這銀母，家道自此也可以小康了。」

馬二先生見他如此神術，有什麼不信。等到胡三公子來，憨仙介紹：「這是舍弟，各書坊所貼『處州馬純上先生選三科程墨』的便是。」胡三公子改容尊敬，施禮坐下；三公子舉眼一看，洪憨仙人物軒昂，行李華麗，四個長隨，輪流獻茶；又有選家馬先生是至親，歡喜放心，坐了一會去了。

次日，憨仙同馬二先生回拜胡府；第三天是胡三公子請客，兩席酒、一本戲，吃了一日。胡三公子約定三五日後，到家來寫立合同，就請馬二先生作中人，然後在自家花園裡準備丹室，先兌出一萬兩銀子來，託憨仙修製藥物。並請憨仙住進丹室，開始工作。

一連四天，不見憨仙處有人來請，馬二先生過去探望，一進了門，只見那幾個長隨不勝慌張，敢問方知是憨仙病了，症候甚重，醫生已不肯用藥。馬二先生大驚，上樓去看，已是奄奄一息，頭都抬不起來。

馬二先生好心相伴，晚間也不回去。挨過兩天，那憨仙壽盡身亡。四個手下慌了手腳，寓所一擄，只有四五件紬緞衣服，還可當得幾兩銀子，其後一無所有，幾個箱子都是空的；這四個人也並不是什麼長隨，是一個兒子，兩個姪兒，一個女婿，這時都說出身分。馬二先生聽在肚裡，替他們著急；此時連買棺材的錢都不夠，馬二先生有良心，趕回住處，取了十兩銀子來與他們料理。

兒子守著哭泣，姪子上街買棺材；女婿無事，同馬二先生走去隔壁茶館談談。馬二先生道：「你令岳是個活神仙，活了三百多歲，怎會忽然間就死？」

女婿道：「笑話！他老人家今年只得六十六歲，哪有什麼三百歲？想著他老人家，也就是不守本分，慣弄玄虛。尋來錢又混用掉了，而今落得如此收場！不瞞你先生說，我們都是買賣人，拋下生意，跟著他作這種騙人的事；如今他一死，害得我們要討飯回縣，這話從哪裡說起！」馬二先生提起那一包包黑煤，燒起爐來，一傾就是紋銀。

女婿道：「哪裡是什麼黑煤，那就是銀子，用煤弄黑了的！一下了爐，銀子本色就現出來了。那原是作出來騙人的，用完了那些，就沒得再用了。」

馬二先生道：「還有一點，他若不是神仙，為何在丁仙祠初見我的時候，不曾認得就知我姓馬？」女婿道：「你又差了！他那日在片石居扶亂出來，看見你坐在書店看書，書店的人問你尊姓？你說就是書面上馬什麼的，他聽了記在心裡。世間哪有什麼神仙！」

馬二先生這才恍然大悟，憨仙的結交，目的是要借馬二先生的名頭作中人，去騙胡三公子家上萬兩的銀子，幸得胡家時運高，不曾上當；更幸得這騙局還未弄成，馬二先生不受連累。

馬二先生忠厚，又想道：「他虧負了我什麼？我到底還是該感激他才是。」當下候著裝殮，算還廟裡的錢，叫腳夫抬去清波門外，暫時厝著。馬二先生備了個牲禮紙錢，送到厝所，看著用磚砌好了，剩下的銀子，那四個人作旅費，謝別了馬二先生，回鄉去了。

【註釋】

①言揚行舉：以言行優良為標準。

②言寡尤、行寡悔：《論語、為政》：「子曰多聞闕疑，慎言其餘，則寡尤；多見闕殆，慎行其餘，則寡悔。言寡尤、行寡悔，祿在其中矣。」

③賢良方正：漢代郡國舉士的一種，凡稍有文墨才之士都能被選。

④子曰行：讀書人。

⑤元色：黑色。

⑥笏板：大臣見君時所執持，用以記事的手板。

⑦蘇若蘭、蘇蕙：字若蘭，前秦時才女、曾織錦為迴文〈璇璣圖詩〉。

⑧朱淑貞：宋代才女，工詩詞，集名《斷腸集》。

【批評分析】

㈠馬二先生認為讀書人的事業全在舉業，就是孔夫子在今，也要念文章、作舉業，這是他的迂腐固執。蘧公孫想要在馬二先生的選本上列名，一股迫切求名的心理，清晰呈現。

㈡馬二先生破產救友，義行表現人類性行高貴的一面。而由差人的行為可以看出當時衙門的黑暗，以大吃小，以強凌弱的可悲實況。

㈢馬二先生遊湖一段，寫景記物，文字極為佳妙。書呆子遊湖，對自然山水全無會心；「女人們不看他，他也不看女人。」但女人色香的刺激卻在篇中屢屢冒出，馬二先生不是不想看，而是逃避心理的不敢看；他只知道吃，吃了一頓又一頓；這位食古不化讀書人的精神枯淡，人生單調，十分可悲。

㈣洪憨仙的行騙，馬二先生居然信以為真：不僅是他的見識之淺，更可見他希求財利心理的迫切。

八、匡超人前恭後倨

㈠馬二先生收盟弟

馬二先生到城隍山吃茶，忽見茶室旁邊添了一張小桌子，一個少年坐著替人測字。那少年面前擺著字盤筆硯，手裡卻拿著一本書在看。馬二先生走近一看，原來就是他新選的「三科程墨持運」。馬二先生來桌旁板凳上坐下，那少年問要測字，馬二先生說是走乏了，借此坐坐，那少年即向茶室裡開了一碗茶，送在眼前，陪著坐下。

馬二先生見他頭戴破帽，身穿一件單布衣服，甚是襤褸，人雖則瘦小，卻很有精神。

問起他來，才知他是溫州府樂清縣人氏，姓匡名迥，號超人。自小也上過幾年學，只因貧寒不能繼續，去年跟著個賣柴的客人來杭州，在柴行裡記賬，想不到那客人折了本錢，他因此流落在此，不得回家。前日家鄉人來，說是家中父親有病，如今存亡不知……說著，那豆大眼淚掉將下來，馬二先生著實惻然。匡超人動問仙鄉貴姓？馬二先生道：「這不必問，你方才看的文章，封面上馬純上就是我了。」匡超人慌忙作揖，磕下頭去，說道：「晚生這真是有眼不識泰山。」

馬二先生帶著他到文瀚樓住處，問他可還想著讀書上進？還是想回家去看父親？匡超人流淚道：「先生，我今衣食缺少，就想要讀書上進，也是不能的了！只是父親病著在家，為人子的不能奉侍，禽獸不如，一想起來就慚愧自恨，真想早尋一個死處！」馬二先生勸道：「快不要如此！你的孝思，就是天地也會感動。」收拾便飯，留他吃過。到晚上笑著向他說：「我如今大膽出個題目，請你作一篇，讓我看看你筆下有沒有希望能進學？」

匡超人道：「正要請教，只是不通，先生休笑。」馬二先生出了題，留他住下。次日起來，他的文章已是作好，送了過來。馬二先生喜道：「又勤學、又敏捷，可敬！可敬！」把文章看了一遍，說道：「文章才氣是有的，只是理法差一些。」當時拿筆批點。從頭到尾，講了許多虛實反正，吞吐含蓄的文章法則給他聽。

匡超人謝了要去，馬二先生要送他盤費，匡超人只要一兩銀子，馬二先生道：「不然，你這一回到家，也得要有個本錢，方能奉養父母，才有功夫讀書。我這裡先拿十兩銀子與你，你回去作個生意，請醫生替你令尊看病。」

當下開箱，取出十兩一封銀子，又找一件舊棉襖，一雙鞋，都遞與他。匡超人接了衣物銀子，兩淚交流道：「蒙先生這般相愛，我匡迥何以為報！想要拜為盟兄，將來諸事還求照顧，只是大膽，不知長兄肯不肯接納？」

馬二先生大喜，當下受了他兩拜，又同他拜了兩拜，結為兄弟。留他在樓，準備些飯菜為他餞行，吃著向他說道：「賢弟，你聽我說，你如今回去，奉侍父母，總以文章舉業為主；人生在世，除了這事，就沒有第二件可以出頭的了。算命測字是下等，教館作幕也都不是個了局。只是有本事進了學，中了舉人進士，立刻就榮宗耀祖；這就是《孝經》上所說的顯親揚名，才是大孝，同時自身也不會再受苦。古語說得好：書中自有黃金屋，書中自有千鍾粟①，書中自有顏如玉。如今什麼是書？那就是我們的文章選本了。賢弟，你回去奉養父母之外，總以作舉業為主。就是生意不好，奉養不周，也不必介意。那養病的父親，睡在床上，沒東西吃，果然聽見了你念文章的聲氣，他的心花開了，分明難過也好過，分明哪裡疼也不疼了；這就是曾子的『養志』。假如時運不好，終身不得中舉，一個廩生是掙得來的，到後來作一任教官，也能替父母請一道封誥。我是百無一能，年紀又大了；賢弟，你少年英敏，可細聽愚兄之言，圖個日後宦途相見。」說罷，又去書架上細細撿了幾部文章給他。匡超人依依不捨，急於要回家去看父親，只得灑淚告辭。

㈡謙遜的孝子人緣好

匡超人搭便船去溫州，那船是撫院衙門當差的鄭老爹包的。匡超人為人乖巧、謙遜，口口聲聲叫老爹，那鄭老爹甚是歡喜，吃飯時邀他同吃。

船上談著，鄭老爹說：「如今人情澆薄，讀書人都不孝父母；這溫州姓張的弟兄三個都是秀才；兩個疑惑老子把家私偏了小兒子，在家打吵，吵得父親急了，出首到官②；他兩弟兄在府縣都用了錢，倒替他父親作了假哀憐的呈子③，把這事銷了案。虧得學裡的一位老師爺持正不阿，備文詳送撫院衙門，大人傳了，差我去溫州提一干人犯。」問他：「如果審得確實，府縣的老爺豈不要受牽連。」

鄭老爹道：「審出真情，府縣都是要參的。」匡超人聽了，心想有錢的不孝父母；像自己這等窮人，要孝父母卻又不能，真是不平之事！

過了兩日，謝辭了鄭老爹，上岸起旱，一路曉行夜宿來到自己村莊。望見家門，心裡歡喜，兩步作一步，急來敲問。母親聽是他的聲音，開門迎出，喚道：「小二！你回來了！」

匡超人道：「娘！我回來了！」向娘作揖磕頭，她娘捏一捏他身上，見他穿著厚棉襖，這才放心，向他說道：「自你跟客人去後，這一年多我時刻不安；一夜夢見你掉在水裡，我哭醒來；一夜又夢見你把腿跌折了；一夜又夢見你臉上生了個大疙瘩，指與我看，我替你用手拈，總是拈不掉；一夜又夢見你來家望著我哭，把我也哭醒了；一夜又夢見你頭戴紗帽，說作了官，我笑著說我們莊農人家，哪有官作？旁邊一個道：『這官不是你兒子，你兒子卻也作了官，卻是今生再也不到你跟前來了！』我哭起來說：『若是作了官就不得見面，這官就不作它也罷！』就這樣哭醒了，把你爹也嚇醒了；你爹問我，我把這夢告訴你爹，你爹說我心想得痴了。沒想到在這半夜你爹就得了病，半邊身子動彈不得。」

匡太公在房裡，聽見兒子回來了，登時病就輕鬆了些，覺得有些精神；匡超人走過來叫爹，磕頭。太公叫他坐在床沿，告訴他這得病的緣故，是三房裡的叔子想著這屋子，出的價又少，太公賭氣不賣，三房叔子竟然舉出上一手的業主，要拿原價來贖，那業主還是太公的叔輩，倚恃尊長，不認數年修繕，就要原價贖回。那日祠堂裡爭論，竟然出手打了太公。

族人受了三房囑託，都偏向他。匡超人的哥子又不中用，說話沒力量，太公一氣病倒。病倒後日用艱難，匡老大聽人家的話，以房產原價立約賣回，銀子零星收來，都花費了。

匡老大見不是事，和妻子商量，與父母分開來另吃。每早挑著擔子在各處趕集，尋的錢兩口子自己都還不夠；太公睡著不能動，隔壁要翻蓋房子，三天五天來催。匡超人一去不知下落，他母親想著就哭。

匡超人聽了道：「爹，這些事都不要焦心，靜靜養病要緊，我在杭州，難得遇著個先生，送了我十兩銀子；我明日作起個小生意，尋些柴米過日子。三房裡來催，怕什麼？看我來應付他。」

匡超人去廚房，向嫂子作揖，飯後去集上，買一隻豬蹄來家煨著，晚上與太公吃。正好他哥子挑著擔子進門，他向哥作揖下跪，哥告訴他家裡的苦楚，又說太公老糊塗，常得罪人，連累他受氣，太公疼的是小兒子，如今弟弟回家，叮囑弟弟，早晚說著太公一些。匡超人等肉爛了，和飯拿到父親面前，扶起來坐著；太公因兒子回家，心裡歡喜；又有些葷菜，就吃了許多；剩下的，請母親和哥嫂進來，在太公面前，放桌子吃了晚飯。太公看著歡喜，坐了一陣，扶著睡下；匡超人將被單拿來，在太公腳頭睡。

第二天當早，拿銀子去集上買了幾口豬，養在圈裡，又買了一斗多豆子。先殺了一口豬，燙洗乾淨，分肌劈理地賣了一早晨；又把豆子磨出一箱豆腐，也都賣了錢；拿來放在太公床下，就在太公跟前坐著，說些西湖景致笑話，逗得太公高興發笑。太公要出恭，不能站起來，匡超人想出辦法，廚下端來一個瓦盆，滿盛著灰；拿進來放在床前，端一條板凳，放在瓦盆外邊；自己扒在床上，把太公扶著挪出來，兩隻腳放在板凳上，屁股對著瓦盆。他自己鑽在中間，雙膝跪下，把太公的兩條腿，扛在肩上；讓太公躺得安安穩穩，自自在在地出恭。

到晚侍候太公睡下，點起燈，坐在太公旁邊，拿出文章來念，太公夜裡要吐痰吃茶，一直到四更，他就讀到四更。太公叫一聲，兒子就在眼前，這番兒子孝順侍候，一切方便，夜裡出恭也有人服侍，不必忍到天亮，因此晚飯也能放心多吃幾口。

過了四五日，他哥自集上帶回一個小鷄子，在嫂子房裡煮著，又買了壺酒，要替兄弟接風，說道：「這事不必告訴老爹吧。」匡超人不肯，把鷄先盛了一碗，送與父母，剩下的兄弟兩人在堂裡吃著。

恰好三房的阿叔過來催房子，匡超人向阿叔作揖下跪。說出理由，病人移了床，不得就好。如今趕緊請醫生替父親醫，若是父親好了，儘快讓房給阿叔；就算父親是長病，不得就好，那就該料理了房子搬走。一番話說得中聽，又是委婉，又是爽快，三叔反倒沒的話說，答應再躭擱些時日。

此後，匡超人賣的肉和豆腐，生意極好，不到日中就賣完了。把錢拿來家，伴著父親算計。哪日賺的錢多，就在集上買個鷄鴨或是魚類來家，與父親吃飯；因為太公是個痰症，不宜大葷，所以飲食特別注意，買這些東西，或是豬腰、豬肚，總是不斷，醫藥更是不消說。

太公的日子過得稱心，病漸漸好了許多。這匡超人精神最足，上半天的生意，夜晚伴著父親念文章，辛苦已極；但他中午得閒，還溜來門前同鄰居們下棋。這日正下著棋，來了本村大柳莊的保正潘老爹，匡超人恭敬作揖，回答問話。

潘保正上前，替他把帽子升了升，又拿起他的手來細細看了，說道：「二相公，不是我奉承你，我自小學得些麻衣神相④，你這骨格是個貴相。只到二十七八就會交上好運，妻財子孫都是有的。現今印堂顏色有些發黃，不日就有個貴人星照命。」又把耳朵邊捏著看看道：「卻也還有個虛驚，不大礙事；此後運氣，一年好過一年。」匡超人不信，潘保正說是日後自然會驗。

㈢回祿之災貴人扶助

三房裡催房，限定三天不搬，就叫人來摘瓦。匡超人心裡著急，還瞞著父親。過了三日，天色晚了，正服侍太公出了恭起來，太公睡下，他讀文章，忽聽得門外一片大響，幾十個人吆喝。心裡疑惑，莫不真是三房裡的叫人來摘瓦下門？頃刻之間，幾百人聲喊起，一派紅光，把窗紙照得通紅。

匡超人叫聲：「不好了！」開門出看，竟是本村失火，一家人一齊跑出來道：「不好了！快些搬！」他哥哥睡得迷糊，爬了起來，只顧他一副上集的擔子，裡面的東西又零碎，芝蔴糖、豆腐乾、腐皮、泥人、小孩吹的簫、打的叮噹、女人戴的錫簪子……抓著這件，掉了那件。糖和泥人，斷的斷了，碎的碎了，弄得一身臭汗，才一總捧起來往外跑。

那火頭已是望見有丈把高、火團子一個個往天井裡滾；他嫂子搶了一包被褥，衣裳鞋腳，抱著哭哭啼啼，反往後走。老奶奶嚇得兩腳軟了，一步也挪不動。那火光照耀得四處通紅，喊聲大震。

匡超人心想救人要緊，忙進房去，搶一床被在手，把太公扶起，背在身上，先揹出來到門外空著；又飛跑進來，一把拉了嫂子，揹她向門外走；又把母親扶了，揹在身上。才得出門，那火已到門口，幾乎封住了出路。

好在父母、嫂嫂，都已救出，再尋他哥時，已不知嚇得躲到哪裡去了？那火轟然燃燒，足足燒了半夜，一村人家房子，被燒成空地。匡超人無處存身，幸得潘保正向莊南庵裡和尚說情，借間屋住，保正回去，又送了飯菜與他壓驚。

直到下午，他哥才尋了來，反怪兄弟不幫他搶東西。匡超人見不是事，託保正就在庵旁路口，租了半間房，搬去住下。幸得本錢還帶在身邊，依舊的殺豬、磨豆腐過日子，晚間點燈念文章，太公因這一嚇，病添得重了些，匡超人雖是憂愁，讀書還是不歇。

那晚讀到二更多天，忽聽窗外鑼響，許多火把簇擁著一乘官轎過去，後面一片馬蹄之聲，原來是本縣知縣經過，沒想到知縣這一晚就在莊上住下，心中歎息道：「這樣鄉村地面，夜深時分，還有人下苦功讀書；實為可敬，只不知這人是秀才？還是童生？何不就傳保正來一問？」傳了潘保正來，才知是新遭火災匡家的二兒子，只是個少年生意人。

知縣聽罷慘然，吩咐道：「我這裡發一個帖子，你明日拿去，致意這匡迥說：我此時也不便約他來會；現今考試在即，叫他報名來應考；如果文章會作，我自然會提拔他。」

次早清早，知縣回衙，保正叩送了回來，飛跑來到匡家，說道：「恭喜！」匡超人問是何事？保正帽子裡取出個單帖來，遞與他，上面寫著：「侍生李本瑛拜。」

匡超人見是本縣縣主的帖子，嚇了一跳，保正忙將老爺好意，叫去應考，要注意抬舉的一番意思說了，又說：「我前日說你氣色好，並有貴人星照命，今日不就是應驗了嗎？」匡超人喜從天降，捧著帖子去向父親說了，太公也歡喜。到晚他哥回來，看見帖子，又把這話向他哥哥說了，他哥還不肯信。

過了幾天，縣裡果然出告示考童生，匡超人買卷應考；考過了，取了覆試。匡超人又買卷伺候。知縣坐堂，頭一個點名的就是他，知縣叫住他問道：「今年多少年紀了？」匡超人道：「童生今年二十二歲。」

知縣道：「你文章是會作的，這回覆試更要用心，我少不得照顧你。」匡超人磕頭謝了，領卷下去，覆試結果，竟取了第一名案首。見知縣時，知縣問知家裡苦楚，封出二兩銀子來相贈，叮囑加意用功，府考院考之時，還要資助他的旅費。匡超人謝了出來，回家告訴父親，太公捧著銀子，在枕上望空磕頭，謝了本縣老爺，直到這時，他哥子才信了。

鄉下人大家約著，送個賀分來家，太公吩咐借庵裡請了一天酒。殘冬已過，宗師按臨溫州。匡超人叩辭知縣，知縣又送二兩銀子。府考院考考了出來；恰好知縣上轅來見學道，在學道前下了一跪，說道：「卑職這次取的案首匡迥，是個孤寒之士，而且是孝子。」將他行孝之事，細細說了。

學道云：「士先器識而後辭章。果然內行克教，文辭都是末藝；昨看匡迥的文字，理法雖略有未清，才氣是極好的。貴縣請回，領教便了。」

自從匡迥上府去應考，匡太公屎尿仍在床上，去了二十多天，就如去了兩年的一般，每天眼淚汪汪，望著門外。那一天向老奶奶說：「第二個去了這些時，還不回來；不知他可有福氣，掙著進一個學？這早晚我若是死了，就等不到他在眼前送終！」說罷又哭，老奶奶正勸著，忽聽門外一片吵鬧，一個凶神般的人，趕著匡大打了來，說是在集上占了他擺攤的位置。

匡大不服，紅著眼向那人亂嚷亂叫，那人把匡大擔子奪下，筐子踢壞，零碎東西，撒了一地。匡大要拉他去見官。口裡說道：「縣主老爺，現同我家老二相與，我不怕你，我同你見官去！」太公聽了，忙教他進來，吩咐他莫與人口舌相爭，況且占人的攤子，原是不對，就該央人向他好好說話，不可吵鬧。匡大哪裡肯聽，正吵得不可開交，虧得潘保正來了，把那人說了幾句，那人嘴才軟了。

只見大路上兩個人，手裡拿著紅紙帖子，走來問道：「這裡有一個姓匡的嗎？」保正認得是學裡的門斗，說道：「好了，匡二相公恭喜進學了！」門斗進門，向床上的太公道了恭喜。把報帖升起來。上寫著：「捷報貴府相公匡諱迥，蒙提學御史學道大老爺，取中樂清縣第一名入泮。聯科及第。本學公報。」

太公歡喜，叫老奶奶燒起茶來；就把匡大擔裡的食物裝了兩盤，又煮了十來個雞子，請門斗吃著。潘保正又拿了十來個雞子來賀喜，一總煮了出來，留著潘老爹陪門斗吃飯。飯罷，太公拿出二百文來作報錢，門斗嫌少，潘老爹幫著說話，添了一百文才走。

直到四五日後，匡超人送過宗師回來，穿著衣巾，拜見父母。嫂子在火災後住回娘家，拜見哥哥；他哥見他中了相公，更加親熱。

潘保正替他收齊了分子，擇個吉日賀學，又借在庵裡擺酒，此番共收了二十多吊錢，宰了兩口豬和雞鴨之類，吃了兩三日酒。連和尚也來奉承。

匡超人同太公商議，把剩下的十幾吊錢，把與他哥，又租了兩間屋，開了個小雜貨店，接了嫂子回來，也不分在兩處吃了，每日賺些小錢作家裡用度。忙過幾日，進城謝知縣，知縣此番便和他分庭抗禮，留著吃了酒飯，拜作老師，事畢回家，又拜了學師。太公吩咐買個牲醴，到祖墳上去拜奠。

㈣流浪客結交假斯文

那日上墳回家，太公覺得身體不大爽利；從此病一日重似一日。匡超人同哥商議，把自己往日那幾兩本錢，替太公準備後事，店裡照舊不動。

那日，太公自知不濟，叫兩個兒子都到眼前，吩咐道：「我這病，眼見得望天的日子遠，入地的日子近！我一生是個無用的人，土地房產都沒留傳你們！第二的僥倖進了一個學，將來讀書，會上進一層，也不可知；但功名到底是身外之物，德行才是最要緊的。我看你在孝悌上用心，極是難得；千萬不可因後來日子略過得順利些，就添出一肚子的勢利見識來，改變了做人的態度。我死之後，你一滿服，就急急的要尋一門親事，總要窮人家的兒女，萬不可貪圖富貴，攀結高門。你哥是個混賬人，你要到底都敬重他，就和奉事我的一樣才是。」兄弟兩個哭著聽了，太公瞑目而逝。祖塋安葬，滿莊的人，都來弔孝送喪。

那天從墳上奠了回來，潘保正走來，告訴他縣裡老爺出了事；上面委溫州府二太爺來摘印。匡超人進城去看，只見百姓要留好官，鳴鑼罷市，圍住摘印的官要奪回印信，關了城門，鬧成一片。匡超人不得進城，又過了三四日，潘保正來報道：「昨日安民的官下來，百姓散了；上司叫查此次糾眾鬧事為首的人。衙門裡有兩個沒良心的差人，就把你也密報了，說老爺待你甚好，留官奪印，為首的一定有你。依我之意，你不如到外府去躲避些時！」

匡超人驚得手慌腳忙，與保正商議要去杭州，潘保正道：「你去杭州，我有個分房兄弟，行三，人都叫他潘三爺，現在布政司裡充當書吏。我寫個信與你帶去，你去尋著了他，凡事叫他照應，他是個極慷慨的人，不會錯的。」匡超人囑咐哥嫂家裡事務，灑淚拜別母親，潘保正直送上大路才回去。

匡超人在溫州赴杭州的船上，認識了在杭州開頭巾店，專門作詩的景蘭江。到了杭州，又由景蘭江介紹認識了作鹽商的趙雪齋。約好以後要雅集相敘，分韻作詩。到文瀚樓來找馬二先生，已是回處州去了。文瀚樓主人認得他，留他在樓上住。

次日去找潘三爺，又出差去了。尋來豆腐橋大街景家方巾店，景蘭芳不在，左右店鄰說一定是出去探春，尋花問柳，作詩去了。匡超人走過兩街，遠遠望見景蘭江同著兩個戴方巾的人並行，趕上去相見作揖。景蘭江替他介紹，一個麻子是支劍峰，一個鬍子是浦墨卿，都是詩會裡的人。

當下酒店小酌，談起趙雪齋，今日在家宴請一位奇客，這客人姓黃，是寧波府鄞縣知縣，與趙雪齋同年同月同時出生。兩人際遇不同，趙家是兩個兒子，四個孫子，兩老夫婦齊眉，卻是個布衣；黃公中了進士，作的是知縣，卻是三十歲就斷了弦，而今妻室兒女全無。兩般際遇不同，到底要家室之樂好，還是仕宦得意好？匡超人說還是作趙先生好！

浦墨卿說寧肯中進士，不要全福。支劍峰說趙爺雖差著一個進士，但而今他的大令郎已經高進了；將來名登兩榜，少不得封誥乃翁。浦墨卿笑道：「這又不然，先前有一位老先生，兒子已作了大位，他還要科舉，點名時監臨不肯收他，他把卷子摜在地下，狠狠地說：『為這個小畜生，害得我戴個假紗帽！』這樣看來，兒子的進士，到底當不得自己的進士。」

景蘭江道：「眾位先生所講，中進士是為名，還是為利？」眾人道：「是為名。」景蘭江道：「可知趙爺雖不曾中進士，外邊詩選中刻著他的詩幾十處，行遍天下；哪個不曉得有個趙雪齋先生，只怕比進士享名更多哩！」說罷，哈哈大笑。眾人一齊道：「這果然說得暢快！」一齊乾了酒。匡超人聽了，才知天下還有這一種道理。

文瀚樓的主人來約匡超人批文，匡超人應允了，主人隨即搬了許多考卷文章上樓來；議定由文瀚供應伙食、茶水、燈油，二十天裡批出三百多篇，刻出來時，封面就用匡超人的名號。

匡超人大喜，當晚點起燈來，不住手地批，四更之前，已經批出了五十篇。批到第四天，景蘭江拿著詩會名人的詩稿來請教，說是作過冢冢宰⑤的胡老先生公子胡三先生今朝小生日，同人都在那裡聚會，約匡超人一齊去。

路上走著，景蘭江告訴他說，這胡三雖然好客，卻是膽小，先年冢宰公去世之後，他關著門不敢見人，又時常被人騙，被騙了還沒處說，最近這幾年全虧結交了詩會的各位，幫他立起門戶，熱鬧起來，才沒有人敢欺他。

匡超人問：「冢宰公子，怎的有人敢欺？」

景蘭江道：「冢宰是過去的事了，他家眼下沒人在朝，自己不過是個秀才。俗語說死知府不如一個活老鼠！誰來理他，如今人情勢利，倒是趙雪齋先生詩名大，府司院道現任官員都來拜他，人家見他家門口，今日是一把黃傘的轎子來；明日又是七八個紅黑帽子吆喝了來，不由得不敬不怕。所以近來人見他的轎子，三日兩日就到胡三公子家去，疑猜三公子也有些勢力；就是三公子門首住房子的錢，也給得爽快得多了。」

在胡府又見著在京師工作的金東崖先生，貢生嚴致中先生，還有建德鄉榜衛體善先生，老明經石門隨岑庵先生。談起文來，衛先生道：「近來的選事，益發壞了！」

隨先生道：「正是。前科我兩人該選一部，振作一番的。」衛先生道：「前科沒有文章！」

匡超人忍不住問道：「請教先生，前科墨卷，到處都有刻本的，怎的沒有文章？」

衛先生道：「所以說沒有文章者，是沒有文章的法則。」

匡超人道：「文章既是中了，就是有法則了；難道中式之外，又另有個法則？」

衛先生道：「長兄，你原來不知。文章是代聖賢立言，有個一定的規矩，比不得那些雜覽，可以隨手亂作的。所以一篇文章，不但看得出這本人的富貴福澤，並可看出國運的盛衰，各朝各代，都有法則，一脈流傳，有個主燈。比如主考中出一榜人來，也有合法的，也有僥倖的，必定要經過我們選家批了出來，這篇就是傳文了。若是這一科無可入選，只叫作沒有文章。」

隨先生道：「長兄，所以我們不怕不中，只是中了出來，這三篇文章必要見得人，不然，只能算是僥倖，一生抱愧！」又問衛先生道：「近來那馬靜選的三科程墨，可曾看見？」

衛先生道：「正是他把個選事弄壞了，因他在嘉興蘧太守家走動，講究雜學雜覽，對文章理法全然不知，一味胡鬧，好墨卷也被他批壞了！所以我看了他的選本，叫子弟把他的批語塗掉了讀。」

胡家一直到晚，不得上席，要等趙雪齋，直等到一更天，趙先生的一乘轎子，又兩個轎夫跟著，前後四支火把，飛跑了來；下轎同眾人作揖道謝有累久候。胡家筵開三席，席散各自歸家。

匡超人在六日之內，把三百多篇文章都批完了；就把在胡家聽來的一番道理，作了個序文在上面。書店裡的人拿去看了，回來誇匡超人比馬二先生批得又快又細。封出二兩選金送來，又說將來各書坊都要來請先生，生意多著哩。匡超人心下也不免高興得意。

詩會來約，西湖上雅集作詩，匡超人不會作詩，連夜拿一本詩法入門來看，憑他的聰明，看了一夜，早已會了，次日拿起筆就作，自覺比景蘭江等人的不差。到了約期，眾人上船，趙雪齋還不曾到，內中不見嚴致中，問時方知他家中為立嗣之事，有著家難官事，現在已經平復，他亡弟的那一房，仍舊立他大房的第二個兒子承繼，家私三七分開；他亡弟嚴監生的妾，自分了三股家私過日子。

船到花港，胡三公子上去借花園吃酒，那管園的竟然不肯，胡三公子發了急，那人也不理。景蘭江背地裡問，那人道：「胡三爺是出名的慳客，他一年裡有幾席酒照顧我？我為什麼奉承他？去年借了這裡，擺了兩席酒，一個錢也不給，去的時候也不叫人掃掃地，還把煮飯剩下的兩升米叫小廝背了回去，這樣的大老官鄉紳，我不奉承他！」說得沒法，眾人只得到于公祠。分子錢都在三公子身上，三公子拉著景蘭江去採購，匡超人跟去。

到了鴨子店，三公子怕鴨不肥，拔下耳挖來戳戳脯子上肉厚；方才叫景蘭江講價錢買了，因人多，又買了幾斤肉、兩隻鷄、一尾魚和一些蔬菜。還要買些肉饅頭，那饅頭三個錢一個，三公子只給他兩個錢一個，就同饅頭店裡的吵了起來，景蘭江勸解，不買饅頭了，買了些麵帶回來下著吃。

來到廟裡，交與和尚收拾，支劍峰道：「三老爺，你何不叫個廚役伺候？為什麼自己忙？」三公子吐舌道：「廚役，那就太費了！」又秤了一塊銀，叫小廝去買米。忙到下午，趙雪齋轎子才到，取出二錢四分銀子，交與三公子。酒菜已齊，眾人分韵作詩。分韵已定，又吃了幾杯酒，散了各自進城。胡三公子叫家人取了食盒。把剩下來的骨頭骨腦，一些菓子，裝在裡面，又向和尚查剩下的米，也裝起來。送了和尚五分銀子的香資，自己押著家人，挑擔進城。

匡超人與支劍峰、浦墨卿、景蘭江同路，四人高興，一路勾留得進城遲了，已是昏黑，景蘭江催大家快些走，支劍峰已是大醉，口發狂言道：「何妨？誰不知我們西湖詩會名士？況且李太白穿著宮錦袍，夜裡還走；我們放心走！誰敢來？」

正在手舞足蹈高興，忽然前面一對高燈，又是一對提燈，上面的字是「鹽捕分府」，那分府坐在轎裡，一眼看到支劍峰，叫人傳他過來，問道：「支鍔，你是本分府鹽務裡的巡商，怎麼黑夜吃得大醉，在街上胡鬧？」

支劍峰醉了，把腳不穩，跌跌撞撞，口裡還說：「李太白宮錦夜行。」那分府見他還戴了方巾，說道：「衙門巡商，從來沒有生監充當的。你怎麼戴這個帽子，左右，鎖起來！」浦墨卿上來幫著說了幾句，分府怒道：「你既是生員，如何黑夜酗酒？也帶著，送到儒學裡去！」景蘭江見不是事，悄悄在黑影裡把匡超人拉了一把，從小巷裡溜了。

(五)潘三爺見不得人的事

次日去問支、浦兩位的事，還好不嚴重；眾人分韵的詩作出來，看那衛先生、隨先生的詩，連「且夫」、「嘗謂」都寫在內，其餘就是文章批語上採下來的字眼，匡超人拿自己的詩與大家比，自覺不差。過了半個多月，出差的潘三爺回來了，到文瀚樓來見匡超人，知道匡超人與一般詩人為伍，大大不以為然。告訴匡超人，這般人都是有名的獃子，那姓景的開頭巾店，本來有兩千銀子的本錢，被他一頓詩作得精光，如今借作詩為由，逢人借錢，人見人怕。那姓支的是鹽務裡的一個巡商，假冒斯文，吃醉了在街上吟詩，如今連巡商都革了，將來只好窮得淌屎。

潘三邀匡超人上飯店，飯店裡見是潘三爺，屁滾尿流，鴨和肉都揀上好極肥的切來；海參雜膾，加味用重作料，酒飯已畢，出來也不算帳，只吩咐一聲：「是我的。」那店主人連忙拱手道：「三爺請便，小店知道。」

潘三把匡超人帶回家，家裡正開著賭場，當下走了進去，拿出兩千錢來，說是匡二相公放與眾人的，今日打的頭錢，都歸匡二相公。就叫匡超人坐著收取頭錢。

原來這位潘自業潘三爺，交遊廣闊，神通廣大，作的都是令人咋舌的事。匡超人來後，作了他的文筆助手。一連幾件事作將出來。頭一件，是樂清縣大戶人家逃出一個使女荷花，被一班光棍抓著在茅家鋪輪姦，錢塘縣衙門快手捉住了光棍，知縣王太爺把光棍每人打十板子放了；令解差黃球將荷花解回樂清。而鄉下有個姓胡的財主，看上了丫頭荷花，商量若是有法買下這丫頭來，情願出幾百兩銀子。

潘三爺找解差黃球來商議，說好連使費一總由胡家出二百兩銀子。潘三道：「我家現住著一位樂清縣的相公，他和樂清縣的太爺最好；我託他去人情上弄一張回批來，只說荷花已經解到；交與原主人領回。我這裡再託人向本縣弄出一個硃籤來，到路上將荷花趕回，交與胡家。」黃球答應去了。

第二件事是郝老二來求潘三爺，有個鄉下人施美卿，將亡弟媳婦賣與黃祥甫，銀子都兌了，弟婦要守節，不肯嫁，施美卿只好吩咐對方硬搶，沒想到搶錯了，把施美卿自己的老婆搶了去，隔著三四十里路，等到知道弄錯，已是睡了一晚。

施美卿來要回老婆，黃祥甫不肯，施美卿告了狀，黃祥甫也要告，卻因講親的時節，不曾寫過婚書，沒有憑據。而今要寫一個；還有衙門裡的事，都要拜託潘三爺料理，有幾兩銀子送來作使費。

潘三起了一個婚書稿，叫匡超人寫了，把與郝老二看，叫他明日拿銀子來取去。又設計個公文回批，叫匡超人寫了；家裡有的是豆腐乾刻的假印，拿來蓋上，又拿出硃筆，叫匡超人寫了個趕回文書的硃籤。

辦完了事，兩處都送了銀子來，潘三拿二十兩遞與匡超人，匡超人歡喜接了，遇便也託帶些回家去，與他哥子添些本錢。書坊各店，也有些文章請他選；潘三一切事都著他，分幾兩銀子，身上漸漸光鮮起來，果然聽了潘三的話，和那些名士少來往了。

住了將及半年，宗師按臨紹興，有個金東崖在京師裡當差，掙得有錢，想要兒子進學，他兒子金躍，卻是個文字不通的。想要找個替身代考，託了李四來找潘三。潘三道：「替考的人在我，衙門打點也在我；你只叫金家的把五百兩銀子，兌出來封在當鋪裡，另外拿三十兩銀子給我作盤費，我包他有一個秀才。若是進不得學，五百兩一點也不動；這樣可妥當嗎？」李四道：「這樣，沒話可說了！」

潘三帶著匡超人來紹興府，次日，李四帶著那童生金躍來會了一會，潘三打聽得宗師掛牌考會稽了，三更時分，把匡超人化妝成差役。五鼓之後，學道三炮升堂，匡超人手持水火棍，跟著一班軍牢夜役，吆喝了進去，排班站立，點到童生金躍，便不歸號，悄悄站在黑影裡。匡超人退下來與那童生彼此換過衣帽。那童生執著水火棍歸隊；匡超人捧卷歸號，作了文章，交卷出去，神不知來鬼不覺。發案時，那金躍高高進了。潘三拿出二百兩銀子以為筆資，做媒為他娶了在撫院衙門當差鄭老爹的三女兒，招贅在鄭家，翁婿見面，原來就是昔年回鄉同船的人，新婚之夜，見新娘端正，好個相貌，匡超人滿心歡喜。

滿月之後，鄭家屋小不便，潘三替他在書店左近典了四間屋，價銀四十兩，又買了傢俱之類，搬進去請鄰居，所存的銀子已是一空，虧得潘三幫襯，辦得便宜。又虧得書店託選兩部文章，有幾兩選金，又有樣書，賣了將就度日，一年有餘，生下一個女兒，夫妻相得。

那日門口閒站，忽見一個青衣大帽的人，一路問來，問這裡可是樂清匡相公家。原來匡超人的老師，前任樂清縣知縣的李本瑛，因為被參發審，審出來所參各款都是虛情，依舊復任，其後進京，授了給事中⑥，寄信來約門生進京，要照顧提拔他。匡超人留來人吃了酒飯，寫了稟告說：「蒙老師呼喚，不日整理行裝，即來趨教。」

㈥得意的先儒匡子

宗師按臨溫州，匡超人回鄉去應歲考。考過宗師著實稱讚，取在一等第一；又把他題了優行，貢入太學肄業。宗師起馬，送過了，匡超人回杭州，和潘三商量，要回樂清鄉裡去掛匾，豎旗杆。到織錦店裡織了三件補服：自己一件，母親一件，妻室一件。製備停當，又在各書店裡約了一個會，每店三兩，各家又另送了賀禮來。

正要擇日返家，景蘭江來告，潘三昨晚被拿了，已經下在監裡，匡超人大驚道：「哪有此事，我昨日午間才會著他，怎麼就拿了？」

景蘭江道：「我一個舍親在縣裡當刑房，今早是他的小生日，滿座的人談的都是此事。竟是撫台的訪牌下來，縣尊三更天出差去拿，怕他走了，前後門都圍了起來，拿到後縣尊不曾問什麼，只把訪著劣跡的款單摜了下來叫他自看，他看了也沒辯，只朝上磕了幾個頭，縣尊叫送監寄內號，同大盜在一處。」

兩人同去找景蘭江的親戚蔣刑房，借出了潘三款單來看，那款單上開著十幾款：包攬欺隱錢糧若干兩；私和人命幾案；短截本縣印文及私動硃筆一案；假雕印信若干顆；拐帶人口幾案；重利剝民威逼平人身死幾案；勾串提學衙門，買囑槍手代考幾案……匡超人不看便罷，一看款單，不覺颼的一聲，魂從頂門出去了。

心想這些事與自己多有牽連，日前惟有遠走高飛，躲去京師裡避禍。和娘子說自己如今貢了，要去京裡作官，把娘子送回樂清與母親同住。娘子不肯下鄉，哭喊吵鬧，虧得丈人鄭老爹來勸，方才雇船動身，匡超人把房子賣了，託妻舅送妹子到家，寫信與他哥說：

「將本錢添在店裡，逐日支銷。」

匡超人來到京師，拜見李給諫，給諫大喜，問他說道：「賢契，現今朝廷考取教習，學生料理，包管賢契可以取中；你就來住在我處……」匡超人搬來，又過了幾時，給諫問可曾婚娶？匡超人心想，老師是位大人，在他面前說出丈人是撫院當差的，恐會惹他看輕，只得答道：「不曾！」

想不到第二天晚上，李府的一位老管家就來提親，李大人的一位外甥女，從小撫養在李府，今年十九歲，才貌出眾。李大人有意招匡爺為甥婿，一切費用，俱是李府備辦，不消費心。匡超人嚇了一跳，若是說明回絕，顯然說謊；若是允了，又覺得與理不合。轉又想到，戲文上說的蔡狀元招贅牛相府，傳為佳話，這又有何妨？即便就應允了。

給諫大喜，擇吉完婚，張燈結綵，倒賠數百金裝奩，把外甥女嫁與匡超人。那一日大吹大擂，匡超人紗帽圓領，金帶皂靴，拜了給諫公夫婦，一派細樂，引進洞房，揭去頭巾，見那新娘子辛小姐美貌非凡，人物標致，嫁妝齊整。匡超人滿心歡喜。

自此珠圍翠繞，燕爾新婚，享了幾個月的天福；不想考取了教習，要回本省地方取結。只得別過辛小姐回浙江，一到杭州，先去看舊丈人鄭老爹，只見鄭老爹夫婦痛哭，客座上坐的，便是他的令兄匡大。驚問之下，才曉得是鄭氏娘子下鄉，生活不便，得病去世。匡超人聽了落下淚來，問後事是怎麼辦的？匡大說已把預備著娘用的衣衾棺木，先與弟婦用了，如今暫厝在廟後，等匡超人回來下土。

匡超人道：「還不僅是下土的事哩。我想如今我還有幾兩銀子，大哥拿回去，在你弟婦厝基上，替她多添兩層厚磚，砌得堅固些，也還得過幾年。她是個誥命夫人，到家請會畫的，替她畫個像，把鳳冠補服畫起來；逢時過節，供在家裡，叫小女兒燒香，她的魂靈也歡喜；就是那年我作了送回家去與娘的那件補服；若是本家親戚們家請，叫娘也穿起來，顯得與眾不同。哥將來在家，也要叫人稱呼老爺；凡事立起體統來，不可自己倒了架子。我將來有了地方，少不得連哥嫂都接到任上，同享榮華的。」匡大被他這一番話，說得眼花撩亂，渾身都酥了，一總都依他說。

匡超人將幾十兩銀子遞與他哥。住在鄭家，過了三四日，景蘭江同刑房的蔣書辦來訪，見鄭家房子淺，要邀到茶室去坐。匡超人口氣與前不同了，口雖不說，意思不肯到茶室，景蘭江揣知其意，約去酒樓接風，好冠冕些。

酒樓上景蘭江問道：「先生，你這教習的官，可是就有得選的嗎？」

匡超人道：「怎麼不選？像我們這正途出身的，考是內廷教習；每天教的，多是勳戚人家的子弟。」

景蘭江道：「也和平常教書一般的嗎？」

匡超人道：「不然！不然！我們在裡面，也和衙門一般，公座硃筆墨硯，擺得停當；

我早上進去陞了公座，那學生們送書上來，我只把那日子用硃筆一點，他就下去了。學生都是廕襲的三品以上的大人，出來就是督撫提鎮，都在我跟前磕頭；像這國子監的祭酒，是我的老師，他就是現任中堂的兒子。中堂是太老師，前日太老師有病，滿朝問安的官都不見，單只請我進去，坐在床沿上談了一會出來。」

蔣刑房等他說完，慢慢提起，潘三哥現在監裡，聽說匡超人回來，想要會會敘敘苦情！匡超人表示，現在的身分，比不得作秀才的時候，既是替朝廷辦事，就要依著朝廷的賞罰，若是去到監裡，那就是賞罰不明了。

蔣刑房說你先生並不是本城地方官，只是去看看朋友，有什麼賞罰不明？匡超人道：「二位先生，這話我不該說，因是知己面前不妨。潘三哥所作的這些事，便是我作地方官，我也是要訪拿他的；如今倒反去監裡看他，難道說朝廷處分他不對？這就不是作臣子的道理了。況且我在這裡取結，院裡司裡都知道的；如果去監裡一走，傳得上邊知道，就是小弟一生官場之玷，這個如何可行？費你蔣先生的心，多多拜上潘三哥，凡事心照。若是小弟僥倖，這一回去就得個肥美地方，到任一年半載，那時帶幾百銀子來幫襯他⑦，倒是不值得什麼！」兩人見他說得如此，不再相勸，吃完散訖，蔣刑房自去監裡回覆潘三。

匡超人取定了結，包船到揚州，上得船來，中艙兩位客人，一位年老的是作幕客的牛布衣，另一位中年的馮琢菴，是上京會試的舉人。匡超人說了姓名，馮琢菴道：「先生是浙江選家，尊選有好幾部，弟都是見過的。」

匡超人道：「我的文名也夠了！自從那年到杭州，至今五六年，考卷墨卷、房書行書，名家的稿子，還有四書講書，五經講書，古文選本，家裡有本帳，共是九十五本。弟選的文章，每一回印出來，書店一定要賣掉一萬部，山東、山西、河南、陝西、北直的客人，都爭著買，只愁買不到手。還有個拙稿，是前年刻的，而今已經翻刻過三副版。不瞞二位先生說，這五省讀書的人，家家隆重的都是小弟，都在書案上香火蠟燭供著『先儒匡子之神位』。」

牛布衣笑道：「先生，你此言誤矣，所謂先儒，是已經去世的儒者；如今先生尚在，哪可如此稱呼？」

匡超人紅著臉道：「不然，所謂先儒者，乃先生之謂也。」牛布衣不和他辯，馮琢菴又問起操選政的另一位馬純上如何？匡超人道：「這也是弟的好友。這馬純兄理法有餘，才氣不足，所以他的選本也不甚行。選本總是銷售量為主，若是不行，書店就要賠本，惟有小弟的選本最行，連外國都有賣的。」

【註釋】

①千鍾粟：鍾，量器，六斛四斗。此指俸給之多。

②出首：檢舉。

③假哀憐：冒父親之名上呈，表示憐愛兒子，原諒過錯，不再追究。

④麻衣神相：宋代錢若水為舉子時，在華山遇見一個穿麻衣的道人，看著錢若水，看了好久，說：「急流中勇退人也。」後來錢若水作樞密副使，果然能急流勇退，辭官返鄉。後世相術中的麻衣法就依託此事為名。

⑤冢宰：吏部尚書。

⑥給事中：官名，清代屬都察院，與御史同為諫官，又稱給諫。

⑦幫襯：幫助，贊助。

【批評分析】

㈠匡超人的孝思，馬二先生的義助、教導，都是《外史》中正面揄揚的筆觸。

㈡溫州張姓秀才忤逆，被父親檢舉到官府，兩兄弟竟然用錢買通銷案：可見當時倫常之變，人情澆薄。初期的匡超人孝親，勤勉上進，謙遜待人，十分可愛，能得人緣。相反的是他哥哥不顧老父有病，分開另吃；替兄弟接風，有吃食居然說不要告訴老爹，自私愚昧，使人覺得可厭。

㈢匡超人在火災時表現的機智孝友極好，太公訓斥匡大，不可占人攤位，是一種不偏私的正義表現。

㈣匡太公臨死的囑咐：功名身外之物，德行才是最要緊的；兒子能在孝悌上用心極好，千萬不可因得意而改變為勢利；娶親不可攀結高門；哥哥雖然混賬，但長幼有序，必須尊重。這些話都是作者假太公之口表現為人立身行事的根本。賣頭巾的景蘭江、鹽商趙雪齋、巡商支劍峰，都不是讀書人，卻要冒充附庸風雅，作詩印詩，希圖出名。衛體善、隨岑菴雖是讀書人而觀念固陋。胡三公子的小氣吝嗇，可笑可鄙。

㈤衛、隨兩位的詩作低劣，名不副實。潘三爺雖有義氣，但專走歪路，包攬詞訟，偽造文書，包賭，槍手替考……儘作壞事。匡超人耳濡目染，漸漸地同流合汙改變了。

㈥太公臨終的擔心囑咐，不幸而言中，匡超人竟然改變：得意忘形，停妻再娶，攀結高門，作了官返回杭州，也變得會胡亂吹牛自誇，不念昔年潘三相助的舊情，勢利現實，與前判若兩人，甚至吹牛吹得錯了，自稱先儒。

九、真假牛布衣

㈠小牛郎求名冒姓氏

前文提到過的名士牛布衣，一直流浪在外，在各處權貴人家作清客。自從那次船上與匡超人、馮琢菴相識作別之後，牛布衣獨自來到蕪湖，在浮橋口的甘露庵裡作寓，日間出去尋訪朋友，晚間燈下吟哦詩詞。老和尚與他甚是相得，沒想到後來牛布衣病倒了，醫治無效。

那日牛布衣請老和尚進房來，說道：「我離家千餘里，客居在此，蒙老師父照顧，如今眼見得不濟了。家中並無兒女，只有一個妻子，年紀還不上四十歲；我同來的一個朋友進京會試去了，老師父就是至親骨肉一般。我這床頭箱內有六兩銀子，我死後煩請老師父備棺，棺材上寫『大明布衣牛先生之柩』暫尋空地寄放，不要燒化，若能遇著故鄉親戚，把我的遺體帶回去，死在九泉，也是感激。」又拿出兩本書來，遞與老和尚道：「這兩本是我生平所作的詩，雖沒有什麼好，卻是一生結交的人都在上面，捨不得湮沒了，也交與老師父；有幸遇著個後來的人，替我流傳了，我死也瞑目。」

挨到晚上，氣斷身亡，老和尚大哭一場，裝殮入棺，念了〈往生咒〉，就把庵裡一間堆柴的屋騰出來停柩。過了幾日，老和尚又請了吉祥寺八眾僧人，來替牛布衣拜了一天的《梁皇懺》。此後老和尚早晚課誦，一定去牛布衣柩前添一些香，灑一些淚。

前街上有個十七八歲的少年牛浦郎，父母去世，祖父開著個小香臘店，晚間常到庵裡來，映著琉璃燈念書。老和尚看了喜歡，許給他要送他兩部詩稿。過了幾日，老和尚下鄉去念經。

牛浦郎想著：「老師父有什麼詩，卻不肯就與我看，哄我想得發慌……」又想：「三討不如一偷。」尋到床上一個枕箱，找著兩本錦面線裝的書，上寫「牛布衣詩稿」，見那題目上都寫著：「呈相國某大人」、「懷督學周大人」。「婁公子偕遊鴛脰湖分韵，兼呈令兄通政」、「與魯太史話別」、「寄懷王觀察」；其餘某太守、某司馬、某知府、某少尹，不一而足。浦郎自想，這些都是現在老爺的稱呼，可見只要會作兩句詩，並不一定要進學中舉，就可以同這些老爺們往來。何等榮耀！想著同是姓牛，何不就冒他之名。

次日，又在店裡偷了幾十個錢，走來吉祥寺前，找刻圖書的郭鐵筆刻兩方印章，一方陰文「牛浦之印」；一方陽文「布衣」。郭鐵筆將眼上下把浦郎一看，問道：「先生便是牛布衣嗎？」浦郎答道：「布衣是賤字。」郭鐵筆慌忙作揖請坐，奉茶，說道：「久聞牛布衣大名，失敬失敬，尊章鐫上獻醜，筆資也不敢領，此處也有幾位朋友，仰慕先生，改日同到貴寓拜訪。」

浦郎怕他去庵裡看出真相，忙說鄰郡一位官員約去作詩，明早就行，以後回來再謀相聚。

他的祖父牛老兒與間壁開米店的卜老爹相好，那天談起牛浦郎，每天出門討賒賬，討到三更半夜還不回來，擔心這小廝情竇初開，莫要在外胡混，淘壞了身子，以後老祖父沒人送終。卜老說出個主意，願意把領養在家的外孫女嫁與牛浦郎，彼此不爭財禮妝奩，只要作幾件衣服就行。況且兩家一牆之隔，打開一個門就攙了過來，連轎夫錢都可以省的。

當下說定，卜家的兩位舅大人卜誠、卜信代為張羅一切，簡簡單單地就娶了親。牛浦郎也有好些時日不曾去庵裡，那日偶然經過，看見庵外栓著有五六匹馬，坐著三四個官差，牛浦郎不敢進去。

老和尚在裡面一眼看見，連忙叫他進去，吩咐道：「京師裡九門提督①齊大人，打發人來請我去京裡報國寺作方丈。我本不願去，只因先前有個朋友死在我這裡，他有個朋友到京會試，我今借這個便，到京尋著他這朋友，好把他的靈柩運回原籍，也好了這番心願，我以前說有兩本詩要與你看，就是他的。在我枕箱之內，你自開箱去拿，還有一些被褥零碎器用，都託小檀越②代為照應。」

老和尚走後，牛浦郎取一張白紙，貼在庵前，寫下五個大字「牛布衣寓內」每天來此走走。

又過了一個月，他祖父牛老兒盤賬，發覺本錢已是十去其七，氣得說不出話來，到晚牛浦郎回家，問他又問不出一個所以然來，口裡只管之乎者也胡扯。牛老一氣成病，七十歲的人，元氣衰了，又沒有藥物補養，病不過十日，壽盡歸天。牛浦郎夫婦大哭，虧得卜老過來料理，一場喪事下來，負債纍纍，逼得只好賣房子還債。賣了房子之後，牛浦郎小倆口沒處住，卜老又在自己家裡騰出一間房子，叫他倆口兒搬來住下。

不覺已是除夕，卜老叫牛浦郎在房裡立起牌位來，祭奠老爺。新年初一，叫他去墳上燒紙錢，吩咐道：「你去墳上向老爹說，我年紀老了，這天氣冷，我不能親自來與親家拜年。」卜老直到初三才出來拜年，想著死去的親家，又多吃了些年貨，回來就病倒了。那日天色已晚，卜老爹睡在床上，看到窗眼裡鑽進兩個人來，走到跟前，手裡拿著一張紙，遞與他看，卜老驚怪，告訴家人，家人都說不曾見有生人進來。卜老爹接紙在手，竟是一張花邊批文，上面三十五個人名，都用硃筆點了。頭一名牛相，就是他親家，末一名是他自己——卜崇禮。正待要問，眼睛一眨，人和批文俱都不見。

卜老爹親見地府勾牌，即把兩個兒子媳婦叫來，吩咐遺言，把方才見到勾批的情形說了：「且喜我和親家是同一票，他是頭一個，我是末一個！他已是去得遠了，我要趕上他去。」說畢身子一掙，倒在枕上，已是斷氣。

幸好後事都是現成的，喪期中牛浦郎陪客，也有幾個念書的人與他來往，初時卜家還覺得新鮮，後來來得勤些，一個生意人家，只見這些「之乎者也」的人來講獃話，甚覺可厭。

㈡借用官勢奚落舅丈人

那天，牛浦郎在庵門前裡拾起一張帖子，上面寫道：「小弟董瑛，京師會試，于馮琢菴年兄處，拜讀大作，渴欲一晤識荊③，奉訪尊寓，未遇為悵，明早幸能少留，以便趨教，至禱。」看時知道是來訪牛布衣的，帖上既有「渴欲識荊」，那就是不曾會過。

牛浦郎心想：「何不就認作牛布衣，和他相會？」又想道：「他說在京會試，一定就是一位老爺，且叫他來卜家會我，嚇嚇卜家弟兄兩個……」主意已定，寫了個帖子：「牛布衣近日館于舍親卜宅。尊客過問，可至浮橋南首大街卜家米店便是。」貼在門上。回家對卜誠、卜信說道：「明日有一位董老爺來拜。他是就要作官的人，我們不好輕慢，如今要借重大爺，明晨把客座收拾乾淨，還要借重二爺，捧出兩杯茶來。這都是對大家臉上有光輝的事，拜託幫忙。」

卜家兩弟兄，聽說有官來拜，也覺得喜出望外，一齊答應了。第二天清早，卜誠起來，掃地布置，尋出一個捧盤，兩個茶杯，兩張茶匙，又剝了四粒桂圓，一杯裡放兩個，伺候停當。等到早飯時候，一個青衣人，手持紅帖，一路問了下來，道：「這裡可有一位牛相公？董老爺來拜。」卜誠道：「在這裡。」接了帖子，飛跑進來報告。

牛浦郎迎出，轎子已落在門首。董孝廉④下轎進來，頭戴紗帽，身穿淺藍色緞圓領，腳下粉底皂靴，三綹鬍鬚，白淨面皮，約有三十多歲光景。行禮分賓坐下。

董孝廉先開口道：「久仰大名，又讀佳作，思慕之極，原以為先生老師宿儒，不料這般青年，更加可敬。」

牛浦郎道：「晚生山鄙之人，胡亂筆墨，蒙先生同馮琢翁過獎，抱愧實多。」卜信捧出兩杯茶，從上面走下來，送與董孝廉。董孝廉接了茶，牛浦郎也接了。卜信直挺挺站在堂屋中間。

牛浦郎打躬向董孝廉道：「這僕人村野之人，不知禮節，老先生休要見笑。」

董孝廉笑道：「先生世外高人，何必如此計論俗套。」

卜信聽了，連頸脖子都羞紅了，接過茶盤，骨都著嘴⑤進去。牛浦郎問道：「老先生此番駕往何處？」

董孝廉道：「弟已授職縣令，如今發來應天候缺，行李尚在舟中。因渴欲一晤，故而兩次奉訪。如今既已接教，今晚就要開船到蘇州去了！」

牛浦郎道：「晚生得蒙青目，尚未盡得地主之誼，如何是好？」

董孝廉道：「先生，我們文章情誼，何必拘泥俗情？弟此去若是派得了地方，就可奉迎先生到署，早晚請教。」說罷，起身要去。牛浦郎說要來船上道別，董孝廉行色匆匆，辭謝不必。當下打躬作別。

牛浦郎一回來，卜信氣得滿臉通紅，數說道：「牛姑爺，我再不濟，也是你的舅丈人，長親！你叫我捧茶去，這也罷了，怎麼當著董老爺的面譏諷我？」牛浦郎指出錯誤，官府來拜，規矩該換三遍茶，又不能從上頭往下走，應從下往上送。

卜信道：「我們生意人家，也不要這老爺們來走動！沒借什麼光，反惹他笑話！」

牛浦郎道：「不是我說，若不是我在你家，你家就一二百年也不會有個老爺走進這屋裡來！」

卜誠道：「就算你認識個老爺，你自己到底不是老爺！」牛浦郎道：「憑你向哪個說去，是坐著同老爺打躬作揖的好？還是捧茶給老爺吃，走錯路，惹老爺笑的好？」

卜信道：「別噁心了，我家不稀罕這樣的老爺！」牛浦郎道：「不稀罕麼？明日向董老爺說，拿帖子送去蕪湖縣，先打一頓板子！」兩個舅丈人一齊叫了起來：「反了！反了！外孫女婿要送舅丈人去打板子！我家養活你這一年多來，不見你領情，反而如此！也罷，就和你去縣裡講講，看是打誰的板子？」當下兩人把牛浦郎扯到縣門口，恰好遇著郭鐵筆，過來打圓場。

卜誠道：「郭先生，自古『一斗米養個恩人，一石米養個仇人』，這竟是我們養著他的不是了！」郭鐵筆問明所以，也說牛浦郎的不是。

當下扯到茶館，說妥了外孫女還是由卜誠、卜信兩個養著，牛姑爺搬出來自己過日子。牛浦郎搬來甘露庵，沒有吃用，把老和尚的法器都當了，閒著無事，去看郭鐵筆，郭鐵筆不在店裡，櫃上見有一部「新縉紳」。揭開一看，看到淮安府安東縣新補的知縣董瑛，字彥芳，浙江仁和人。牛浦郎心想：「是了！我何不去尋他？」走回庵裡，捲了被褥，把和尚的一座香爐、一架磬，拿去當了二兩多銀子，當作路費上路。

㈢認了一個叔祖公

牛浦郎先到南京，換便船去揚州，那天看見江沿上歇著一乘轎，三擔行李，四個長隨。轎裡走出一個人來，頭戴方巾，身穿沉香色夾袖長袍，粉底皂靴，手拿白紙扇，花白鬍鬚，約有五十多歲，一雙刺蝟眼、兩個鸛骨腮。

那人吩咐船家道：「我是要到揚州鹽院大老爺那裡去說話的，你們小心伺候，到了揚州，另外有賞；若有一些怠慢，就拿帖子送去江都縣，重重處罰！」船家喏喏連聲。便中把牛浦郎拉上船去，安在煙篷底下。開行之後，被那包船的人發現，船家陪著笑說是小的們所帶的一分酒資，幸好那人未生氣，反教牛浦郎進艙。

牛浦郎拜問老先生尊姓？那人道：「我麼？姓牛名瑤，草字叫著玉圃。我本是徽州人，你姓什麼？」牛浦郎道：「晚生也姓牛。祖籍本來也是新安。」牛玉圃不等他說完，便接口道：「你既然姓牛，五百年前是一家，我和你祖孫相稱吧；你從此就叫我叔公好了！」

牛浦郎見他如此體面，不敢違拗，問他去揚州有什麼公事？牛玉圃大言說自己與八轎的官，相交得極多，揚州的萬雪齋，就看重自己相與官府多，有些聲勢，所以每年請去，送幾百兩銀子，聘作代筆。

船到儀徵，牛玉圃帶著牛浦郎去大觀樓吃素菜，樓上先坐著一個戴方巾的人。兩人見了歡喜敘舊，牛玉圃叫姪孫牛浦郎上前叩見，介紹說是他二十年拜盟的老弟兄，常在衙門裡共事的王義安老先生。

當下三人吃著素飯，牛、王兩位老友談著往事。正說之間，樓梯走上兩個頭戴方巾，穿著破爛的秀才來，一眼看見王義安，一個說道：「這不是豐家巷婊子家掌櫃的烏龜王義安嗎？」另一個道：「怎麼不是他，他居然敢戴了方巾在此胡鬧！」不由分說，走上來，一把扯掉方巾，劈臉就是一個大嘴巴，打得烏龜跪在地上，磕頭如搗蒜。

牛玉圃上來扯勸，被兩個秀少啐罵：「你一個衣冠中人，同這烏龜坐著一桌吃飯，不知道也罷了，既知道了還敢來勸，連你也是該死！還不快滾！」牛玉圃見事不妙，拉著牛浦郎悄悄溜了。這裡兩個秀才，要送烏龜去見官，烏龜急了，腰裡摸出三兩七錢碎銀子來送與兩位相公作好看錢，這才罷了，放他下去。

到了揚州，牛玉圃住在子午宮，第二天拿出一頂舊方巾和一件藍紬袍來，叫牛浦郎穿了，帶他去見東家萬雪齋。到了萬府，十分的氣派。主人萬雪齋出來，頭戴方巾，手搖金扇，身穿繭紬長袍，腳下朱履，見禮之後，萬雪齋問：「玉翁為什麼在京躭擱了這許久？」

牛玉圃道：「只為我的名聲太大了，一到京住在承恩寺，就有許多人來求，要我寫字、作詩，求教的日夜打發不清，好不容易打發清了，國公府裡徐二公子知道小弟到了，一回兩回打發管家來請。他那管家都是錦衣衛指揮五品的前程，我只得到他家盤桓了幾天，臨別再三不肯放，我說是雪翁這裡有要緊事等著，才勉強辭了來，二公子也仰慕雪翁尊作，詩稿是他親筆看的。」

袖口裡拿出兩本詩來，遞與萬雪齋，萬雪齋問：「這一位令姪孫多少貴庚了？大號是什麼？」牛浦郎答應不出，牛玉圃道：「他今年才二十歲，年幼不曾有號！」

萬雪齋正待揭開詩本來看，醫生宋仁志來為他第七個妾看病，主人去和醫家斟酌。這裡牛玉圃領著牛浦郎各處參觀，牛玉圃問：「方才主人問你話，你怎麼不答應？」

牛浦郎正要答話，一腳踏空，半截身子掉下塘去。濕淋淋地拉起來，牛玉圃惱了，罵道：「原來你是個上不得臺盤的人！」叫小廝先送他回去，回到子午宮，道士來問可曾用飯，又不好說沒有，只得說是吃了，足足餓了半天。

第三天萬家來請，牛玉圃不帶牛浦郎去，牛浦郎跟道士去舊城，茶館裡坐談，道士問：「牛相公，你和這位令叔祖，可是親房的？他老人家一向在這裡，卻是不見你相公！」

牛浦郎道：「也是路上遇著，敘起來聯宗的。我一向在安東縣董老爺衙門裡，那董老爺真好客，記得我初到他那裡時，帖子才送進去，他就連忙叫兩個差人出來請我的轎。我不曾坐轎，卻騎了個驢。我要下驢，差人不肯，兩個人牽了我的驢頭，一路走上去，走到暖閣上，走到地板格登格登的一路響。董老爺已開了宅門，自己迎了出來，同我手攙著手走了進去，留我住了二十多天。我要辭他回來，他送我十七兩四錢五分細絲銀子，送我出到大堂上，看著我騎上了驢，口裡說道：『你到處若是得意，就罷了；若不得意，再來尋找。』這樣的人真是難得！我如今還到他那裡去。」

問起東家萬雪齋，是個什麼前程？道士冷笑道：「萬家，只有你令叔祖敬重他罷了！若說作官，只怕紗帽滿天飛，飛到他頭上，還有人摭（ㄓˊ zhí）⑥了他的去哩！」牛浦郎說這萬家既非倡優、隸卒，怎會如此？

道人說出萬家的秘密：「這萬雪齋自小是大鹽商萬有旗程家的書僮，主子程明卿見他聰明，十八九歲時提拔他料理鹽務司上零碎事情，叫作小司客。他作小司客每年聚幾兩銀子，贖了身出來。置產作鹽生意，生意又好，發成了十幾萬的家財，萬有旗程家已經折了本錢，回徽州去了，所以沒人說他這件事。去年萬家娶婦，是個翰林的女兒，費了幾千兩銀子，大吹大打，執事燈籠擺了半條街，好不熱鬧，不想他主子程明卿清早一乘轎子抬了來，坐在廳裡，萬雪齋走出來，不由得跪下磕頭，當時就兌了一萬兩銀子出來，才餬了過去，不曾破相出醜。」

㈣發人陰私遭逐打

萬雪齋的七姨太生病，醫生說是寒症，藥裡要用一個「雪蝦蟆」。揚州買不到，聽說蘇州還尋得出來，拿三百兩銀子託牛玉圃辦，牛玉圃叫牛浦郎去走一趟，牛浦郎不敢違拗。當晚牛玉圃替他餞行，樓上吃著。

牛浦郎道：「方才遇見了歙縣的李二公，他說萬雪齋先生同叔公算是極好的了，但也是筆墨相與，他家的銀錢大事，還是不肯相託。這萬東家生平有一個心腹朋友，叔叔只要說出與這人相好，萬東家就會諸事放心，一切都託叔公。不但叔公發財，連我作姪孫的將來都有好日子過。」牛玉圃問是何人？牛浦郎道：「是徽州的程明卿先生。」

牛玉圃笑道：「這是我二十年拜盟的朋友，我怎麼不認得，我知道了。」

次日牛浦郎帶銀上船去蘇州。萬家請酒，牛玉圃去時，見著了兩位鹽商，一位姓顧，一位姓汪。酒席頭一碗上的是「冬蟲夏草」。萬雪齋請客人吃，說這樣稀奇外方來的東西，揚州城裡甚多，偏偏就尋不出一個雪蝦蟆來，如今已託玉翁的姪孫到蘇州尋去了。

汪鹽商道：「這種稀奇的東西，蘇州也未必會有，恐怕要到我們徽州舊家人家去尋，或者能有！」

萬雪齋道：「這話不錯，一切東西都是我們徽州出的好。」

顧鹽商道：「不但東西出得好，就是人物也是出在我們徽州。」

牛玉圃忽然想起，問道：「雪翁，徽州有一位程明卿先生，是相好的嗎？」萬雪齋聽了，滿臉緋紅，答不出話來。

牛玉圃還沒看出不妥，又說：「這是我拜盟的好弟兄，前日還有信與我說，不日就要到揚州，少不得要與雪翁敘一敘。」萬雪齋氣得兩手冰冷，一句話也說不出。顧鹽商道：「玉翁，自古『相交滿天下，知心能幾人』，我們今日且吃酒，也不必談那些舊話了！」

當晚勉強終席散去。牛玉圃回到下處，好幾日不見萬家來請。那天萬家突然送來一函，說是儀徵王漢策舍親令堂太親母七十大壽，請先生作壽文並大筆書寫，望即命駕。

牛玉圃到了儀徵，找到了王漢策，王漢策道：「我這裡就是萬府下店，雪翁昨日有信來，說尊駕為人不甚端方，又好結交匪類，自今以後，不敢勞駕了！」送一兩銀子，叫他請便。牛玉圃大怒，把銀子丟在樓上，說要自去找萬雪齋理論，王漢策勸他莫去，去時東家也必然不肯會見。牛玉圃無奈，只得自尋飯店住下，從飯店裡走堂的口中探知，原來是不知萬雪齋的忌諱，無意中挑出徽州程家那話來，故而惱羞成怒。牛玉圃這才醒悟道：「罷了，我上了這小畜牲的當了。」

次日叫船去蘇州尋牛浦郎，上船後盤纏不足，長隨辭去了兩個，只剩兩個粗漢子跟著，找到蘇州虎邱藥材行，牛浦郎正坐在那裡，道是雪蝦蟆還不曾有，牛玉圃說鎮江有一個人家有了，快把銀子拿來同著去買。

當下押著牛浦郎，拿了銀子，一同上船，走了幾天，到了龍袍州，是個沒人煙的所在，牛玉圃圓睜兩眼，大怒道：「你可曉得我要打你哩！」牛浦郎驚慌道：「作孫子的又不曾得罪叔公，為什麼要打我呢？」

牛玉圃道：「放你的狗屁！你弄的好乾坤！」當下不由分說，叫兩個粗漢把牛浦郎衣裳剝盡，鞋帽不留，一根繩子綑起，臭打了一頓，抬著往岸上一攢，那船馬上扯起篷去了。

牛浦郎被這一攢，攢得個發昏章第十一，又因攢倒在一個糞窖子前，一動就會滾進糞窖，只得忍氣吞聲，動也不敢動。過了半日，幸好有江船經過，船上客人來出恭，牛浦郎大喊救命。那客人問他因何如此？牛浦郎道：「我是一個秀才，安東縣董老爺請我去作館，路上遇見強盜打劫……」那客人姓黃，就是安東縣人，家裡作著小生意，是戲子行頭經紀，當下救了牛浦郎，取來衣物，與他穿戴，帶到船上啟行。

誰知牛浦郎被剝衣服，在大日頭下綑曬了半日，又受了糞窖子裡熏蒸的臭熱，一到船上，就害起痢疾來，一天到晚拉稀，只得坐在船尾，兩手抓著船板由他瀉，瀉到三四天後，就像是一個活鬼。

聽得艙內客人悄悄商議道：「這個人料想是不好了，如今趁他還有口氣，送上岸，若是死了，就費力了。」那位黃客人不肯。

牛浦郎痾到第五天上，忽然聞到一陣菉豆香，向船家道：「我想要口菉豆湯吃。」滿船人都不肯，他說：「是我自家要吃，死而無怨。」眾人沒奈何，只得靠岸買了些菉豆來煮一碗湯，給他吃過，肚裡響了一陣，痾出了一泡大屎，登時病就好了。扒進艙來，謝了眾人，睡下安息。養了兩天，漸漸復元。

到了安東，就住在黃客人家，黃客人替他買了一頂方巾，添了件衣服，一雙靴，穿著去拜董知縣，董知縣見了果然歡喜，留了酒飯，要留他在衙門裡住，牛浦郎不肯，還是住在黃客人處。黃家見他果然同老爺相與，十分敬重。牛浦郎三日兩日進衙門走，藉著講詩為名，順便「撞兩處木鐘」⑦弄起幾個錢來。黃家又把第四個女兒，招了他作女婿，就在安東，快活過日子。

㈤還我的丈夫來

想不到董知縣陞任去了，接任的向知縣也是浙江人。交代時問董知縣有什麼事託他，董知縣道：「只有個作詩朋友，住在貴治，叫作牛布衣。老寅台清目一二，足感盛情。」向知縣應諾了。

董知縣來到京師，吏部投文，次日過堂掣籤。這時馮琢菴中了進士，寓處就在吏部門口不遠。董知縣來拜，馮主事迎著坐下，董知縣只說得一句：「貴友牛布衣在蕪湖甘露庵裡……」還不曾說出一番交情，也不曾說到後來安東縣的一番經過。只見長班進來跪稟道：「部裡大人升堂了。」董知縣連忙辭別，到部就掣了一個貴州知州的籤，匆匆束裝赴任，不曾再會馮主事。

馮主事過了幾時，打發一個家人寄家書回浙江紹興，吩咐帶著十兩銀子，到家鄉找著牛布衣相公的夫人牛奶奶，告訴她牛相公現在蕪湖甘露庵，銀子贈與牛奶奶作盤纏，催她去找丈夫。這家人果然不負所託，找到了牛家，交代了話。

牛奶奶接著銀子，心裡淒惶起來，想道：「他恁大的年紀，飄流在外，又沒有兒女，怎生是好！我不如趁著這幾兩銀子，去到蕪湖找他回來。」主意已定，就將兩間破房子鎖了，拜託鄰居照管，自己帶著姪子，搭船一路來到蕪湖，找到了甘露庵，裡面荒涼殘破不堪，只有一個又啞又聾的老道人，問他可有一個牛布衣，他手指著前頭的一間屋。

牛奶奶尋去，只見屋裡停著一具棺材，棺上的魂旛也不見了，材頭的字，被屋漏處雨淋得字跡剝落，只有「大明」兩字。牛奶奶見了，不覺心驚肉顫，毫毛根根都豎起來，問那道人：「牛布衣莫不是死了？」道人搖手指著門外，不得要領，牛奶奶又去庵外沿街細問，一直問到吉祥寺郭鐵筆店裡，才知是去安東董老爺任上了。

牛浦郎招贅在安東黃客人家，門上貼一個帖，上寫道：「牛布衣代作詩文。」這一日來了一個蕪湖縣的舊鄰居，叫作石老鼠，是個有名的無賴，因他停妻再娶，就來訛詐要借幾兩銀子，牛浦郎不肯，石老鼠要拉他上衙門。當下兩人揪扭來到縣門，遇見縣裡兩個頭役，認得牛浦郎，上前來勸。石老鼠掀牛浦郎的底，牛浦郎指石老鼠是有名的光棍。幾個頭役說好說歹，墊出幾百文給石老鼠，又嚇他牛相公現與老爺相與最好，莫要自討沒趣，那石老鼠不敢多言，接錢謝了自去。

牛浦郎謝了眾人回家，只見一個鄰居來報：「你剛出門，就有一乘轎子，一擔行李，一個堂客來到，你家娘子接了進去。這堂客說她就是你的前妻，要和你見面，在那裡同你家黃氏娘子吵得狠，娘子託我來尋，叫你快些回去。」

牛浦郎一聽，恍若掉進冷水盆裡的一般，心下明白，準是石老鼠這個奴才，把蕪湖卜家的前頭娘子賈氏撮弄來鬧；沒奈何，硬著頭皮回家。到了家門口一聽，裡面吵鬧的不是賈氏娘子的聲音，是個浙江人。走了進去，與那婦人對面，彼此都不認得。黃氏道：「這便是我家的了，妳看看可是你的丈夫？」

牛奶奶問道：「你這位怎叫作牛布衣？」

牛浦郎道：「我為什麼不是牛布衣，但我不認得妳這位奶奶。」

牛奶奶道：「我便是牛布衣的妻子。你這廝冒了我丈夫的名字，在此掛招牌，分明是你把我丈夫謀害了！我怎能與你干休！」

牛浦郎道：「天下同名同姓的也多，怎見得就是我謀害了妳丈夫？」

牛奶奶道：「怎麼不是！我從蕪湖甘露寺一路問來，說在安東。你既冒我丈夫之名，就要還我丈夫！」

當下哭喊，叫跟來的姪子將牛浦郎扭著，牛奶奶上轎，一直喊來縣前喊冤，向知縣叫補了狀，第三日午堂聽審。牛奶奶告狀是為謀殺夫命事，向知縣叫牛奶奶上去問，牛奶奶把從浙江尋到蕪湖尋到安東的事說了一遍，「他現掛著我丈夫的招牌，我不問他要丈夫，向誰要？」

向知縣問牛浦郎，牛浦郎說：不但不認得這婦人，也並不認得他丈夫。向知縣問牛奶奶道：「眼見得這牛生員叫作牛布衣，妳丈夫也叫作牛布衣。天下同名同姓的多，他自然不知道妳丈夫的蹤跡，妳還是到別處去尋訪你的丈夫吧。」

牛奶奶哭哭啼啼，定要求向知縣替她伸冤，纏得向知縣急了，說道：「也罷，我這裡差兩個衙役，把妳這婦人解回紹興，妳去本地告狀去，我哪管這種無頭的官事——牛生員，你也請回去吧。」說罷，就退了堂。兩個解役，把牛奶奶又解回到紹興去了。

【註釋】

①九門提督：清步軍統領，掌京城九門禁衛，稱為九門提督。九門是正陽、崇文、宣武、安定、德勝、東直、西直、朝陽、阜成。

②檀越：佛家稱人，如「施主」。

③識荊：初次識面的敬辭。李白〈與韓朝宗書〉：「生不用封萬戶侯，但願一識韓荊州。」

④孝廉：明清時舉人的別稱。

⑤骨都著嘴：翹著嘴。

⑥摭：取也。

⑦撞木鐘：矇騙，用詐欺手段以騙取請託行賄者的財物。

【批評分析】

㈠甘露僧的義氣，卜老與牛老的友誼，卜老的義氣與友情的感懷：表現方外、市井之人的可敬性行。郭鐵筆的見識淺陋，對牛浦郎冒稱牛布衣，居然不察。

㈡作官的董瑛也是識淺，不察假冒。牛浦郎借官勢奚落兩位舅丈人，是勢利小人氣量狹窄報復心理的表現。

㈢牛玉圃狂妄自誇，底牌揭露，竟和妓院烏龜王義安為友；見到萬雪齋時，又藉吹牛而自抬身價。牛浦郎向道士說謊（安東縣的優遇），是企圖消除他被牛玉圃壓制而生不平衡。

㈣牛浦郎陷害牛玉圃，是小人的報復，牛玉圃終被自己吹牛說謊的習慣所害，這番出了差錯，觸犯了萬雪齋見不得人的忌諱，砸破了飯碗，可說是自作自受。黃客人不肯拋棄垂死的牛浦郎，義行可敬。

㈤牛浦郎停妻再娶的勢利惡劣。石老鼠敲詐，表現惡棍行徑。向知縣偏袒斯文，對可以查究的官司敷衍，不曾盡到為官的職責。這是當時官僚鄉愿的又一明徵。

十、鮑家梨園行的滄桑

㈠倪老爹貧窮賣子

就因為牛奶奶尋夫的事，傳聞安東縣向知縣相與作詩文的，放著人命大事不問。上司訪聞，送到按察使院裡。這按察使姓崔，是太監的姪兒，廕襲①出身。這天燈下看文稿，閱著安東縣知縣向鼎許多事故，指名嚴參。

按察使自己看了又念，念了又看。燈燭影裡，門下的一個戲子鮑文卿，跪下求情；道是並不認得這位向知縣，但自七八歲學戲，在師父手裡念的就是他作的曲子。這位老爺是個大才子，大名士，如今二十多年，才作得一任知縣，好不可憐，如今這事被參，想這事也是敬重斯文之意，不知可否求大老爺免了他的參處？

按察使道：「想不到你竟有愛惜才人之念，你有此意，難道我倒反不肯？如今免了他這一個革職，但是要叫他知道是你救他，叫他好好地謝你一番。」鮑文卿磕頭謝了，按察使呼咐小廝去向幕賓說：「這安東縣不要參了。」

過了幾日，果然差個衙役拿著封信，把鮑文卿送到安東縣。向知縣看了信，大吃一驚，忙叫快開宅門請鮑相公進來。向知縣迎了出去，鮑文卿跪下請安，知縣雙手夾扶，要同他敘禮，他不肯。向知縣道：「你是上司衙門的人，況且與我有恩，怎麼如此拘禮？快請起來，好讓我拜謝。」

鮑文卿道：「雖是老爺要格外抬舉小的，但這關係朝廷體統，小的斷然不敢。」一立著垂手回了幾句話，退到廊下，向知縣只好叫管家來陪他。

次日向知縣備了酒席道謝，他不敢坐，沒奈何只得把酒席發下去，叫管家來陪他吃了。向知縣寫了謝按察使的稟帖，封了五百兩銀子謝他。他一釐也不敢受，說是朝廷頒與老爺們的俸銀，小的賤人，若是用了，一定會折死。向知縣不好勉強，因把他這些話，又寫稟帖稟按察使，按察使知道了，說他是個獃子，也就罷了。過了一陣，按察使陞了京堂②，把他帶進京去。不想一進京，按察使崔公就病故了。鮑文卿失了靠山，他本是南京人，就只得收拾行李回到南京來。

這南京乃是太祖皇帝建都的所在，裡城門十三、外城門十八、穿城四十里，沿城一轉，足有一百二十多里。城裡幾十條大街，幾百條小巷，都是人煙湊集，金粉樓臺。城裡一道河，東水關到西水關，足有十里，便是秦淮河。水滿的時候，畫船簫鼓，晝夜不絕，城裡城外，琳宮梵宇，碧瓦朱甍（ㄇㄥˊ méng）③，在六朝時，是四百八十寺；到如今，何止四千八百寺！大街小巷合共起來，大小酒樓有六七百座，茶社有一千餘處。

不論你走到哪一處僻巷裡面，總有一個地方懸著燈籠賣茶，插著時鮮花朵，烹著上好的雨水，茶社裡坐滿了吃茶的人。到晚來，兩邊酒樓的明角燈，每條街十足有數千盞，照耀如同白日，走路的人，可以不帶燈籠。秦淮河在有月色的時候最妙，當夜色已深，就有那細吹細唱的船搖來，淒清委婉，動人心魄。兩邊河房裡住家的女郎，穿了輕紗衣服，頭上簪了茉莉花，一齊捲湘簾，憑欄靜聽；所以燈船鼓聲一響，兩邊捲簾窗開，河房裡焚的龍涎沉速香霧一齊噴出來，和河裡的月色煙光，合成一片，望著如天山仙人。還有那十六樓官妓，新妝炫服，招接四方遊客，真乃是朝朝寒食、夜夜元宵。

鮑文卿住在西門，水西門與聚寶門相近。這聚寶門當年說每日進來有百牛千豬萬擔糧；到這時更是不止了。鮑文卿到家與妻子相見，他家本是幾代的戲行，如今仍作這行營業。鮑文卿去戲行總寓旁邊的茶館裡會會同行，看到他同班唱老生的錢麻子，戲班同行裡的黃老爹，都打扮得像讀書人的模樣，心中大大不以為然。

鮑文卿想找幾個孩子，組班學戲，又有樂器待修，這天找到個修補樂器的倪老爹，約了來家修補，酒樓招待用飯，問起倪老爹像是個斯文人，不知因何作上這修理之事？倪老爹歎口氣道：「長兄，我從二十歲上進學，到而今作了三十七年的秀才，就壞在讀了這幾句死書，百無一用！一天窮似一天，兒女又多，沒奈何只得借手藝糊口。」問起他家裡，老妻還在，六個兒子，死了一個，四個都因沒有吃用，把來賣在他州外府，如今家裡只留下一個小的，看來衣食欠缺，留他在家裡，跟著餓死，不如放他一條生路，賣與人去。

鮑文卿道：「老爹要把小相公賣與人，若是賣到他州別府，就如那幾個相公一樣，不能見面了。如今在下四十多歲，生平只有一個女兒，沒有兒子。你老人家若是不棄賤行，把小令郎過繼與我，我送二十兩銀子與老爹，撫養他成人。平日逢時過節，可以到老爹家裡來；等後來老爹事業發達了，我依舊把他送還。」倪老爹喜出望外，一口答應。過了幾天，鮑家備一席酒，倪老爹帶了兒子來，寫立過繼文書，憑著左鄰開絨線店的張國重，右鄰開香臘店的王羽秋作中，言明倪霜峰將年方一十六歲的第六子倪廷璽，過繼與鮑文卿，改名鮑廷璽。

這鮑廷璽甚是聰明伶俐。鮑文卿因他是正經人家兒子，不肯叫他學戲，送他讀了兩年書，幫著當家管戲班。到十八歲時，倪老爹去世，鮑文卿又拿出幾十兩銀子來，替他料理後事，叫鮑廷璽披麻戴孝，送倪老爹入土，自己去一連哭了好幾場。

自此之後，鮑廷璽著實得力。他娘不疼他，只疼女兒女婿。鮑文卿說他是正經人家兒女，比親生的還疼些，每天帶在身邊。那天長縣杜老爺府上邵管家來找，說是老太太七十大壽，要訂二十本戲。鮑文卿帶著鮑廷璽，領了班子，去到天長杜府作戲，作了四十多天，回來足足賺了百多兩銀子，歡喜不盡。

(二)義不受賄的老戲子

那天街上，只見對面來了一把黃傘，兩對紅黑帽，一柄遮陽，一頂大轎。知是外府的官經過。遮陽到時，上面寫著「安慶府正堂」，轎裡的官，看見了鮑文卿，吃了一驚，原來是安東縣的向老爺。

向老爺約去相見，鮑文卿叫兒子在外候著，自己進到河房來，向知府已是紗帽便服，迎了出來，笑著說道：「我的老友到了。」告訴鮑文卿，在安東作了兩年，又到四川作了一任知州，轉了個二府，今年才陞來安慶府作知府。問起別後情形，鮑文卿報告了，叫進鮑廷璽來相見，留著用飯。向知府自去上司衙門，回來後拿出二十兩銀子交與鮑文卿，約他半月後帶著兒子來安慶相會。

鮑文卿回來與妻子商議，把戲班子暫託給女婿歸姑爺和教師金次福，自己收拾行李衣服，準備一些南京的土產——頭繩、肥皂之類——帶去安慶與衙門裡各位管家。搭船去安慶，船上有兩個人就是安慶府裡的書辦，一路奉承鮑家父子兩個，買酒買肉請吃。

晚上人靜，悄悄向鮑文卿說：「有一件事，只求太爺批一個『准』字就可以送你二百兩銀子。又有一件事，縣裡詳上來，只求太爺駁下去，這件事，竟可以送你三百兩。」

鮑文卿推辭道：「不瞞二位老爹說，我是個老戲子，乃是下賤之人，蒙太老爺抬舉，叫到衙門裡去，我是何等之人，敢在太老爺眼前說情？」

那兩個書辦怕他不信，說是只要答應，上岸先兌五百銀子。鮑文卿笑道：「我若是喜歡銀子，當年在安東縣曾賞過我五百銀子，我不敢受。自己知道是個窮命，須是骨頭裡掙出來的錢才作得肉。④我怎肯瞞著太老爺拿這項錢？況且他若有理，絕不肯拿出幾百兩銀子來買人情。若是准了這邊的情，就要叫那邊受屈，豈不是喪了陰德？依我的意思，不但我不敢管，連二位老爹也不必管他。自古道：『公門裡好修行。』你們服侍太老爺，凡事不可壞了太老爺的清名，也要各人保著自己的身家性命。」一番話，說得兩書辦毛骨悚然，不敢再提行賄的事。

到了安慶，向知府吩咐他父子搬在書房裡住，每天同自己親戚一桌吃飯，又拿紬布替父子兩個裡裡外外作衣裳。作主把自家王總管的小女兒，許給鮑廷璽，那王總管的兒子小王，已由向知府替他買了個部裡書辦名字，五年考滿，便可選得一個典史⑤雜職。鮑文卿感激答應。

衙門裡打首飾、縫衣服、做床帳被褥、糊房，打點王家招女婿。吉期之日，鮑廷璽插花披紅，身穿紬緞衣服，腳下粉底皂靴，先拜父親，吹打著迎過那邊去拜了丈人、丈母。舅爺小王穿著補服出來陪妹婿，吃過三遍茶，請進洞房和新娘交拜合巹（ㄐㄧㄣˇ jǐn）。次日拜見老爺大人，夫人另有重賞。衙門裡擺了三天喜酒，無一個人不吃。

看看過了新年，向知府要下察院去考童生，向鮑文卿父子道：「我今去考童生，這些小廝，若是帶去巡視，他們就要作弊。你父子是我心腹人，替我去照料幾天。」

鮑文卿領命，父子兩個在察院裡巡場查號，見那些童生，也有代筆的，也有傳遞的，大家丟紙團、掠磚頭，擠眉弄眼，無所不為。到了搶粉湯包子的時候，大家推成一團，跌成一塊，鮑廷璽看不上眼。

有一個童生，推說要出恭：走到察院土牆跟前，把土牆挖個洞，伸手要到外頭去接文章，被鮑廷璽看見，要揪他過來見太爺。鮑文卿攔住道：「這是我小兒不知世事。相公，你一個正經讀書人，快歸號裡去作文章。倘若太爺看見，那就不便了。」忙拾起些土來把那洞補好，把那童生送進號去。

考試已畢，發出案來，懷寧縣的案首叫作季萑（ㄏㄨㄢˊ huán）。他的父親是個武兩榜，前來拜謝向知府，知府設席相留，就由鮑文卿作陪，說起鮑朋友協助巡場，生意雖屬梨園，頗多君子之行，季守備肅然起敬。三四日後，請鮑文卿到他家去吃酒。考察首的兒子出來陪坐，是一個美貌少年，號叫葦蕭，鮑文卿著實稱讚，這季少爺好個相貌，將來前途不可限量。

㈢道台老友題銘旌

在安慶又過了幾個月，沒想到那王家女兒，難產死了。鮑文卿自己也添了個痰火症，動不動就要咳嗽半夜；想要辭了向太守回家，又不好說。恰好向太爺陞了福建汀漳道，鮑文卿藉此告辭，向太守封出一千兩銀子來給他，說道：「文卿，你在我這裡一年多，並不曾見你說過半個字的人情。替你娶房媳婦，又沒命死了。我心裡著實過意不去。而今這一千兩銀子送與你，拿回家去，置些產業，娶一房媳婦，養老送終。我若做官到南京來，再接你相會。」

鮑文卿不肯受，向道台道：「而今不比當初了。我作府道的人，不窮在這一千兩銀子。你若不受，把我當作什麼人？」鮑文卿這才不敢違拗，磕頭謝了。

父子兩個回到南京，把這銀子買了一所房子；兩副行頭，租與兩個戲班子穿著，剩下的，給家裡作盤纏。又過了幾月，鮑文卿的病漸漸重了，自知不起，那日把妻子、兒子、女兒、女婿，都叫來床前，吩咐他們：「同心同意，好好過日子，不必等我滿服，就娶一房媳婦進來要緊。」說罷，瞑目而逝。闔家慟哭，料理後事，停靈在家，開喪時四個總寓的戲子都來弔孝。鮑廷璽又請陰陽先生尋定了地，要擇日出殯，只是沒人題銘旌⑥。

正躊躇間，只見一個青衣人飛跑來問：「這裡可是鮑老爹家？」問他何事，那人道：「福建汀漳道向太老爺來了，轎子已到了門前。」鮑廷璽慌忙出門跪接，向道台道：「我陛見回來，從這裡過，正要會會你父親，不想已作故人，你引我到柩前去。」

鮑廷璽哭著跪辭，向道台不肯，一直走到柩前，叫著「老友文卿！」慟哭了一場，上香作揖。鮑廷璽的母親，出來拜謝。向道台問何時出殯？誰人題的銘旌？鮑廷璽道：「小的和人商議，說銘旌上不好寫。」向道台道：「有什麼不好寫？取紙筆過來！」當下取筆濡墨，一揮而就：

「皇明義民鮑文卿享年五十有九之柩。賜進士出身中憲大夫福建汀漳道老友向鼎拜題。」

寫畢遞與鮑廷璽，吩咐送亭彩店去作，晚上向道台又打發一個管家，拿著一百兩銀子，送來鮑家，以為喪葬之需。

㈣王太太的結婚鬧劇

過了半年，戲班子裡的教師金次福來找鮑老太，替鮑廷璽作媒。問是那一家的女兒？金次福道：「是內橋胡家的女兒，胡家是布政使司⑦衙門，起初把她嫁了安豐管典當的王三胖。不到一年三胖死了。這客堂才得二十一歲，出奇的人才，因她年紀小，又沒兒女，所以娘家主張嫁人。王三胖留給她足有上千的東西，大床一張、涼床一張、四箱四櫥。箱子裡的衣裳盛得滿滿的，手都插不下去，金手鐲有兩三付、赤金冠子兩頂，珍珠寶石，不計其數，還有兩個丫頭——一個叫荷花，一個叫採蓮——跟隨都嫁了來。」一番話說得鮑老太滿心歡喜，吩咐歸姑爺去問問。

歸姑爺找到作媒的沈天孚，沈天孚的老婆也是媒婆，有名的沈大腳。沈天孚說了實話，道是這堂客是娶不得的，說道：「她是跟布政使司胡偏頭的女兒。偏頭死了，她跟著哥們過日子。她哥不成材，賭賤吃酒，把布政使的缺都賣掉了。因她有幾分顏色，滿十七歲上就賣與北門橋來家作小。她作小不安本分，人叫她新娘，她就要罵，要人稱呼她是太太；被大娘知道，一頓嘴巴子，趕了出來。其後嫁了王三胖，王三胖是一個候選州同，她真正是太太了。她作太太又作得太過了；把大獃的兒子、媳婦，一天要罵三場；家人、婆娘，兩天要打八頓。這些人都恨她。不到一年，三胖死了。兒子疑惑三胖的東西都在她手裡，那日進房搜，家人婆娘又幫著出氣，這堂客有見識，預先把一匣子金珠首飾，一總倒在馬桶裡。那些人在房裡搜了一遍，搜不出來；又搜太太身上，也搜不出銀錢來。她就借此大哭大喊，喊到上元縣堂上去出首兒子。上元縣把兒子責罰了一頓，勸她分房另住，守也好嫁也好都由她，當下處斷。另分幾間房子，在胭脂巷住。就為她名聲大，沒有人敢惹，這事已有七八年了，她怕不也有二十五六歲，對人只說二十一歲。」

歸姑爺問她手頭是否有千把銀子？沈天孚說這幾年也花費了，金珠首飾衣服，怕還有值得五六百銀子。歸姑爺心想，果然有五六百銀子，我丈母心裡也歡喜了。若說女人會撒潑，我哪怕磨死倪家這小孩。

當下重託沈天孚，沈天孚回來和沈大腳說，沈大腳搖頭道：「天老爺！這位奶奶可不好惹的，她又要是個官，又要有錢，又要人物齊整——又要上無公婆，下無小叔姑子。她每天睡到日中才起來，橫草不拿，豎草不拈，每天要吃八分銀子藥。她又不吃大葷，頭一日要鴨子，第二日要魚，第三日要茭兒菜鮮筍作湯。閒著沒事，還要橘餅、龍眼、蓮米搭嘴。酒量又大，每晚要炸麻雀、鹽水蝦，吃三斤百花酒。上床睡下，兩個丫頭輪流捶腿，捶到四更鼓盡才歇。鮑家只是個戲子——戲子家有多大湯水，敢娶這位奶奶去？」

沈天孚叫他妻子多架空⑧些。沈大腳來到胭脂巷，王太太正在裹腳，兩隻腳足足裹了三頓飯時才裹完；又慢慢梳頭、洗臉、穿衣服，直弄到日頭偏西才清白。沈大腳把鮑家大誇一頓，說是水西門大街鮑府，鮑舉人家，廣有田地，正開著字號店，千萬貫家私，本人二十三歲，上無父母，下無兄弟，是個武舉人，扯得動十個力氣的弓，端得起三百斤的制子。

王太太道：「沈媽，料想妳也知道我是見過大事的，不比別人。想著當初到王府上，才滿了月，就替大女兒送親，送到孫鄉紳家。那孫鄉紳家三間大敞廳，點了百十枝大蠟燭，擺著糖斗糖仙。『吃一看二眼觀三』的席，戲子細吹細打，把我迎了進去，孫家老太太，戴著鳳冠，穿著霞帔，把我奉在上席正中間，臉朝下坐了。我頭上戴著黃豆大珍珠的拖掛，把臉都遮滿了，一邊一個丫頭，用手來替我分開了，才露出嘴來，吃他的蜜餞茶。唱了一夜戲，吃了一夜酒。第二日回家，跟去四個家人婆娘，把我白綾織金子裙子上，弄了一點灰，我要把她們一個個都處死了，她四個一齊走進來跪在房裡，把頭在地板上磕得撲通撲通地響，我還不開恩饒她們哩。沈媽，妳替我說這事，須要十分地實，若有半些差池，我手裡不能輕輕地放過了妳。」

沈大腳道：「這個何消說？我生來就是『一點水一個泡』的人，比不得媒人嘴。若是扯了一個字的謊，明日太太訪出來，我自己把這兩個臉巴子送來給太太掌嘴。」

次日，沈天孚告訴歸姑爺，堂客已肯。只是說明沒有公婆，不要叫鮑老太自己來下插定⑨。歸姑爺回報丈母說：「這堂客手裡有幾百兩銀子是真的，只要性子不好，會欺負丈夫，這是倆口子的事，我們管他作什麼？」鮑老太道：「這不必管，現今這小廝傲頭傲腦，也要娶個辣燥些的媳婦來制著他才好！」

將這事告訴鮑廷璽，鮑廷璽道：「我們小戶人家，只是娶個窮人家的女兒作媳婦好，這樣的堂客，娶了來，恐怕會淘氣。」被鮑老太一頓臭罵道：「倒運的奴才！沒福氣的奴才！你到底還是那窮人家的根子，開口就要說窮，將來少不得要窮斷你的筋！像她有許多箱籠，娶進來擺擺房也是熱鬧的！你這奴才，知道什麼？」

罵得鮑廷璽不敢再說。次日，備了一席酒，請沈天孚、金次福為媒。鮑老太拿出四樣金首飾，四樣銀首飾來，交與沈天孚，沈天孚扣下四樣，只拿四樣首飾，叫沈大腳去下插定。

那邊接了，擇定十月十三日過門，到十二日，把那四箱、四櫥和盆桶、錫器、兩張大床，先搬了來。兩個丫頭坐轎跟著來。第二天到晚上，一乘轎子，四對燈籠火把，娶進門來，進房撒帳，說四言八句。拜花燭，吃交杯盞，不必細說。五更鼓出來拜堂，聽說有婆婆，就惹了一肚子氣，出來使性摜氣磕了幾個頭，拜畢，就往房裡去了。

丫頭一會出來要雨水煨茶與太太喝，一會出來叫拿炭燒著了進去，與太太添著沉速香，一會出來到廚下叫廚子蒸點心作湯，拿進房與太太吃。兩個丫頭，川流不息地在屋前屋後走，叫得太太一片響。鮑老太聽了道：「在我這裡叫什麼太太！連奶奶也叫不得，只好叫個相公娘罷了！」

丫頭進房去把這話對太太說了，太太就氣了個發昏。南京的風俗，新媳婦進門，三天就要去廚下，收拾一樣菜，發個利市；這菜一定是魚，取「富貴有餘」的意思。

當下鮑家買了一尾魚，燒起鍋來，請相公娘上鍋。王太太坐著不動；戲班裡錢麻子的老婆來勸，太太忍氣吞聲，脫了錦緞衣服，繫上圍裙，走到廚下，把魚接在手中，拿刀刮了三四刮，拎著尾巴，往滾湯鍋裡一摜。濺了錢麻子老婆一臉的熱水，連一件二色的緞衫子都弄濕了，嚇了一跳。王太太丟了刀，骨都著嘴，往房裡去了。

到第四日，鮑廷璽領班子去作夜戲，進房來穿衣服。王太太看他這幾日戴的都是瓦楞帽子，並無紗帽，心裡疑惑他不像個舉人，問他：「這晚間你到哪裡去了？」

鮑廷璽道：「我作生意去！」太太還以為他去字號店裡算賬，一直等到五更鼓天亮，他才回來。

太太問道：「你在字號店裡算賬，為什麼算了這一夜？」

鮑廷璽道：「什麼字號店？我是戲班子裡管班的，領著戲子去作夜戲，才回來。」

太太不聽則已，一聽怒氣攻心，大叫一聲，往後便倒，牙關緊咬，不省人事，鮑廷璽慌了，忙叫兩個丫頭拿薑湯灌了半日。灌醒過來，大哭大喊，滿地亂滾，滾散了頭髮，一會又扒到床頂上去，大聲哭著，唱起曲子來。原來氣成了一個「失心瘋」。嚇得全家人又好惱、又好笑。正鬧著，沈大腳手裡拿了兩包點心，走來房裡賀喜。才走進房，太太一眼看見，上前就一把揪住，把她揪到馬桶跟前，揭開馬桶，抓一把屎尿，抹了她一嘴一臉。眾人扯開，沈大腳走出堂屋，又被鮑老太指著臉臭罵了一頓。

(五)大哥哥找到了小弟弟

請醫生來看，說是一肚子的痰，正氣又虛，要用人參、琥珀，一劑藥要四錢銀子。自此以後，一連害病兩年，把些衣服、首飾，全花費完了；兩個丫頭也賣了。歸姑爺同大姑娘和鮑老太商議道：「他本是螟蛉之子，又不中用。如今弄了這瘋女人來，在家鬧到這種地步。將來我們這房子和本錢，還不夠她吃人參、琥珀！不如將他們趕出去！」

鮑老太聽信女兒、女婿的話，要把他倆口子趕出去。鮑廷璽慌了，央求鄰居王羽秋、張國重來說情，要鮑老太分些本錢與他作生意，老太道：「他當日來的時候，只有頭上幾莖黃毛，身上還是光光的，而今我養活他這麼大，又替他娶過兩回親。況且他那死鬼老子，也不知累了我家多少。他不能補報也罷了，我還有什麼貼他的。」說來說去，說得老太轉了口，許給他二十兩銀子，自己去住。

鮑廷璽接了銀子，哭哭啼啼，搬了出去，在王羽秋店後借一間住。只得二十兩銀子，要辦戲班弄行頭，是弄不起，想要作個別的小生意，又不在行。只好「坐吃山空」。把這二十兩銀子吃得快光了，太太的人參、琥珀藥也沒得吃了，病也不大發了，只是在家坐著哭泣咒罵。

那一天，王羽秋問他：是不是有個哥哥在蘇州？鮑廷璽說老爹只有我一個兒子，並沒有哥哥。王羽秋道：「不是鮑家的，是你那生身之父，三牌樓倪家。」鮑廷璽說：倪家雖有幾個哥哥，自小就被賣出，不知下落。

王羽秋說方才有人找問，說是「倪大太爺找倪六太爺。」鮑廷璽驚道：「我在倪家，正是第六。」

少頃只見那人又來找問。王羽秋指著鮑廷璽道：「這位便是倪六爺！」那人腰間拿出紅紙帖，鮑廷璽接著，只見上面寫著：「水西門鮑文卿老爹家過繼的兒子鮑廷璽，本名倪廷璽，乃父親倪霜峰第六子，是我的同胞兄弟，我叫作倪廷珠。找著是我的兄弟，就同他到公館來相會。要緊！要緊！」

一問來人，原來是大太爺跟班的阿三，大太爺現在蘇州撫院衙門裡作相公。鮑廷璽這一下喜從天降，同著阿三來見哥哥，來到撫院公館前，茶館相候，只見阿三跟著一個人進來，頭戴方巾，身穿醬色緞袍，腳下粉底皂靴，三綹髭鬚，約有五十歲光景。阿三指著道：「便是六太爺了！」鮑廷璽忙走上前。

那人一把拉住道：「你就是我六兄弟了！」鮑廷璽道：「你就是我大哥哥！」兩個抱頭大哭。

倪廷珠告訴兄弟，自己一直在京，二十多歲就學了幕，在各衙門作館，各省找尋幾個弟兄，都不曾找著。五年前同一位知縣去廣東上任，在三牌樓找著舊時老鄰居，才知六弟已過繼鮑家，父母俱已去世。如今跟著這位姬大人，賓主相得，每年送束脩一千兩銀子。前幾年在山東，今年調來蘇州作巡撫。這是故鄉了。所以趕緊來找弟弟，找著時就要用積蓄買一所房子，兄弟兩家一齊過日子。

問鮑廷璽是否已婚，鮑廷璽道：「大哥在上……」便把過繼鮑家，鮑老爹恩養，向太爺衙門裡招親，前妻王氏難產死了。回到南京，鮑老爹去世，娶了如今這個女人，被鮑老太趕了出來……經過情形，說了一遍。

倪廷珠說不妨，一同來看弟媳，王太太拜見大伯，此時衣服首飾都沒有了，只穿著家常打扮。倪廷珠荷包裡拿出四兩銀子來，道與弟婦作拜見禮。王太太看見有這樣一個體面的大伯，不覺憂愁減了一半。倪廷珠吃了一杯茶起身，約好暫回公館，稍停就來。

鮑廷璽和太太商議準備酒飯，要買板鴨和肉，王太太道：「呸！你這死不見識面的貨！他一個撫院衙門裡住著的人，他沒見過板鴨和肉？自然是吃了飯才來，哪會稀罕你這幾樣東西吃！如今快秤三錢分六銀子，到果子店裡裝十六個細巧圍碟子⑩來，打幾斤陳年百花酒候著他，才是道理。」

到了晚上，果然一乘轎子，兩個「巡撫部院」燈籠，阿三跟著，他哥哥來了。身邊帶的七十多兩銀子，拿出來，一包包交與鮑廷璽道：「這些你且收著，我明日就要同大人往蘇州去。你從速看下一所房子，價銀或是二百兩、三百兩都可以，你同弟婦搬進去住著，你就收拾了到蘇州衙門裡來。我和姬大人說，把今天束脩一千兩銀子都支了與你，拿到南京來作個本錢，或是買些房產過日子。」

鮑廷璽收了銀子，留著他哥吃酒，說著一家父母兄弟分離苦楚的話，說著又哭，哭著又說。

過了半月，看定了一所房子，在下浮橋施家巷，三間門面，一路四進，是施御史家的。價銀二百二十兩，成了議約，付押金二十兩。擇吉搬了進去。

搬家的那天，鄰居送禮，歸姑爺也來行人情，出分子。鮑廷璽請了兩天酒，又替太太贖了些頭面衣服。太太身子又有些嬌病起來，隔幾日要個醫生，要吃八分銀子的藥。那幾十兩銀子，漸漸將完，鮑廷璽收拾上蘇州尋他大哥。

那天到了儀徵，遇見了昔年向知府時取中的季葦蕭，告訴鮑廷璽說，向道臺陞任之後，管家王老爹不曾跟去福建，就在安慶住著，王老爹的兒子，也就是昔年鮑廷璽的妻舅，後來選了典史，典史的女兒嫁與季葦蕭，兩家就結了親。這番因鹽運司荀玫荀大人，是季守備的文武同年，故而來此看看年伯。談了一會，約好鮑廷璽去蘇州回來，再到揚州來相聚。

鮑廷璽上船，一直來到蘇州，閶（ㄔㄤ chāng）門上岸，劈面撞見跟他哥哥的小廝阿三，阿三前走，後面跟著一人，挑了一擔三牲銀錠紙馬。鮑廷璽問大太爺在衙門裡嗎？阿三道：「六太爺來了！大太爺自從南京回來，進了衙門，打發人上京去接太太，去的人回來說，太太已於前月去世。大太爺這一著急，得了重病，不多幾日，就歸天了。大太爺的靈柩現在城外厝著，今日是大太爺的頭七，小的送這三牲紙馬到墳上燒紙去。」

鮑廷璽聽了這話，兩眼大睜著，說不出話來，慌問道：「怎麼說！大太爺死了！」阿三道：「是大太爺去世了。」鮑廷璽哭倒在地，阿三扶了起來，當下不進城了，就同阿三到他哥哥厝基的所在，擺下牲醴，澆奠了酒，焚起紙錢，哭道：「哥哥，陰魂不遠，你兄弟來遲一步，就不能再見大哥一面！」說罷，又慟哭起來。

【註釋】

①廕襲：由先世勳績而敘官。

②京堂：清制都察院、通政司、詹事府以及其他諸卿寺的堂官都稱為京堂。後來兼用為三、四品官的虛銜。

③甍：屋脊。

④作得肉：能得實惠。

⑤典史：明代的知縣屬官、管文移出納、盜賊等事。

⑥銘旌：喪具之一，用以識別死者。

⑦布政使司：官名、明代分全國為十三承宣布政使司，設左右布政使各一人，掌一省之政，朝廷有德澤禁令之承流宣布以下於有司。

⑧架空：誇大。

⑨插定：訂婚用的定禮。

⑩圍碟：舊時整桌的筵席，必有十二或十六個碟子，中盛水果、蜜餞等，叫作「圍碟」。

【批評分析】

㈠鮑文卿挽救了向鼎的被參革，守著自己的身分不肯越分，不受酬謝；義助貧士倪老爹，收留倪廷璽為螟蛉，合情合理，他的人格行事，正是作者所標榜平民高潔人物的代表。這一段中記敘南京風光景物，文字佳妙，是作者吳敬梓熟悉的寫境。

㈡鮑文卿正義拒賄，反勸書辦改正，是為平民高潔人物風骨的高度表現；由此也可看出天下烏鴉一般黑，衙門賄賂風行，積弊已深。鮑父子參與監考一段，可見科場舞弊的嚴重，而鮑文卿不予檢舉，保留讀書人顏面，給予改過機會，不但是宅心仁厚，更是「積極導正勝於消極制裁」，最自然最合理的有效處置。

㈣向鼎親題銘旌，自稱老友，證明了朋友風義，本無階級身分的限制。歸老爺促成鮑廷璽和王太太的婚姻，是為討好丈母娘；陷害鮑廷璽，為的是財產利益的爭取。沈大腳的架空，媒人口舌，全無實話，舊時代的婚姻悲劇痛苦，這類人物的罪惡極大。現在雖已隨著舊時代過去了，仍能使讀者回顧而驚心。

㈤鮑老太趕走螟蛉，情義全無，同時也顯示了舊時代家庭紛爭的癥結。倪廷珠多年尋找各位弟弟，不自私的友于親情，使人感動。

十一、莫愁湖名士盛會

㈠餓得死人的南京城

話說鮑廷璽死了兄長，失了靠山，盤纏用盡：阿三也辭了他往別處去了。想著沒法，只好把新作準備見撫院用的一件紬袍，當了兩把銀子，先到揚州尋季姑爺再說。

到了揚州，找著了季葦蕭，正在尤家招親，鮑廷璽知道他在安慶已有妻室，問他如今怎的又婚？季葦蕭指著廳上對聯：「清風明月常如此，才子佳人信有之。」說道：「我們風流人物，只要才子佳人會合，一房兩房，何足為奇？」問起他的費用，方知他一到揚州，他的年伯兩淮鹽運使①荀玫就送了一百二十兩銀子，又派在瓜州管關稅。看樣子要在這裡過幾年，所以又娶一門親。

在季葦蕭婚禮中，見到揚州城的許多名士，作詩寫字的辛東之、金寓劉，兩位名士大罵鹽商。辛先生道：「揚州這些有錢的鹽獃子，實在可惡！就如河下興盛旗馮家，有十幾萬銀子，從徽州請了我上來，住了半年，我說：『若要我承情，就一總送我二三千銀子。』他竟一毛不拔！我後來向人說：『馮家這銀子該給我的，將來他死的時候，這十幾萬銀子一個也帶不去！到陰司裡，是個窮鬼。閻王要蓋森羅寶殿，那四個字的匾少不得是請我寫，至少也得送我一萬銀子，我那時就把幾千與他用用也未可知，何必如此計較！』」

金先生道：「這話一點也不錯！前日不多時，河下方家來請我寫一副對聯，共是二十二個字。他叫小廝送了八十兩銀子來謝我，我叫他小廝來，吩咐他道：『拜上你家老爺說：金老爺的字，是在京師王爺府裡品過價錢的；小字是一兩一個，大字十兩一個。我這二十二個字，平買平賣，時價值二百二十兩銀子。你若是二百一十九兩九錢，也不必來取對聯。』那小廝回家去說了，方家這畜牲，賣弄有錢，竟坐了轎子到我住處來，把二百二十兩銀子與我。我把對聯遞與他，他——他——兩把把對聯扯碎了！我登時大怒，把銀子打開，一總都攢在街上，給那些挑鹽的、拾糞的去了！」

鮑廷璽問道：「我聽說，鹽務裡這些有錢的，到麵店裡，八分一碗的麵，只呷一口湯，就拿下去賞與轎夫吃。這話可是有的？」辛先生道：「怎麼沒有？」金先生道：「他哪裡是當真吃不下！他本是在家裡泡了一盌鍋巴吃了，才到麵店去的。」眾人聽了大笑。

鬧房時，又來了一位道士詩人來霞士，和蕪湖來的刻印名手郭鐵筆。其後又來了一位方巾闊服，古貌古心的宗穆菴，路過聞知，特來進謁，談了一會辭去。鮑廷璽要回南京，季葦蕭送了五錢銀子的旅費，又寫下一封信，托他帶去南京，交給同姓不同宗的安慶人季恬逸，告訴他不能來南京相會，勸他快回安慶，南京這地方是可以餓得死人的，千萬不可久住。

鮑廷璽回到南京，把苦處告訴了王太太，被太太臭罵了一頓。施御史來催房價，沒銀子，只好把房子退還施家。沒處存身，太太只好在內橋胡姓娘家，借了一間房子，搬走去住著。

㈡為出名選文刻書

鮑廷璽找到了季恬逸，交給他季葦蕭的信。這季恬逸因為窮，沒有寓所，每天拿八個錢，買四個弔桶底②分兩頓吃，晚上在刻字店一個案板上睡覺。這日見了信，知道季葦蕭不來，越發慌了；又沒旅費回安慶，整天吃了餅，坐在刻字店裡出神。

那一天早上，連餅也沒得吃了，只見外面走進一個人來，頭戴方巾，身穿元色長袍，拱手坐下，那人問：「這裡可有選文章的名士嗎？」

季恬逸道：「多得很！衛體善、隨岑菴、馬純上、蘧駪夫、匡超人，我都認得，還有前日同我這裡的季葦蕭，都是些大名士，你要哪一個人？」

那人道：「我姓諸葛，名佑，字天申，盱眙縣人。有二三百銀子，想要選一部文章，煩先生替我尋一位來，我好同他合選。」

季恬逸請他坐著，自己走上街來找，心想這些人雖常在這裡，卻是散在各處，這一會要找時偏就一個不見，管他的，如今只往水西門一路走去，遇到哪個就抓了，先混些東西吃吃再說。走到水西門口，看到一人，押著一擔行李進城，認得是安慶的名士蕭金鉉，喜出望外，急忙拉著回來與諸葛天申相見；當下諸葛天申請客吃飯，季恬逸餓慌了，盡力吃了一飽。

三人一齊去找寓所，找到一處廟裡，和尚道：「房子甚多，都是各位現任老爺常來作寓的……」看了房子，問租金時，和尚一定要三兩銀子一月，講了半天，諸葛天申已經出到二兩四了，和尚還不點頭。又裝腔作勢罵小和尚：「不掃地！明日下浮橋施御史老爺來此擺酒，看見了成什麼樣？」

蕭金鉉見他可厭，就說：「房子不錯，只是買東西路遠了些。」老和尚呆著臉道：「在這兒住的客，若是買辦和廚子是一個人作，那就不行了。至少得要兩個人伺候著才行！」

蕭金鉉笑道：「將來我們在這裡住，不但買辦廚子要用兩個人，還要牽一頭禿驢，給那買東西的人騎著來往，更走得快！」罵得那和尚乾瞪眼。

後來找到了僧官，用每月二兩銀子租金租定了房，住定了吃飯。諸葛天申是鄉下來的，不認得香腸，說是豬鳥③，又說臘肉；又不認得海蜇，說道：「這迸脆的是什麼東西。倒好吃！再買些迸脆的來吃吃！」當晚住下，季恬逸沒有行李，蕭金鉉勻出一條褥子來，給他在腳頭蓋著睡。

過幾天，僧官慶祝新任請客，從應天府尹衙門的人到縣衙門的人，約有五六十。客還未到，道人慌忙來報：「那龍三又來了！」僧官走進去，只見椅上正坐著一人，一張烏黑的臉，兩隻黃眼睛珠，一嘴鬍子，頭戴一頂紙剪的鳳冠，身穿藍布女褂，白布單裙，腳底下大腳花鞋。

那人見了僧官，笑容可掬，說道：「老爺，您今日喜事，所以我一早就來替您當家！」僧官叫他快把女衣脫了，他道：「老爺，您好沒良心！您作官到任，不打金鳳冠與我戴，不作大紅補服與我穿，我作太太的人，自己戴了個紙鳳冠，不怕人笑也罷了，您怎麼還要叫我去掉？」

僧官道：「龍老三！玩笑是玩笑，雖然我今日不曾請你，你要上門來怪我，也該好好走來，為什麼妝成這種樣子？」那龍老三不聽，走進僧官房裡，坐得安穩，吩咐小和尚，叫拿茶來給太太吃。客人們看了好笑，府書的尤書辦、郭書辦來了，勸龍三莫要在此胡鬧，蕭金鉉主張大家拿出幾錢銀子來與他，叫他快走，那龍三撒賴，哪裡肯去。

幸好司裡的董書辦，部裡的金東崖來了。金東崖一見就罵：「你是龍三？你這狗頭，在京裡拐了我幾十兩銀子溜走，怎麼今日又在這裡裝怪訛詐，實在可惡！」叫跟來的小子：「把他的鳳冠抓掉，衣服扯掉，趕了出去！」龍三見是金東崖，這才慌了，自己脫了鳳冠、女衣，說道：「小的在此伺候。」不敢再鬧，謝了出去。

客人們坐下談話，董書辦說出，兩淮鹽運使荀玫大人已因貪贓拿問，就是近三四天的事。可見禍福旦夕難料，令人嗟歎。客人們陸續到來，其後進來三位戴方巾的和一位道士，其中一位戴方巾的問誰是季恬逸？袖中取出書信，原來是季葦蕭託帶來的，四人就是辛東之、金寓劉、郭鐵筆、來霞士，當下都被僧官主人留下，看戲吃酒。

此後這般名士，各人都找到了寓所，來道士去神樂觀尋他師兄，郭鐵筆在報恩寺門口租了一間房，開印章店。季恬逸、蕭金鉉、諸葛天申三位，在寺門口聚昇樓包伙，每天要吃四五錢銀子。文章已經選定，叫了七八個刻字匠來刻，又賒了百十桶紙來，準備刷印。

四五個月之後，諸葛天申那二百多兩銀子已所剩無幾，每天仍在店裡賒著帳吃。季恬逸是餓怕了的，又開始有點擔心起來了。

(三)江湖數一數二的才子

老退居隔壁和尚家來了新客，是大有名的天長社公孫十七老爺，姓杜名倩字慎卿。諸葛天申等人見著，那時正是春暮夏初，天氣漸暖，杜公孫穿著鶯背色的夾紗袍，手搖絲扇，腳踏絲履，走了過來。近前一看，面如傅紛，眼若點漆，溫恭爾雅，飄然有神仙之概。這人有子建④之才，潘安之貌，是江南數一數二的才子。

諸葛天申向季、蕭兩位道：「去年申學台在敝府合考二十七州縣詩賦，就是杜十七先生的首卷。」

杜慎卿笑道：「那是一時應酬之作，何足掛齒？況且那天小弟正病著，進場還帶著藥物，只是草草塞責而已。」

蕭金鉉道：「先生尊府，王謝風流，各郡無不欽仰。先生大才，又是尊府『白眉』⑤，今日幸會，一切要求指教。」

杜慎卿謙遜著，進房來看選文，看了好一會，放在一邊。忽然翻出蕭金鉉的一首詩來，看了點點頭道：「詩句是清新的。」蕭金鉉正好立即向他請教。

杜慎卿道：「如不見怪，小弟也有一點意見。詩以氣體為主。如尊作這兩句：『桃花何苦紅如此？楊柳忽然青可憐！』豈不是加意做作了些，如在上一句添個『問』字，『問桃花何苦紅如此？』就是〈賀新涼〉⑥中間一句好詞。如今先生把他作了詩，下面又勉強對了一句，就覺得索然無味了！」一番話把蕭金鉉說得透身冰冷。

季恬逸道：「先生如此談詩，若與我家葦蕭相見，一定相合。」杜慎卿道：「我也曾見過葦蕭的詩，才情是有些的。」

次日，杜慎卿寫帖來約：「小寓牡丹盛開，薄治杯茗⑦，屈三兄到寓一談。」在杜寓見到了鮑廷璽，上的菜果然不俗，是江南時魚，櫻桃竹筍，清清疏疏的九個盤子，酒是永寧坊上好的橘酒。點心之後，又是雨水煨的六安毛尖茶。

杜慎卿酒量甚大，不甚吃菜，點心只吃了一片軟香糕。茶酒清淡，蕭金鉉提議分韻作詩，杜慎卿嫌詩社老套太俗，就由鮑廷璽吹笛，一個小小子拍著手唱李太白〈清平調〉，真是穿雲裂石之聲，三人停杯細聽，吃到月上時分，照耀得牡丹花色越發精神，又有一樹大繡球，好像一堆白雪。三人不覺手舞足蹈起來。杜慎卿也頹然醉了，老和尚走來，就席上劈啪放起一串鞭炮來醒酒，杜慎卿大笑。

諸葛天申等三人商議要請杜慎卿，約去聚昇樓，杜慎卿勉強吃了一塊板鴨，登時就嘔吐起來，吃飯時用茶泡一碗飯，吃了一會，還吃不完，遞與小小子拿下去吃了。飯後去雨花臺，山頂上望著城內萬家煙火；那長江如一條白練；琉璃塔金壁輝煌，照人眼目。杜慎卿在亭前，太陽地裡看見自己的影子，徘徊了大半日。

草地坐下，杜慎卿發表議論，說「夷十族」⑧的話是不對的，永樂皇帝振作，比建文皇帝的軟弱要好得多，又說方孝孺⑨拘泥，被斬並不冤枉。坐到日色西斜，只見兩個挑糞桶的，挑著兩擔空桶，歇在山上，這一個拍著那一個的肩頭道：「兄弟，今天的貨賣完了，我和你去永寧泉吃一壺水，回來再到雨花臺看落日！」

杜慎卿笑道：「真是『菜傭酒保，都有六朝煙水氣』，一點也不錯。」

㈣杜慎卿看到的妙人

後來季葦蕭也來了，和杜慎卿見面，極為投合。季葦蕭同著王府裡的宗先生來拜，談起和杜慎卿父親同年的宗子相，宗先生說是一家的弟兄輩。杜慎卿討厭他一開口就是紗帽，背地向人說：敝年伯宗子相一定不會認他這麼一個潦倒的兄弟。

杜慎卿要娶太太，沈大腳來作媒，講的是王家十七歲的姑娘，王姑娘還有一位標致會唱的兄弟王留歌。季葦蕭向杜慎卿道賀，杜慎卿愁著眉道：「太祖高皇帝說：『我若不是婦人生，天下婦人都殺盡！』婦人哪有一個好的？小弟的性情，是和婦人隔著三間屋就聞見她的臭氣，這是為了要得子留後，無可奈何！」

郭鐵筆來求見，一見面就說了許多仰慕的話：「尊府是一門三鼎甲、四代六尚書，門生故吏，天下都散滿了，督撫司道，在外頭作，不計其數；管家們出去，作的是九品雜職官——季先生，我們自小聽說的；天長杜府老太太生這位太老爺，是天下第一個才子，轉眼就是一個狀元。」說罷，袖子裡取出錦盒，刻好了的兩方「臺印」，雙手遞來，杜慎卿收下了。送客出去，回來對季葦蕭說：「他一見我就有這些惡劣的奉承，也虧他訪問得真確！」季葦蕭道：「尊府之事，何人不知？」

杜慎卿與季葦蕭談得投機，漸漸談到他對「情」的觀念，不喜男女之愛，重視同性之情，舉出漢哀帝喜歡董賢，要將天下禪讓給他，是為獨得了情的真義，就是堯舜揖讓也不過如此，可惜無人了解。季葦蕭問他，生平可曾遇著一個同性知心的情人？

杜慎卿道：「假使天下有這樣一個人，又與我同生同死，小弟也就不會這樣多愁善病了！只為緣分太淺，遇不著一個知己，所以對月傷懷，臨風灑淚！」季葦蕭說，可在梨園行中去找。

杜慎卿道：「葦兄，你這話更外行了，要去梨園中求知己，就如愛女色的去青樓中求一個情種，豈不大錯？這種事要相遇於心腹之間，相感於形骸之外，方是天下第一等人！」又拍膝嗟歎道：「天下終無此一人，老天辜負了我杜慎卿萬斛愁腸、一身俠骨！」說著，掉下淚來。

季葦蕭道：「你也莫說天下沒有這個人，小弟就曾遇見一個少年，是一個道人。這人生得飄逸風流，是個美男子，但又不像婦人。我最不贊成像女人的美男子，如果要像女人，不如去看女人了！天下原有另一種美男，只是人不知道！」

杜慎卿拍桌道：「你說的對極了。你再說說看，這個人怎麼樣？」

季葦蕭道：「他是如此的妙人，多少人想結交他，他卻輕易不肯對人一笑！卻又是十分愛才，小弟因為多了幾歲年紀，在他面前，自覺不配，所以不敢痴心妄想和他結交。長兄是可以去和他會會看。」

季葦蕭故作神秘，寫好一個小紙包，上面寫著「敕令」兩字，交給杜慎卿，教他去到神樂觀前，才准拆開來看。杜慎卿一心會見妙人，第二天一早起來，洗臉擦肥皂，換上一身新衣，身上又多薰了香，坐轎來到神樂觀前，取出紙包拆開來看，上面寫著：

「至北廊盡頭一家桂花道院，問揚州新來的道友來霞士便是。」

杜慎卿來到桂花道院，訪問來霞士，道人去請。去了一會，只見樓上走下一個肥胖的道士來，頭戴道冠，身穿沉香色袍，一副油晃晃的黑臉，兩道重眉，一個大鼻子、滿腮鬍鬚，大約五十多歲。見面請問，知是天長杜府，那道士滿臉堆下笑來，說道：「我們桃源旗領的天長杜府的本錢，就是老爺尊府，小道不知老爺到省，應該先來拜謁，如何反勞老爺降臨？」忙教道人，快煨新鮮茶，捧上菓碟來。

杜慎卿心想：「這人一定是來霞士的師父了。」問道：「有位來霞士，是令徒？還是令孫？」那道人道：「小道就是來霞士。」

杜慎卿吃了一驚，說道：「哦！你就是來霞士！」自己心裡忍不住，拿衣袖掩著口笑。道士不知是什麼意思？殷勤招待，又在袖裡摸出一卷詩來請教，慎卿沒奈何，只得勉強看了一看，吃了兩杯茶，起身辭別。道士還要拉著手送到大門，問明住處，說是明日就要來拜望。杜慎卿上了轎，一路忍笑不住，心想：「季葦蕭這狗頭，如此胡說。」

回到寓所，蕭金鉉同著辛東之、金寓劉、金東崖來拜，辛東之送一幅大字，金寓劉送一副對子，金東崖把自己編的《四書講章》送來請教，好不容易都應酬過了。杜慎卿鼻子裡冷笑，向僕人們說道：「一個衙門當書辦的人，居然也敢來講究四書，聖賢的書，是這樣的人能講的嗎？」

娶妾之後，季葦蕭來賀，笑問：「你見到妙人了嗎？」杜慎卿道：「你這狗頭，該記一頓肥打！」

季葦蕭道：「怎的該打？我原說的是美男，不像女人，你看到的難道不是嗎？」正說著，只見來道士同鮑廷璽一齊來賀喜，兩人越發忍不住笑。

㈤逞風流盛會莫愁湖

杜慎卿想出個新鮮主意，和鮑廷璽商議，借莫愁湖湖亭，把南京一百三十多班戲班子全約來，旦角們一個作一齣戲，由杜慎卿和季葦蕭評審，列出一榜，把色藝雙絕的取在前列公布，凡是參加演出的，每人酬謝五錢銀子，荷包一對，詩扇一把。當下擬好通知，由鮑廷璽去分別傳告。又取了百十把扇子；分別由名士們拿去書寫。商定請客名單，宗先生、辛東之先生、金東崖先生、金寓劉先生、蕭金鉉先生、諸葛天申先生、季恬逸先生、郭鐵筆先生、僧官老爺、來道士、鮑廷璽老爺、連同二位主人，一共十三位名士。

新娶的娘子兄弟王留歌來看姊姊，杜慎卿拉住他細看，果然標致，姊姊比不上他。就把湖亭作會的計劃告知。留歌道：「有趣，哪日我也來串一齣！」當晚酒宴，鮑廷璽吹笛，來道士打板，王留歌唱了一曲〈碧霞天長亭餞別〉，音韻悠揚，眾人大醉而散。

到了盛會那天，湖亭擺宴，賓客齊聚，戲子們裝扮起來，一個個亭前走過；這時湖亭軒窗四起，一轉都是湖水圍繞，微有薰風，吹得波紋如縠，亭外一條板橋，戲子們裝扮起來，都是簇新的包頭，極新鮮的褶子，打從板橋上過來。杜慎卿同季葦蕭二人，暗用紙筆作了記號。少頃打動鑼鼓，輪流出來作戲。有的作「請宴」，有的作「窺醉」，有的作「借茶」、「刺虎」，各具佳妙，王留歌也扮了一齣「思凡」。

到了晚上，點起幾百盞明角燈來，高高下下，照耀如同白日，歌聲縹緲，直上雲霄。城裡那些衙門作事的，開字號商行的，有錢的人，聽說莫愁湖大會，都雇了湖中打魚的船，搭了涼篷，掛了燈，撐到湖中左右來看。看好時齊聲喝采，直鬧到天明才散。

過了一天，水西門口掛出一張榜來：第一名芳林班小旦鄭魁官，第二名靈和班小旦葛來官，第三名王留歌。其餘共六十多人，都取在上面。鮑廷璽帶了鄭魁官來寓叩謝，杜慎卿又取二兩銀子，託鮑廷璽去銀匠店裡打造一隻金杯，上刻「豔奪櫻桃」四字，特別獎賞給鄭魁官。各班戲子也都把荷包、銀子、汗巾、詩扇領了去。那些小旦，取在前十名的，與他相好的大老官看了榜都忻忻（ㄒㄧㄣ xīn）得意，也有約去家裡吃酒的，也有酒店慶賀的，彼此熱鬧，足足吃了三四天的賀酒。自此傳遍了水西門，鬨動了淮清橋，使得這位天長杜十七老爺，名震江南。

【註釋】

①鹽運使：明代置都運使、從三品，掌鹽運之事。

②弔桶底：是一種油餅。

③殺豬鳥：豬的生殖器。

④子建：三國時曹植，字子建。

⑤白眉：三國蜀漢馬良，兄弟五人，並以常為字，皆有才名，而以良為最。良眉中有白毛，故云：「馬氏五常，白眉最良。」此處是誇杜慎卿是杜家兄弟中最好的一位。

⑥賀新涼：詞牌名。

⑦杯茗：酒茶。

⑧十族：明清的律例九族是直系親以自本身上推而父、祖、曾、高、再自本身下推而子、孫、曾、玄為止、旁系親以自本身橫推而兄弟、堂兄弟、再從兄弟、族兄弟為止。十族是九族再加門生。

⑨方孝孺：明代學者，以明王道、致太平為己任。成祖即位，因不肯替成祖起草詔書而被殺，並滅十族。

【批評分析】

㈠季葦蕭停妻再娶，還說是才子風流，卑劣可笑。由辛東之、金寓劉口中說出揚州鹽商的豪奢、淺薄、欺人，可見當時社會風氣的敗壞。

㈡季恬逸挨餓一節，寫出了落魄文士的可悲。租房時和尚的對話，連方外之人也一樣勢利。僧官請客時龍三的訛詐胡鬧，惡棍醜態鮮活呈現。

㈢杜慎卿說詩賦首卷是病時之作，表面謙遜，其實正是一種自誇，（要是沒生病，詩文之好那還了得），上館子吃一塊板鴨就嘔吐，看似脫俗其實做作。雨花臺上亭前，在太陽地看見自己的影子，徘徊了大半天，正表現這位名士公子十分自憐。

㈣杜慎卿口說討厭女人，作出來的行為是娶妾，矛盾。郭鐵筆的奉承肉麻，杜慎卿說他訪得真確，還是一種自高的心理。被騙找來霞士一段，顯示他有畸形的戀態心理。書辦金東崖附庸風雅，編《四書講章》，杜慎卿批評說聖賢的書不是這樣的人能講的，觀念淺陋。聖賢的書人人可講，只要是講得對，聖賢是並不會來計較講者的身分階級的。

十二、不應徵辟的真處士

㈠尋銀子遠去天長縣

杜慎卿的莫愁湖大會，看在鮑廷璽眼裡，見他慷慨，想要求他資助幾百兩銀子，仍舊組起一個班子來作生意過日子。每天在河房裡效勞，杜慎卿看出了他的心事，那天告訴他，家中雖有幾千現成的銀子，但卻留著不敢動，因為估計自己一兩年裡科舉會中，中了就得用錢，如今為鮑廷璽設想，要介紹一個人來讓鮑廷璽去投奔。鮑廷璽道：「除了老爺，哪裡還有這一個人？」

杜慎卿道：「你聽我說：我家共是七大房。這作禮部尚書的太老爺，是我五房的，七房的太老爺是中過狀元的。後來一位大老爺，作江西贛州府知府，這是我的伯父。贛州府的兒子是我第二十五個兄弟。他名叫作儀，號叫少卿，只小我兩歲，也是個秀才。我那伯父是個清官，家裡還是祖宗留下的一些田地，伯父去世之後，也不到一萬銀子的家私。我那兄弟是個獃子，就像有十幾萬似的，一聽人家向他說苦，他就大把捧出來給人。……」

鮑廷璽求老爺寫個介紹信，杜慎卿：「這信寫不得，他作大老官，是要獨作，我若寫信，他就會說我已經照顧了你，他就賭氣不照顧了。」

當下指示鮑廷璽，先去找杜少卿的管家王鬍子。杜少卿有個毛病，但凡說是見過他家太老爺的，就是一條狗他也是敬重的。王鬍子那奴才好酒，須得買些酒叫他吃得高興，叫他在主子面前說鮑廷璽是太老爺極歡喜的人，那杜儀自然就會給銀子了；杜儀不歡喜人叫他「老爺」，要叫他「少爺」。又有個毛病，不喜歡在他面前說人作官，說人有錢，像鮑家受過太爺恩惠的事，在他面前都不能說。總要說天下只有他一個杜儀是大老官，肯照顧人。若是問起認不認得杜慎卿，也要說不認得。

鮑廷璽遵照指示，啟程去天長縣，路上遇見韋四太爺談起杜府，韋四太爺道：「我同他家作贛州府的太老爺自小同學拜盟，極是相好。他家兄弟雖有六七十個，只有慎卿、少卿兩個招接四方賓客，其餘的閉門在家，守著田園作舉學。這兩個都是大江南北有名的，慎卿雖是雅人，我還嫌他帶著點姑娘氣；少卿確實是個豪傑。我也是要去少卿那裡。正好同路。」

到了天長，鮑廷璽先去拜望管家王鬍子。韋四太爺來到杜府，杜少卿出來恭迎老伯，韋四太爺問起婁煥之，杜少卿說婁老伯近來多病，已將他的令郎令孫接來侍奉湯藥，談起這位婁翁，在杜府已有三十多年。

杜少卿道：「自從先君赴任贛州，把舍下全交給婁老伯管理，先君從不過問。婁老伯除年修金四十兩，其餘不沾一文。收租之時，親自去鄉裡佃戶家，佃戶備兩樣菜，老伯要退去一樣只吃一樣。凡他令郎令孫來看，只許住兩天，就打發回去，盤纏之外，不許多有一文。臨行還要搜身，怕管家們私自送他銀子。收來的租稻利息，遇有舍下窮困親友，婁老伯就極力相助，先君知道也不問，有人欠先君銀錢的，婁老伯見他還不起，便把借契燒去。到如今他老人家兩個兒子，四個孫子，家裡仍然赤貧如洗，所以小姪過意不去。」韋四太爺歎息道：「這真是古之君子了！」

家人王鬍子來稟，領戲班的鮑廷璽來叩見少爺，杜少卿本來不見，聽王鬍子說這是昔年太老爺著實喜歡，曾許著要照顧他的人，登時高興接見。鮑廷璽進來，看這位少爺：頭戴方巾，身穿玉色夾紗袍，腳下珠履，面皮微黃，兩道劍眉，好像畫上關夫子的眉毛。當下叩見，杜少卿留他住下。

杜少卿吩咐去後門外請張相公來，少刻請來一人，大眼睛，黃鬍子，頭戴瓦楞帽，身穿大闊布衣服，扭扭怩怩，作些假斯文像，進來作揖坐下。與韋四太爺、鮑廷璽互道姓名，他是張俊民，略通醫理，現正為杜府請著替婁太爺看病。

張俊民道：「晚生在江湖上胡鬧，不曾讀過什麼醫書，看的症卻不少。近來蒙少爺的教訓，才知書是該念的，所以一個小兒不教他學醫；從先生讀書，作了文章，拿給杜少爺看，將來再過兩年，叫小兒出去考個府縣考，騙兩回粉湯包子吃，將來掛招牌，就可以稱『儒醫』了！」說得韋四太爺哈哈大笑。

北門汪鹽商家生日，請了縣主老爺，來請杜少卿作陪，杜少卿發牢騷，說要請就請縣裡暴發的舉人進士去陪，自己哪有工夫替人家陪官，一口拒絕了。韋四太爺指出，杜家有一罈陳釀，算算至今，足有九年零七個月。杜少卿尋了出來，打開罈頭，舀出一杯來看，那酒竟和麵餬一般，噴鼻發香，韋四太爺說一定要另加他酒方可吃得，約好明天吃上一天。

次日鮑廷璽起來，知道少爺親自在婁太爺房中侍病，婁太爺吃的粥和藥，少爺要自己看過才送與婁太爺吃！少爺奶奶自己煨人蔘，一早一晚，不是少爺就是奶奶，親自送人蔘去。婁太爺也不過只是太老爺的門客，如此養在家裡，當祖宗看待，早晚親自服侍，實在出奇。

杜少卿的朋友臧荼臧三爺，字蓼齋，前來約少卿，說本縣王知縣是臧荼的老爺，說過了好幾次仰慕杜少卿的話，今日特來約少卿去一會。杜少卿道：「像這拜知縣作老師的事，也只好讓三哥你們作，不要說先曾祖、先祖，就是先君在日，這樣的知縣不知見過多少！他果然仰慕我，為什麼不先來拜我，倒叫我去拜他？況且我倒運作了個秀才，見了本處知縣，就要稱他老師；王家這一宗灰堆裡的進士，他拜我作老師我還不要，我為什麼要去會他？今日北門汪家請我去陪他，我也是不去！」

臧三爺道：「正是為此，昨日汪家已向王老師說明是請你作陪，王老師才肯到他家，為的就是要會你。」

杜少卿道：「三哥，你這位貴老師，總不是什麼尊賢愛才，不過想人拜門生，受些禮物！叫他把夢作醒些！況我家今日尋出來九年半的陳酒，汪家哪有這樣好吃的東西！」

當下留下臧荼。用的是杜府的金杯、玉杯，罈子裡舀出酒來，韋四太爺捧著金杯，吃一杯，讚一杯，連聲道：「好酒！好酒！」

正吃之間，楊裁縫送來新作的秋衣一箱，裁縫走來天井，雙膝跪下磕頭，放聲大哭，杜少卿驚問，楊裁縫說母親突得暴病而死，棺材衣服，一無著落。杜少卿問要多少銀子，裁縫說小戶人家，怎敢多，少則四兩，多則六兩。

杜少卿慘然道：「父母大事，不可草草，否則將來就是終身之恨。至少也得買一口十六兩銀子的棺材，連同衣服、雜費，少不了二十金。我這裡沒有現銀，也罷，這一箱衣服，也可以當得二十多兩銀子，王鬍子，你就拿去同楊司務當了，一總把與楊司務去用。」又吩咐裁縫道：「楊司務，這件事你不可記在心裡，忘記就好。你不是拿我的銀子去吃酒賭錢，這是母親身上的大事。誰無父母？這是我應該幫助你的。」

楊裁縫同王鬍子，抬著衣箱，哭哭啼啼去了。韋四太爺讚道：「世兄，這事真是難得！」鮑廷璽吐著舌道：「阿彌陀佛，天下哪有這樣的好人！」

㈡大少爺的豪舉

韋四太爺又住了一日，辭別要走，杜少卿雇好了轎夫，拿了一隻玉杯，和贛州公的兩件衣服，親自送給韋四太爺，說道：「先君拜盟的兄弟，只有老伯一位了，此後要求老伯常來走走，小姪也要常到鎮上向老伯請安。這玉杯送給老伯帶去吃酒用，先君的兩件衣服，送與老伯穿著，就如看見先君一般。」

韋四太爺走後，杜少卿缺錢用，叫王鬍子來商量賣田，一宗田本值一千五百兩，鄉人貪便宜殺價，只肯出一千三百兩。杜少卿急著要用錢，吩咐王鬍子賣了。那天王鬍子賣了田拿銀子回來稟報：「他這銀子，九五兌九七色的，又是市平，比錢平小一錢三分半，他內裡又扣去他那邊中人用二十三兩四錢銀子，文書用去二三十兩，這都是我們本家要去的。如今銀子在此，拿天平來請少爺當面兌。」杜少卿道：「哪個耐煩你算這些疙瘩帳，既拿來，又兌什麼，收了進去就是了！」

杜少卿暗地叫婁太爺的孫子來，交給他一百兩銀子，叫他瞞著不讓他祖父知道，帶回去好作個小生意。婁太爺的孫子，歡喜接了。次日辭回家去，婁太爺果然叫只秤三錢銀與他作盤纏，打發去了。杜家公祠看祠堂的黃大來見，說是因為修屋，私用了墳山上的死樹，不想被本家幾位老爺知道，責罰黃大不該偷樹，打了一頓，叫十幾個管家來搬樹，連房子都拉倒了，如今沒處存身。杜少卿聽了，又拿五十兩銀與黃大去修補房屋。

臧三爺來帖，請杜少卿與鮑廷璽去吃酒，去到臧家入席，那臧荼斟酒一杯，奉與少卿，跪了下去，說道：「老哥！我有一事奉求！」

杜少卿嚇了一跳，連忙跪下去拉他，說道：「三哥！你瘋了！這是作什麼？」

臧蓼齋道：「目前宗師考廣州，下一棚就是我們，我前日替人家管著買一個秀才，宗師有人在這裡攬這個事，我已把三百兩銀子兌與了他，後來他又說出來：『上面嚴緊，秀才不敢賣，倒是把考等第的，開個名字來可以補廩生。』我就把我的名字開了去。今年這廩是我補的了。但這買秀才的人家，事既不成，催著要退還三百兩銀子，我若沒銀還他，我這件事就要被揭穿，身家性命一齊都完了！」

杜少卿道：「呸！我當是什麼話，原來是這個事，也要大驚小怪，磕頭禮拜的？這有什麼要緊，我明天就把銀子送來與你！」當下拿大杯來吃酒，杜少卿有點醉了，問道：「臧三哥，我問你，你一定要這廩生作什麼？」

臧蓼齋道：「你哪裡知道！廩生一來中的多，中了就作官；就是不中，十幾年貢了，朝廷試過，就是去作知縣推官，穿螺螄結底的靴，坐堂、灑籤、打人。像你這樣的大老官來打秋風，把你關在一間房裡，給你一個月豆腐吃，蒸死了你！」杜少卿笑道：「你這匪類，下流無恥極了！」

第二天早上，叫王鬍子送了一箱銀子去。王鬍子得了六兩銀子賞錢，回來在鮮魚麵店裡吃麵，張俊民來找著他，商量著要用激將法讓杜少卿出力，送張俊民的兒子應考。王鬍子來書房，見了杜少卿，稟事之後說道：「眼見學院就要來考，少不得會找少爺修理考棚，這鳳陽府的考棚是我家先太爺幾千銀子蓋的，白白便利眾人，少爺若是要送一個人去考，誰敢不依？」

杜少卿道：「這話說得也是，學裡的秀才，未見得就好過我家的奴才！」

王鬍子道：「後門口張二爺的兒子讀書，想要去考，但是冒籍，不敢去考。」

杜少卿道：「你去和他說，叫他去考。若有廩生多話，你就向那廩生說，是我叫他去考的！」王鬍子應諾去了。

一天，臧三爺走來說道：「縣裡王公壞了，昨晚摘了印，新官押著他就要出衙門，縣裡人都說他是個混帳官，不肯借房子給他住，在那裡急得要死！」杜少卿立刻叫王鬍子來，吩咐道：「你快去縣前，叫工房進去稟王老爺，王老爺沒有住處，請來我家花園裡住。」王鬍子連忙去了。

臧蓼齋道：「你從前連會他一會都不肯，今日又為何借房子與他住？況且他這事有拖累，將來百姓鬧他，怕不連你的花園都拆了？」杜少卿道：「先君有大功德在於鄉里，人人知道。就是我家藏了強盜，也沒有人來動我家的房子，這個老哥放心，至於這王公，他知道仰慕我，那就是他的造化了。我以前若去拜了他，就是奉承本縣知縣；而今他官已壞了，又沒有房子住，我就該照應他。」

張俊民進來跪下磕頭，說是他兒子應考的事，各位廩生先生聽說是少爺吩咐，都沒話說，但卻要張俊民捐一百二十兩銀子修學宮……杜少卿一口答應，替他出這一百二十兩。張俊民道謝去了。王鬍子報王老爺來拜，杜少爺和臧蓼齋迎了出去，見那王知縣紗帽便服，進來作揖再拜說道：「久仰先生，不得見面，如今弟在困厄之中，蒙先生慨然以尊齋相借，令弟感愧無地，先來道謝。」

杜少卿道：「老父臺，小小事不必介意，房子原是空著的，就請搬過來便了。」

臧蓼齋道：「門生正要同敝友來候老師，不想反勞老師駕臨。」王知縣道：「不敢，不敢。」

一連串的事，用了好些銀子，王鬍子暗地提醒鮑廷璽，若是再不趕緊開口，恐怕就來不及了。這天正吃著酒，鮑廷璽道：「門下這裡住著，看少爺用銀子像淌水，連裁縫都是大捧拿了去，只有門下是七八個月的養在府裡，白混些酒肉吃，一個大錢也不見。我想這樣『乾蔑片』①也作不來，不如揩揩眼淚，到別處去哭吧。門下明日告辭。」

杜少卿問他的心事，鮑廷璽連忙奉酒一杯，說道：「門下父子兩個，都是教戲班子過日子，不幸父親死了，門下消折了本錢，不能替父親爭口氣；家裡有個老母親，又不能養活。門下是該死的人，除非少爺賞個本錢，才可以回家養活母親。」

杜少卿道：「你一個唱戲的梨園中人，卻有思念父親孝敬母親的心，這就可敬得很了，我怎能不幫你。」問他要多少銀子？

鮑廷璽把眼望著站在底下的王鬍子，王鬍子走上道：「鮑師父，這銀子要用得多哩，連叫班子，買行頭②，怕不要五六百兩。少爺這裡沒有，只好將就弄幾十兩給你過江，舞起幾個猴子來，你再跳。」

杜少卿道：「幾十兩銀子不濟事，我今給你一百兩銀子，你拿去教班子，用完了，你再來找我。」

鮑廷璽跪謝，杜少卿拉住道：「只因婁太爺病重要料理，不然，我還要多給你一些銀子的。」

㈢杜少卿破產移家

婁太爺的病，一日重一日，表示自己是有子有孫的人，自然要死在家裡，杜少卿垂淚替他準備了後事所需的一切。婁太爺道：「這棺木衣服，我受了你的，你不要再拿銀子給我家的兒孫。我只在三日內就要回去，坐不起來，只好用床抬了去。你明天早上，到令先尊神主前祝告：說婁太爺告辭回去了。我在你家三十年，是你令先尊的知心朋友，令先尊去後，大相公如此奉事我，我還有什麼話說？你的品行、文章，是當今第一人，你生的這個小兒子尤其不凡，將來要好好教訓他成個正經人物。但是你不會當家、不會交友，這家業是一定保不住了。」

婁太爺繼續說：「像你這樣作慷慨仗義的事，我心裡喜歡；只是也要看來說話的是什麼樣的人。像你這樣作，都是被人騙，沒人會報答你的。雖說施恩不望報，但也不可如此賢良卑劣不明。你所結交的臧三爺、張俊民，都是沒良心的人。近來又添一個鮑廷璽，他作戲的有什麼好人？那管家王鬍子，尤其是壞極了的。

銀錢是小事，我死之後，你父子事事要學你令先尊的德行，德行若好，就算沒飯吃也不妨。你平生最相好的是你家的慎卿相公，慎卿雖有才情，也不是什麼厚道人。你只要學你令先尊，將來就不會吃苦。你眼裡又沒有官長，又沒有本家，這本地方也難住；南京是個大邦，以你的才情，到那裡去，或者可以遇到知己，作出些事業來。這剩下的家產是靠不住的！大相公，你聽信我言，我死也瞑目。」

杜少卿流淚道：「老伯的好話，我都知道了！」吩咐雇人，抬婁太爺過南京，到陶紅鎮，又拿出百十兩銀子來，付與婁太爺的兒子回去辦後事。送去婁太爺之後，沒人再勸，越發放手用錢。手頭緊了，叫王鬍子再去賣田，二千多銀子隨手亂用。用一百兩銀子，把鮑廷璽打發過江，王知縣的事已清了，退還了房子，告辭回去。

杜少卿在家，又住了半年多，銀子用得差不多了，想著把現住的房子併與本家，搬到南京去住，和娘子商議，娘子依了；有人勸他，他不肯聽，足足鬧了半年，房子歸併妥了；除了還債贖當，還剩千多兩銀子，對娘子說：「我先去南京，找到了房子，再來接妳！」

帶著王鬍子同小廝加爵過江，王鬍子見不是事，拐了三十兩銀子溜了，杜少卿付之一笑。到了倉巷裡外祖盧家，表姪盧華士出迎，書房擺飯，請出華士今年請的業師來，姓遲名均字衡山，細瘦通眉③，長爪，兩眼炯炯有神，知他不是庸流，兩人一見如故。

商議著要尋幾間河房來住，一同來到狀元境，書店裡見著了馬純上、蘧駪夫、景蘭江等名士。找著房屋掮客，在東水關看中了一處房子，回到倉巷盧家來寫約。

次日，一人在門外喊了進來：「杜少卿先生在哪裡？」少卿正要出去看，那人已先進來，一把拉著少卿道：「你便是杜少卿？」

杜少卿向他請教，那人道：「少卿天下豪士，英氣逼人，小弟一見喪膽，不像遲先生老成持重，所以我一眼就能認出，小弟便是季葦蕭。」談起杜慎卿，始知他已加了貢，北行進京應試去了。

杜少卿說要買河房，搬來南京，季葦蕭拍手道：「妙！妙！我也尋兩間河房，同你作鄰居，把賤內接來與老嫂作伴，這買河房的錢就出在你！」杜少卿道：「這個自然。」

馬純上、蘧駪夫、景蘭江來拜。談了一會送出去，又是蕭金鉉、諸葛天申、季恬逸知道了消息，前來拜望。杜少卿寫家書，打發人到天長去接家眷。次日正要回拜，郭鐵筆同來道士來拜，郭鐵筆送兩方印章，來道士送詩作請教。跟著有了空，杜少卿才得便出去，回拜各位名士。

一連在盧家住了七八天，和遲衡山談些禮樂之事，很是投機。天長的家眷到了，搬進河房。次日，眾人來賀。正是三月初旬，杜少卿備酒宴客，共是四席，季葦蕭、馬純上、蘧駪夫、季恬逸、遲衡山、盧華士、景蘭江、諸葛天申、蕭金鉉、郭鐵筆、來霞士都到了。金東崖是河房鄰居，也請了來。鮑廷璽打發新教的三元班小戲子上來磕頭。客人到齊後，把河房窗子打開來。

眾客落坐，或憑欄看水，或啜茗閒談，或擺案觀書，或箕踞④自適，各隨其便。鮑廷璽帶著他家王太太來問安，王太太見了杜娘子，著實小心不敢抗禮。杜娘子留她坐下。外面席面齊整，杜少卿出來，奉席坐下，吃了半夜酒才散。

㈣為適性豪傑辭徵辟

娘子因初到南京，要去外面看看景致。杜少卿叫了幾乘轎子，約賣花的堂客姚奶奶作陪，廚子挑了酒席，借清涼山姚園山頂的一個八角亭子擺席。上了亭子，觀看那景致，一邊是清涼山，高高下下的竹樹；一邊是靈隱觀，綠樹叢中，露出紅牆來，十分好看。杜少卿帶來一隻赤金杯子，斟酒持杯，趁著春光融融，和氣習習，憑欄留連痛飲。這日杜少卿大醉了，竟攜著娘子的手，出了園門，一手拿著金杯，大笑著，在清涼山岡子上走了一里多路，背後三四個婦女，嬉笑相隨。兩邊看的人目眩神搖，不敢仰視。

杜少卿回到河房，盧華士來說北門橋的莊表伯紹光先生明日要來訪，杜少卿說紹光先生是自己師事的長輩，不能勞他先來，約好明日先去拜望。不料晚間婁煥文的孫子來報，祖父去世，杜少卿大哭了一場，吩咐連夜製備祭禮，次日清晨，趕去陶紅鎮致祭，在婁太爺柩前大哭了幾次，拿銀子作了幾天佛事超度，一連住了四五日，哭了又哭。陶紅鎮上的人，人人歎息，都說天長縣杜府厚道。杜少卿又拿了幾十兩銀子，交與他兒孫買地安葬，婁家一門，拜謝大德。

回到家中，娘子告知有巡撫的差官同天長縣的門斗⑤，拿了一角文書來尋，正在奇怪，差官和門斗來見，差官道聲：「恭喜！」門斗送上文書，拿出來看，上面寫著：「巡撫部院李，為舉薦賢才事，欽奉聖旨，採訪天下儒修。本部院訪得天長縣儒學生員杜儀，品行端醇，文章典雅。為此飭知該縣儒學教官，敦請該生即日束裝赴院，以便考驗，中奏朝廷，引見擢用。毋違速速！」

杜少卿看了道：「李大人是先祖的門生，原是我的世叔，所以薦舉我，我怎麼敢當？但大人如此厚意，我即刻料理起身，到轅門去謝。」留下差官門斗，吃了酒飯，贈銀打發先去。在家收拾，沒有旅費，把一隻金杯當了三十兩，帶一個小廝上安慶來。

到了安慶，李大人公出，等了幾日才回來，見著之後，杜少卿一直謙辭，李大人執意要薦，留著住了一夜，拿出許多詩文來請教。次日辭別出來，這番旅費帶得不多，又多住了幾天，轅門上又被人要了些喜錢去，叫一只船回南京，船錢三兩銀子也欠著，一路遇上逆風，走了四五天才到蕪湖。那船走不動了，船家要錢買米煮飯，杜少卿只剩下五個錢。杜少卿想要拿衣服去當，心裡煩悶，上岸走走，走來吉祥寺，茶桌上坐著，吃了一壺茶，肚裡餓了，又吃了三個燒餅，一問要六個錢，連茶館門都走不出。幸好遇見來霞士，付了茶錢，同來識舟亭。看見牆上貼著韋四太爺的詩，方知韋四太爺正在樓上，上樓相見。

韋四太爺問起，杜少卿把李大人薦舉的事說了一遍，又道：「小姪這回旅費帶少了，今日只剩下五個錢，方才茶錢還是來老爺付，船錢、飯錢都沒有！」

韋四太爺笑道：「好！好！今天你這大老官作不成了！但你是個豪傑，這樣的事何必操心？且在我這裡吃酒，我教的一個學生前日進了學，我來賀他，他謝了我二十四兩銀子，你在我這裡吃了酒，看風轉了，我拿十兩銀子給你去。」

三人吃酒，直到下午風轉，杜少卿拿了韋四太爺的贈銀，作別上船。順風返回南京，到家告訴娘子路上的困窘，娘子聽了好笑。

去會遲衡山，遲衡山說：「而今讀書的朋友，只不過講個舉學，若會作兩句詩賦，就算是雅極的了，放著經史上禮樂兵農的事，全然不問！我本朝太祖定了天下，大功不差似湯武，卻全然不曾制作禮樂。少卿兄，你這番徵辟了去，要替朝廷作些正經事，方不愧我輩所學。」

杜少卿道：「這徵辟的事，小弟已是辭了。正因為出去作不出什麼事業，徒然惹高人一笑，所以寧可不出去的好。」

李大老爺吩咐天長縣鄧知縣來請，杜少卿裝病，穿一件舊衣，拿手帕包了頭，躺在床上。娘子笑道：「朝廷叫你去作官，你為什麼裝病不去？」杜少卿道：「你好獃！放著南京這樣好玩的所在，留著我在家，春天秋天，同你出去看花吃酒，好不快活，為什麼要送我到京裡去？」

鄧老爺親自來訪，杜少卿叫兩個小廝攙扶著，裝出十分有病的樣子，路也走不穩，出來拜謝知縣，一拜在地下，就起不來。慌得知縣連忙扶起，坐下就道：「朝廷大典，李大人專要借光，不想先生病得如此，但不知何時可以勉強就道？」

杜少卿道：「治晚不幸大病，生死難保，這事是一定不能的了。總求老父台代我懇辭。」袖子裡取出一張呈子來遞與知縣，知縣不好勉強，只得收下，作別而去。

鄧知縣回到縣裡，備了文書：「杜生確係患病，不能就道。」申詳了李大人。恰好李大人調了福建巡撫，這事也就此罷了。

杜少卿躲過了徵辟，心裡歡喜道：「好了！我作秀才，有了這一場結局，將來鄉試也不應，科歲也不考，逍遙自在，作些自己的事吧！」

【註釋】

① 乾篾片：篾片，專事幫閒湊趣的門客。乾篾片：是說作了幫閒而弄不到錢。
② 行頭：演劇所用的衣物等。
③ 通眉：兩眉相連。
④ 箕踞：展開兩足而坐，形狀如箕。
⑤ 門斗：舊時學官的侍役。

【批評分析】

㈠杜慎卿表面淡泊，厭棄紗帽，而內心卻熱衷功名，直等到他向鮑廷璽說自己一兩年裡科舉中，就要作官，虛偽面目揭開，原形顯露。如此做作，難怪韋四太爺嫌他帶著點姑娘氣。指引鮑廷璽去杜少卿處，是一種「以鄰為壑」的自私行為。少卿尊重韋四太爺、婁老伯，不肯去趨炎附勢陪縣官，義助裁縫料理親喪，表現他豪放耿介的個性。

㈡杜少卿（作者自況）豪放磊落性行的充分表現：對婁太爺後事、子孫生活的安排，資助管祠堂的黃大、臧三爺、張俊民，尤其以主動安排下任知縣住處一節，表現雪中送炭，勇敢正直。相反的臧三爺替人買秀才，自己補廩生，為的是圖謀不法之利，作官威風，難怪少卿要罵：「你這匪類，下流無恥極了！」張俊民就是以前的張鐵臂，棄俠從醫，扭扭怩怩假充斯文，串通王鬍子，用激將法利用杜少卿出面，送冒籍的兒子去應考秀才，又向杜少卿詐騙得銀。王鬍子不忠於主，作盡壞事，和鮑廷璽等人合作來騙主人的銀子。杜少卿性行雖然可敬可愛，但竟然不察宵小，誤交損友，缺點明晰。作者明白剖出，其中有著他自己的懺悔。

㈢婁太爺臨去的一番話，語重心長，對杜少卿極為切當：「德行若好，就算沒飯吃也不妨。」是為少卿終生奉行的信念。勸他去南京發展，為其後杜少卿破產移家的先聲。王鬍子背主拐銀逃走，當然是小人劣行，少卿置之一笑，正是豪傑寬博的胸懷。

㈣少卿為婁太爺料理喪事，是他為人的厚道；攜眷遊山，不怕批評，是他個性的豪放。裝病不應徵辟，為了自由不受拘束，無可厚非；但說：「我作秀才，有了這一場結局，將來鄉試也不應，科舉也不考，逍遙自在，作些自己的事吧！」看來他要藉著徵辟光榮來推卸一些，自我的強化仍是不夠，灑脫仍是不夠。

十三、泰伯祠祭祀大典

㈠不可學天長杜儀

遲衡山有一個偉大的心願，計劃著要逐步實現。某日拿出個手卷來，對杜少卿說道：「我們這南京，古今第一個賢人是吳泰伯①，卻沒有一個專祠；那文昌殿關帝廟到處都有。小弟的意思，要約一些朋友，損資興建一所泰伯祠，春秋兩季，用古禮古樂致祭；藉此大家學習禮樂，造就出一些人才，也可以有助於政教。但是建造此祠，須要數千金。我今裱了一個手卷在此，願捐的寫在上面。少卿兄，你意下如何？」

杜少卿大喜說道：「這是應該的！」接過手卷，放開來寫下「天長杜儀捐銀三百兩。」遲衡山道：「也不少了。我把歷年作館的束脩節省出來，也捐二百兩。」就寫在上面，又叫「華士，你也勉力出五十兩。」盧華士也寫在卷上。遲衡山捲起手卷收著，另外再去找人捐資。

杜少卿因辭徵辟，裝病在家，有好一陣子不曾出來。這日鼓樓街薛鄉紳家請客，遲衡山到了，馬純上、蘧駪夫、季葦蕭都在座。又到了兩位客：一個是揚州蕭柏泉，名樹滋；一個是采石余夔，字和聲，兩位都是少年名士。生得面如傅粉，脣若塗硃，舉止風流，芳蘭竟體，有兩個綽號，一個叫「余美人」，一個叫「蕭姑娘」。隔了一會，六合的翰林院侍讀高老先生到了，此人最喜歡戲班裡作正生的錢麻子，看到席上沒有錢朋友，連說：「沒趣，沒趣！今日滿座欠雅！」

席間談話，談到浙江許多名士，以及西湖上的風景，婁家兄弟結交賓客的故事。余美人道：「這些事我還不愛，我只愛駪夫家的雙紅姐，說著都齒頰生香。」

季葦蕭道：「你是個美人，所以就愛美人了。」蕭柏泉則表示最喜修補紗帽，欽佩魯編修公，可惜去世，不得請教。蘧駪夫慨歎魯家表叔的豪舉，如今不可得。

季葦蕭道：「駪兄，這是什麼話？我們天長杜氏兄弟，只怕更勝於令表叔的豪舉！」遲衡山道：「兩位中是少卿更好。」高翰林道：「諸位談說的，可就是贛州太守的令郎？」

遲衡山道：「正是，老先生也知道？」

高翰林道：「我們六合和天長是接壤之地，我怎會不知道？諸公莫怪學生說，這少卿是他杜家第一個敗類！他家裡上幾十代行醫，廣積陰德，家裡也掙了許多田產，到了他家殿元公發達了，雖作了幾十年官，卻不會尋一個錢來家。到他父親，還有本事中個進士，作一任太守——已經是個獃子了，作官的時候，全不曉得敬重上司，只是一味希圖著百姓說好；又逐日講那些『敦孝悌、勸農桑』的獃話。這些話是教養題目文章裡的詞藻，他竟拿著當了真，惹得上司不喜歡，把個官弄掉了！他這兒子就更胡說，混穿混吃，和尚道士，工匠叫花子，都拉著作朋友，卻不肯結交一個正經人；不到十年，把六七萬銀子弄得精光，天長縣站不住，搬來南京城裡，天天攜他妻子上酒館吃酒，手裡拿著一個銅杯子，就像討飯的一樣！想不到他家竟出了這樣的子弟！學生在家裡，往常教子姪們讀書，就以他為戒，每人讀書的桌子上寫一紙條貼著，上面寫著『不可學天長杜儀』！」

遲衡山聽罷，紅了臉道：「近日朝廷徵辟他，他都不就。」

高翰林冷笑道：「先生，你這話又錯了。他果然肚裡通，就該科舉得中！」又笑道：「徵辟難道算得上是正途出身嗎？」

蕭柏泉道：「老先生的說的是。」向眾人道：「我們後生晚輩，都該以老先生之言為法。」

席散，高翰林坐轎先去。眾人一路走著，遲衡山道：「方才高老先生這些話，分明是罵少卿，不想倒替少卿添了許多身分，眾位先生，少卿是自古及今難得的一個奇人。」

馬二先生卻道：「高老先生方才的這些話，也有幾句說的是。」

杜少卿家居，鄰居金東崖拿了自己作的《四書講章》來請教，指著一條問道：「先生，你說這『羊棗』②是什麼？羊棗，即羊腎也。俗語說：只顧羊卵子，不顧羊性命。所以曾子不吃。」

杜少卿笑道：「古人解經，也有穿鑿附會的，先生這話，就太不像了。」

遲衡山、馬純上、蘧駪夫、季葦蕭引著蕭柏泉、余和聲兩位來見，喝酒清談，談起少卿所作的詩說，遲衡山請少卿發表他說詩的要旨。杜少卿道：「朱熹解經，自主一說，也是要後人參考諸儒的說法；如今去了諸儒，只依朱註，這就是後人的固陋，與朱子不相干的，小弟遍覽諸儒之說，也有一二私見請教。就如〈凱風〉一篇，說七子之母想要再嫁，我心裡不安，古人二十而嫁，養到第七個兒子都長大了，那作母親的也該有五十多歲，哪還有想嫁之理？所謂『不安其室』者，不過是因衣服飲食不稱心，所以七子自認奉養不足，詩中表現慚愧，這一點前人不曾發現。」遲衡山點頭道：「有理。」

杜少卿說道：「〈女曰雞鳴〉一篇，先生們以為如何？」

馬二先生道：「這是鄭風，只是說它不淫，還有什麼別的說法？」

遲衡山道：「就是如此，也還不能得其深味。」

杜少卿道：「非也。但凡士君子橫了一個做官的念頭在心裡，便先要驕傲妻子；妻子想作夫人，想不到手，就事事不遂心，吵鬧起來。你看這一篇中，夫婦兩個，絕無一點心想到功名富貴上去，彈琴飲酒，知命樂天，這就是三代以上修身齊家的君子，這一點前人也不曾說道。」蘧駪夫道：「這一說果然妙了！」

杜少卿又道：「據小弟看來，〈溱洧〉之詩，也只是夫婦同遊，並不是什麼淫亂。」季葦蕭道：「難怪前日同老嫂在姚園大樂：這就是你『彈琴飲酒，采蘭贈芍』的風流了！」眾人一齊大笑。

當下小飲，季葦蕭多吃了幾杯，醉了，說道：「少卿兄，你真是絕世風流。依我看，你鎮日同一個三十多歲的老嫂子看花飲酒，也覺得掃興。依你的才名，又住在這樣好的地方，何不娶一個標致如君，又有才情的，才子佳人，及時行樂？」

杜少卿道：「葦兄！豈不聞晏子云：『今雖老而醜，我固及見其姣且好也。』娶妾之事，小弟以為最傷天理，一個人多占一個婦人，天下必將多一個無妻之客。小弟如能為朝廷立法，人生須四十無子，方許娶一妾，此妾如不生子，便遣別嫁……」蕭柏泉道：「先生說得好一篇『風流經濟』。」遲衡山歎息道：「若宰相能如此用心，天下就可以致太平了。」當下吃完了酒，眾人歡笑辭別。

㈡殭屍動起來了

為了興建泰伯祠的事，杜少卿與遲衡山一同來拜望前輩莊先生，這莊先生名尚志，字紹光，是南京累代的讀書人家。紹光先生十一二歲就會作七千字的賦，天下聞名。此時年已四十，名滿一時，他卻閉戶讀書，不肯妄交一人，這一日聽說杜、遲兩人前來，歡喜出迎，兩人看主人時，只見他頭戴方巾，身穿寶藍夾紗袍，三綹鬚髭，黃白面皮，出來恭敬作揖坐下。

莊紹光讚揚杜少卿力辭徵辟，說出他自己也被徵辟，浙江巡撫徐穆軒先生陞了禮部侍郎，舉薦了莊紹光，奉旨著他來京引見，看來只好去走一趟，談起泰伯祠大事，約好等他回來細細斟酌。

晚間家裡置酒，莊紹光與娘子作別，娘子道：「你往常不肯出去，今日為什麼聞命就行？」莊紹光道：「我們與山林隱逸的不同，既然奉旨召我，君臣之禮是傲不得的。你放心，我一定回來，一定不會被『老萊子之妻』③所笑。」

莊紹光啟程進京，路上遇見響馬劫銀，親見蕭昊軒大顯身手（見第五章父是英雄兒好漢一段）。將到蘆溝橋時，有一位客人追上來攀交，這人姓盧、名德、字信侯，湖廣人氏，立志收藏本朝名人文集。國初四大家中，高啟（青邱）④是被禍腰斬了的，文集散失，只有京師一個人家藏有，被盧信侯訪得，親來京師，重價購得。正待要回家去，聞朝廷徵辟了莊紹光，傾慕莊先生是當代名賢，故來相見。莊紹光與他就客店同住一晚，談了一夜，談起高青邱文字，其中雖然並無毀謗朝廷的言語，但因太祖惡其為人，著作被禁，勸盧信侯應知國家禁令所在，不可不知避忌，這高青邱的文集就不看也罷。又指示讀書一事，應當由博而返約，總以心得為主，約了以後來南京相見，次早分別。

莊紹光進得京師，住在護國寺，徐侍郎來拜。囑他趕緊料理，恐怕三五日內就要召見。過了幾天，內閣抄出聖旨來，莊尚志著於初六日入朝引見。

到了初六日五鼓，羽林衛士，擺列在午門之外，設了全副鹵簿，用的是傳臚儀制，各官都在午門外候著，只見百十道火把亮光，知道是宰相到了，午門⑤大開，各官從掖門進去。過了奉天門，進到奉大殿，裡面一片天樂之聲，隱隱聽見鴻臚寺唱排班。淨鞭三響，內官一隊隊捧出金爐，焚著龍涎香，宮女們持扇，簇擁著天子陞了寶座。莊紹光戴著朝巾，穿了公服，跟在班末，嵩呼舞蹈，朝拜了天子。當下樂止朝散，那二十四個馱寶瓶的大象，不牽自走，真是壯觀。莊紹光回到住處，徐侍郎來拜，叮囑在寓靜坐，恐怕不日又要召見。過了三天，又送了一個抄出的上諭來：「莊尚志著於十一日便殿朝見，特賜禁中乘馬，欽此。」

到了十一日那天，徐侍郎送莊紹光到了午門，別過，自在朝房等候。莊紹光獨自走進午門，只見兩個太監，牽著一匹御用的馬，請莊紹光上騎，兩個太監跪著墜蹬⑥，候莊紹光坐穩了。兩個太監籠著繮繩，那扯手都是赭黃顏色，慢慢地走過了乾清門。到了宣政殿門外下馬，殿門又有兩個太監，傳旨出來，宣莊尚志進殿。

莊紹光屏息進去，天子便坐在寶座，莊紹光上前朝拜了。天子道：「朕在位三十五年，幸託天地祖宗，海宇昇平，邊疆無事；只是百姓未盡溫飽，士大夫亦未見能行禮樂。這教養之事，何者為先？所以特將先生起自田間。望先生悉心為朕籌畫，不必有所隱諱。」

莊紹光正要奏對，不想頭頂心裡一點疼痛，著實難忍，只得躬身奏道：「臣蒙皇上清問，一時不能條奏；容臣細思，再為啟奏。」

天子道：「既如此，也罷。先生務必為朕細心設計，只要是可行之事，宜於千古而又有便利於今世就行！」說罷，起駕回宮。莊紹光出了勤政殿，太監籠馬送出午門，徐侍郎接著同去。

到了住處，除下頭巾，發現裡面有一個蝎子，莊紹光笑道：「小人原來就是此物，看來我道不行了！」次日卜筮，筮得一個「天山遯」。自言道：「是了！還是歸隱最好！」就把教養之事，細細作了十策，又寫了一道懇求恩賜還山的本章，從通政司送了進去。

此後莊徵君之名，轟傳京師，九卿六部的官，無一個不來拜望請教，搞得這位莊徵君不耐煩，又只得上各衙門去回拜。大學士太保公向徐侍郎表示，想要莊徵君拜在他門下，侍郎轉告太保公雅意，那莊徵君無意為官，婉拒了。又過了幾天，天子在便殿向太保道：「莊尚志所上的十策，朕細看，學問淵深。這人可用為輔弼嗎？」

太保奏道：「莊尚志果是出群之才，蒙皇上曠典殊恩，朝野欣悅；但若不由進士出身，躋身公卿，我朝祖宗，無此法度，且開天下以倖進之心。恐有不妥！」天子歎息了一回，隨教大學士傳旨：「莊尚志允令還山，賜內帑銀五百兩，將南京玄武湖賜與莊尚志著書立說，鼓吹休明⑦。」

聖旨傳出，莊徵君午門謝恩，辭別了徐侍郎，收拾南返，清朝官員都來餞送，莊徵君都辭了。叫了一輛車，出彰儀門來。那日天氣寒冷，多走了幾里路，找不到宿處。只得走小路，到一個人家去借宿，那家只有一間屋，一對七十多歲的夫妻住著，不幸老妻死了，沒錢買棺，現停在屋裡。莊徵君無奈，只好將車停在門外，小廝露天睡在車上，莊徵君與那老翁同睡一炕。

莊徵君睡不著，到了三更之後，見那老婦人的屍首，漸漸動起來，莊徵君大驚，細看那手也動起來了，像是要坐起來的樣子。莊徵君以為老婦人活了，忙去推炕裡睡的老爹，推不醒他，十分奇怪，坐起來看時，那老翁竟然已是死了；再看那老婦人已站了起來，直著腿，白瞪著，竟是成了殭屍。莊徵君連忙奔出門外，叫起車夫，把車頂著門，不放殭屍出來。

他獨自在門外徘徊，心中懊悔道：「我若坐在家裡，不出來走這一番，今日也就不會受這一場虛驚！」又想道：「生死也是常事，畢竟我學養的義理不深，所以會害怕。」定神坐在車上，等到天明，看那殭屍倒了，一間屋裡，橫著兩具屍體。莊徵君心下感傷，兩個老人家，窮苦如此。去到前面市井，拿出幾十兩銀子來買了棺木，市上雇人抬來，把兩人殮了，又買了一塊地，看著埋葬了，買些牲禮紙錢，自作一篇祭文，灑淚祭奠。一市上的人都來羅拜，在地道謝。

到了台兒莊，換船來到揚州，在鈔關住了一日，次日要行，岸上二十多乘轎子，都是兩淮總商，前來拜候。內中就有蕭伯泉，讚揚莊徵君抱負大才，要從正途出身，不屑這徵辟，這番見過皇上，今後鼎甲有望。莊徵君謙遜謝了，表明絕無不屑徵辟之意，只是志在山林。會過了這批人之後，跟著又是鹽院來拜，鹽道來拜，分司來拜，揚州府來拜，江都縣來拜，把莊徵君鬧得急了，吩咐快快開船。當晚鹽行總商湊齊了六百兩銀子來送行，沒想到船已去得遠了。

到了燕子磯，莊徵君歡喜道：「我今日又見江上佳麗了。」回家見了娘子，果然實踐諾言，不曾留京作官，娘子也笑了，當晚備酒洗塵。

第二天起，消息傳開，先是六合高翰林來拜，跟著布政司來拜，應天府來拜，驛道來拜，上江二縣來拜，本城鄉紳來拜，搞得莊徵君穿了靴又脫，脫了靴又穿。莊徵君惱了，向娘子道：「為什麼住在這裡和這些人纏？我們作速搬到湖上去受用！」連夜搬去玄武湖裡。

這湖極寬闊，和西湖差不多，左邊台城可望鷄鳴寺。湖中菱、藕、蓮、芡，每年出產幾千石。湖內七十二只漁船，南京全城每早賣的都是這湖的魚。湖中五座大洲，四座洲貯了圖籍；中間洲上，一所大花園，賜與莊徵君住，有幾十間房子。園裡合抱的老樹，梅杏桃李，芭蕉桂菊，四時不斷的花；又有一園竹子，有數萬竿。園內軒窗四啟，看著湖光山色，真如仙境。門口繫一只船，便是到湖岸的交通工具，若是收了這船，外邊飛也飛不過來。

莊徵君住花園，同娘子憑欄看水，享受湖光山色，那一日盧信侯來訪，留下備酒同飲，吃到三更時分，小廝來報，中山王府發了幾百兵，上千枝火把，把七十二只漁船都拿了，渡過兵來，已把花園團團圍住。莊徵君大驚，又有小廝來報，總兵大老爺求見，急忙迎出，方知是盧信侯家藏高青邱禁書，被人告發，聞知此人武勇，故而發兵來捉。莊徵君道：「我明日叫他自己投案，如果走了，由我負責！」那總兵尊重莊徵君，只得答應。

盧信侯知道了，果然自去投案。莊徵君悄悄寫了十幾封信，打發進京，遍託朝裡的大老，從部裡發出文書來，把盧信侯放了，反把那檢舉的人問了罪。盧信侯來謝莊徵君，又留在花園住下。

㈢標準的真儒虞博士

莊徵君、杜少卿、遲衡山三人，將秦伯祠祭祀所行的禮樂，商訂得端正，跟著商議主祭之人，遲衡山道：「這所祭的是個大聖人，須是個聖賢之人來主祭，方為不愧，」說出一個了不起的人來。

應天蘇州府常熟縣有一鄉村，叫麟紱鎮，鎮上二百多人家務農，只有一位姓虞的老秀才，在鎮上教書，活到八十多歲去世。他兒子也是教書為業，中年尚無子嗣，去文昌帝君座前求，夢見文昌遞一紙條與他，上寫《易經》一句：「君子以果行育德。」果然就得了一子，取名育德，字果行。虞育德三歲喪母，父親替他開蒙。其後鎮上祁太公請虞太翁到家教讀，教兒子讀書，四年之後，虞育德十四歲，虞太翁得病去世，臨危把兒子託與祁太公。祁太公道：「這虞小相公與眾不同，如今先生去世，我就請他作先生教兒子的書。」自此十四歲的虞育德就在祁家教書，教的是祁家九歲的兒子。

常熟雲晴川先生，古文詩詞，天下第一，虞育德到了十七八歲，就隨著學詩文。祁太公又教他地理、算命兩項尋飯吃的本事，又勸他出去應考。虞育德果然買些考卷來看，到了二十四歲出去應考，就進了學。第二年被二十里外楊家村請去教書，每年三十兩銀子。正月到館，到十二月仍回祁家來過年。又過了兩年，祁太公替他完婚，是虞太翁在世時訂下的黃家姑娘。婚後兩年，積得二三十兩館金，就在祁家旁邊尋了四間屋，搬進去住。

虞育德三十二歲那年，沒有館教，娘子擔心，他說：「不妨，我教書坐館，每年大約總是三十兩銀子。假使哪一年正月裡說定只有二十兩，我擔心不夠，到了四五月，少不得又會添兩個學生，或是來請看文章的，有幾兩銀子補足此數。假使哪一年多得幾兩銀子，心裡歡喜以為有餘，偏偏家裡就會有事，把這幾兩銀子用完。由此可見一切都有一定，不必去擔心。」

果然祁太公介紹，遠村鄭姓人家請去看葬墳。虞育德帶了羅盤，用心看過，鄭家謝他十二兩銀子。叫只小船回來，河中忽然遇見一人投河，急忙叫船家救起，問起情由，方知是莊稼人貧窮，父死無力殯葬，惶急尋死。虞育德送他四兩銀子，那人謝去了。虞育德回到家，下半年又有了館，生了個兒子，因為感激祁太公，故而取名叫作感祁。

四十一歲那年鄉試，祁太公說他多積陰德，必然高中。南京鄉試回來，受了風寒，生病在家，放榜時果然中了舉。病好之後，上京會試，不曾中進士。恰好常熟有一位大老康大人放了山東巡撫，約虞育德去任上，代作詩文，賓主甚是相得。衙裡的同事尤資深拜為弟子。那年天子太詔求賢，康大人也想薦一位，尤資深要求康大人薦虞老師，虞育德說徵辟不敢當，況且舉薦全在康大人，若去求他，那就不是品行了；尤資深又出主意，道是求得康大人薦了。虞老師辭了官爵回來，更見高明。虞育德道：「你這話又說錯了，我若求他薦我，薦到皇上面前，我又辭官不作，可見求他舉薦不是真心，辭官也不是真心，這算是什麼呢？」

山東兩年，進京會試不中，回江南來依舊教館，一直到五十歲，再進京會試，這科就中了進士，殿試在二甲⑧，朝廷要將他選作翰林。哪知這些進士，也有五十歲的，也有六十歲的，履歷上寫了的都不實在，只有他寫的實在年庚五十歲。天子見了，說道：「這虞育德年紀老了，派他去一個閒官吧。」當下就補了南京國子監博士。

虞博士出京時，翰林院侍讀有位王先生託他：「南京國子監，有位貴門人，姓武名書，字正字，這人事母至孝，極有才情。老先生到彼，照顧照顧。」虞博士到了南京，參見了國子監祭酒李大人，回來公座陞堂，監裡門生拜見，就見著了武書。由武書口裡得知，他是一個孤兒，鄉居奉母，家貧艱困，母親在時不能出來應考。其後母親去世，喪葬之事，全仗天長杜少卿相助。現在武書正跟著杜少卿學詩。

武書因為家貧，一切衙門使費沒有著落，所以還不曾為亡母申請表揚。虞博士一來，就主動替他辦，而且告訴書辦，上房使用，都由虞博士出。虞博士儀莊徵君、杜少卿，分別去拜。當年杜府殿元公在常熟，曾收虞博士的父親為門生，殿元公是少卿的曾祖，所以少卿稱虞博士為世叔。相見十分投契。虞博士去拜莊徵君，不曾見著。

杜少卿去玄武湖問，莊徵君笑道：「我因謝絕了這些冠蓋，他雖是個小官，也懶得和他相見。」

杜少卿道：「這人大大不同，不但沒有學究氣，尤其沒有進士氣。他的襟懷沖淡。上而伯夷柳下惠；下而陶靖節一流人物。」說得莊徵君瞿然動容，就去回拜，兩人一見如故。虞博士愛莊徵君的恬適，莊徵君愛虞博士的渾雅。兩人結為性命之交。

虞博士為公子完婚，所聘就是祁太公的孫女，祁府陪了一個丫頭過來，自此虞夫人才有使女可用。喜事完畢，虞博士把使女配給了姓嚴的管家，管家拿出十兩銀子來交使女身價。虞博士道：「你也要備些床帳衣服，這十兩銀子就算我與你的，拿去備辦吧！」管家磕頭謝了下去。

新春正月，虞博士到任後親栽的紅梅開花，在家約請杜少卿。正談著，來了兩個國子監學生，一個儲信、一個伊昭，坐下吃了幾杯酒。儲信說要為老師發帖子作生日，收些分禮過春，虞博士說生日是在八月，此時不宜，伊昭說不妨，正月作了生日，八月還可再作，虞博士道：「豈有此理，這就是笑話了，二位且請吃酒。」

虞博士對杜少卿道：「少卿，前日中山王府裡，就他家有個烈女，託我作一篇碑文，折了個禮金八十兩在此，我今轉託了你，把銀子拿去，作看花買酒之資！」

杜少卿道：「這文難道老叔不會作？為什麼轉託我？」虞博士笑道：「我哪有如你的才情？還是你拿去作！」因在袖裡拿出個節略來，遞與杜少卿，叫家人把兩封銀子交與杜老爺家人帶回去。

坐了一會，虞博士的表姪湯相公來見，虞博士到南京來，家裡的幾間房子託他住著照看。這會兒來見，老實報告，因為這半年沒錢用，把那房子拆來賣了，虞博士道：「這怪不得你，今年沒生意，家裡也要吃用，沒奈何賣了，又老遠的路來告訴我做什麼？」

湯相公道：「我拆了房子，就沒處住，所以來同表叔商量，借些銀子當幾間屋住。」

虞博士又點頭道：「是了！你賣了房就沒處住，我這恰好還有三四十兩銀子，明日給你拿去，典幾間房住也好。」那湯相公就不再說什麼了。杜少卿告別之後，伊昭問老師跟杜少卿是什麼關係？虞博士說是世交，少卿是個極有才情的。

伊昭道：「門生也不好說，南京人都知道他本是個有錢的人，而今弄窮了，在南京躲著，專好扯謊、騙錢，最沒有品行！」虞博士問他什麼事沒品行？伊昭說他時常同著妻室上酒館吃酒，所以人家都笑他。

虞博士道：「這正是他風流文雅之處，俗人怎能了解？」

儲信道：「這也罷了，倒是老師下次有什麼有錢的詩文，不要尋他作。他是個不應考的人，作出來的東西也有限，怕會壞了老師的名。我們這監裡有多少考得起來的朋友，老師託他們作，又不要錢，又好。」

虞博士正色道：「這倒不然，他的才名，是人人都知道的。作出來的詩文，無人不服。時常有人在我這裡託他作詩，我還沾他的光。就如今日這銀子一百兩，我還留下二十兩給我表姪。」兩人這才不敢再說了。

第二天，應天府送下一個犯賭博的監生來，門斗來稟，問要將他鎖在哪裡？虞博士吩咐請他進來。那監生姓端，是個鄉下人，走進來流淚下跪，訴說冤枉，虞博士留他在書房裡，同他一桌吃飯，又拿出行李給他睡覺。次日到府尹處替他辯明了，將他釋放，那監生叩謝道：「門生雖粉身碎骨，也難報老師的恩。」

虞博士道：「這是什麼要緊？你既是冤枉，我原該替你辯白的。」

那監生道：「辯白固然是老師的大恩，只是門生初來收管時，心中疑惑，不知老師要怎樣處置？門斗怎樣要錢？把門生關到到什麼地方受罪？萬想不到老師將門生待作上客，門生不是收管，竟是來享了兩天的福！這個恩典，叫門生怎能感激得盡。」

㈣盛世禮樂今朝重見

南京泰伯祠落成大祭，各地賢人名士齊集，共襄盛舉。那泰伯祠坐落在南門之外，幾十層高坡上去，一座大門，左邊是省牲之所。大門過去，一個大天井。又幾十層高坡上去，三座門。進去一座丹墀。左右兩廊，奉著從祀歷代先賢神位。中間是五間大殿。殿上泰伯神位，面前供桌、香爐、燭臺。殿後又一個丹墀，五間大樓，左右兩旁，一邊三間書房。

這次大祭，主祭的虞博士，亞獻的莊徵君，終獻的馬二先生，共三位。大贊的金東崖，副贊的盧華士，司祝的臧荼，共三位。引贊的遲均、杜儀，共二位。司麾的武書一位，司樂的季葦蕭、辛東之、余夔，共三位。司玉的蘧駪夫、盧德、虞感祁，共三位。司帛的諸葛天申、景蘭江、郭鐵筆，共三位。司稷的蕭金鉉，儲信、伊昭，共三位，司饌的季恬逸、金寓劉、宗姬，共三位。還有金次福、鮑廷璽二人領著司理各種儀禮器具、樂器的孩子、舞佾舞的孩子共是三十六人，總共執事七十四人。典禮全依古禮進行。莊嚴肅穆，一時盛況。南京城裡城外，百姓扶老攜幼，前來觀看，歡聲雷動，都說生長在南京，也有活了七八十歲的，從不曾看見過這樣的古禮古樂盛況。又有人說這位主祭的老爺是一位神聖臨凡，所以引得萬眾爭著來看。

大典之後，各地名士紛紛賦歸。季葦蕭、辛東之、金寓劉，來辭了虞博士，回揚州去了；馬純上和蘧駪夫來河房向杜少卿辭別，要回浙江，蘧駪夫看到張俊民和臧荼在座，識得這張俊民就是昔年用假人頭騙婁家表叔的張鐵臂，悄悄告訴了杜少卿，囑他留神。兩人作別去後，杜少卿向張俊民道：「俊老，你以前曾叫作張鐵臂嗎？」

張鐵臂紅了臉道：「小時候有這個名字。」見被人識破，存身不住，過了幾天，拉著臧蓼齋回天長去了。

蕭金鉉、諸葛天申、季恬逸三人負了店賬和酒飯錢，不能回去。來尋杜少卿，杜少卿替他三人賠了幾兩銀子，三人各自回家去了。宗先生要回湖廣，拿行樂圖來請少卿題，少卿當面題了，送別了去。

武書來告訴杜少卿監裡六堂會考，他考了一個一等第一，又說出一些有關虞博士的奇事，這回朝廷降旨，要甄別在監讀書人，六堂會考，嚴禁作弊，搜查極是嚴格。有個習《春秋》的朋友，竟夾帶了一篇刻印的經文進去，出恭的時候，糊里糊塗把經文夾在卷子裡送上堂去。天幸遇著虞老師，揭卷看見，連忙拿了藏在靴桶裡，巡視的人問是什麼東西？虞老師說是不相干的。等那人方便了回來，悄悄遞與他，叫他拿去寫。那人嚇得個臭死，發案考在二等，來謝虞老師，虞老師推說不認得，對他說：「並沒有這回事，想是你昨天認錯了，並不是我。」

武書親身看見此事，問老師為何不認，難道他還不該來謝？虞老師道：「讀書人全要養其廉恥，他沒奈何來謝我，我若再認了，他就更無容身之地了。」武書問這位監生姓名，虞老師也不肯說。

杜少卿讚道：「這也是他老人家常有的事。」

武書道：「還有一件事更可笑，他家世兄賠嫁來一個丫頭，許配給了姓嚴的管家。那奴才看見衙門清淡，沒錢好賺，前日就辭了要去。虞老師不但不問他要丫頭的身價，反而說道：『你倆口子出去也好，只是房錢、飯錢都沒有。』又給了他十兩銀子，打發出去，隨即又把他薦在一個知縣衙門裡作長隨。你說好笑不好笑？」

杜少卿道：「這些作奴才的，有什麼良心！但老人家賞他銀子，並不是有心要人說好，所以特別難得。」

【註釋】

①泰伯：周太王長子，泰一作太，有弟仲雍、季歷。季歷的兒子姬昌，就是後來的周文王。泰伯知太王欲立季歷以傳姬昌，就和弟仲雍奔來南方荊蠻，斷髮文身，以讓季歷。太伯自號句吳，

荊蠻人欽敬，相從者千餘家，立為吳太伯。

②羊棗：即羊矢棗，曾晢所嗜，雖冒棗名，其實是秭類植物。

③老萊子之妻：老萊子，春秋楚人，至孝，年七十，常著五色斑斕衣作嬰兒戲以娛親。楚王欲召，老萊子之妻表示不應為人所制，離去，老萊子果然不應王召，隨妻歸隱江南。

④高啟：明代學著，有文武才，自號青邱子。後因所作〈上梁文〉觸怒明太祖，被腰斬死。

⑤午門：北平紫禁城的正門，俗稱五鳳樓。

⑥墜蹬：侍候上馬。

⑦休明：德美而明。

⑧二甲：二等。

【批評分析】

㈠遲衡山倡建泰伯祠，以隆禮制樂來挽救人心，杜少卿的贊助，兩人的心志表現可敬。杜少卿的反對娶妾，解詩能夠不拘於舊註，發表創見，是為他卓犖不群的優秀表現。高翰林批評少卿，說徵辟不如正途出身，可見固陋。馬二先生以為高翰林批評少卿也有幾分說的是，那是他固執積習未除。金東崖將羊棗誤為羊腎，淺陋可笑。

㈡太保公要延攬莊紹光拜在他的門下，朋比結黨，搞小集團的私心顯然；其後在皇帝面前阻撓重用莊紹光，黨同伐異，卑劣可見。莊紹光知難潔身而退：「我道不行」一句，點明了他的委屈失望；終於不受人制，不為老萊子之妻所笑，是他的高明之處；殯殮平民夫婦，義行足式；殭屍一段自愧學養義理不深，尤其可見他能自省再進，素養渾雅。盧信侯只因一本禁書，就被數百名兵眾圍捕，反映清時文字獄的嚴重；莊紹光助他脫困，道義風範，不愧是讀書明理的人。

㈢虞博士的真儒典型：知命不憂，以貧士所得助人殯葬；不肯求人薦舉，不願以辭徵辟而自高，誠實不瞞年紀，甘作閒官，對管家、表姪的寬厚，以身作則，教導生徒，保留士子顏面，為他辯白，優待使之安心感激。從這許多事件中，可以了解虞博士的淡泊篤厚，不愧是作者筆下者宣揚的第一等人。莊徵君謝絕冠蓋，幾乎誤失了虞博士這位性命之交，是他的疏忽。儲信、伊昭兩個讀書人的惡劣，要替老師作生日收分子錢，還說正月作了八月還可再作，難怪被虞博士面斥為豈有此理的笑話；建議老師莫要找杜少卿代筆，是一種酸葡萄心理，為的是要老師照顧他兩人，讓他們得些好處。

㈣泰伯祠大祭，盛世禮樂重見，是為作者眷戀儒家至善社會的意識表現。諸葛天申、蕭金鉉、季恬逸，三人流落異地，得杜少卿義助還鄉，顯示士人在科舉失意之後，降志辱身，衣食不繼，落魄精神的可悲。虞博士的管家勢利求去，不以為忤，反替他安排工作；

考場作弊，不予檢舉，保留士人的自尊，正如杜少卿所說，他作這些事純是素養行為的自然表現，全無沽名釣譽的念頭，所以特別難能可貴。

十四、奇女子和大將軍

㈠不屈不撓的沈瓊枝

話說上文介紹過的少年英雄蕭雲仙，作了江淮衛守備，其後奉到糧道文書，押糧赴淮。蕭雲仙上了船，到了揚州，正在鈔關上擠馬頭。忽聽得後面一只船上有人叫他，回頭看時，竟是昔年在青楓城邊荒地區教讀的沈大年先生。喜出望外，問時方知沈先生將小女許嫁給揚州宋府，這番是送女完婚來的。當下行色匆匆，談了幾句，作別開船。沈先生領著他的女兒沈瓊枝，落在大豐旗下店裡，夥計通報鹽商宋為富，宋家打發家人來說，老爺叫把新娘就抬到府裡去，沈老爺留在下店住著款待。

沈先生見狀不妙，說出這情形既不是擇吉過門，很可能只是娶妾的樣子，沈瓊枝安慰父親，既未立下文書，得他身價，怎肯就此不明不白地過去作小？如今不如先去到他家再見機行事。當下打扮起來，一乘轎子抬來宋府，門口果然毫無動靜，只叫她下了轎，走水巷裡進去。沈瓊枝一直走到大廳，坐下說道：「請你家老爺出來，我常州姓沈的不是什麼『低三下四』①的人家！他既要娶我，為何不張燈結綵，擇吉過門，把我悄悄地抬了來，當作娶妾的一般！我且不問他要別的，只叫他把我父親親筆寫的婚書拿出來與我看！」

家人嚇了一跳，報與宋為富，宋為富紅著臉道：「我們鹽商人家，一年至少也娶七八個妾，都像這般淘氣，那日子還能過？她既來了，不怕她飛上天去！」叫請新娘進房，自己暫且躲開。第二天叫下店兌五百兩銀子給沈老爺，叫他回去。

沈先生一聽這話，分明是拿女兒作妾，這還得了，立刻到江都縣告了一狀，那知縣看了呈子，說道：「沈大年既是常州貢生，也是衣冠中人②，怎肯把女兒與人作妾？鹽商豪橫一至於此！」收了呈狀。

宋家知道了，急忙用錢打點，次日呈子批出來道：「沈大年既將女兒瓊枝許配宋為富為正室，何以自行私道上門？顯係作妾可知，狀詞不准！」沈大年又補了一張呈子，知縣大怒，說他是個「刁健訟棍③」一張批，兩個差人，押解他回常州去了。

沈瓊枝在宋家過了幾天，不見消息，想著對方一定是先安排了父親，再來和自己歪纏，不如先離開他家，再作道理。將房裡的金銀器皿，珍珠首飾，打了一包，穿上七條裙子，扮著小老媽，買通丫鬟，五更時分，後門走出。想著若回常州，恐惹故鄉人家恥笑，不如逕去南京大地方見識見識。

到了南京，住在利涉橋，掛起一個招牌，寫著：「毗陵女士沈瓊枝，精工刺繡，寫扇作詩。寓王府塘手帕巷內。賜顧者請認毗陵沈招牌便是。」

杜少卿在莊徵君處，遇見了表叔莊濯江和他的兒子莊非熊，還有盧信侯。莊濯江就是莊徵君的姪兒，也是個奇人，四十年前在泗州和人合本開典當鋪，那合夥的人窮了，他就把自己經營的兩萬金和典當拱手相讓。自己一肩行李，跨一頭驢子，十數年來，往來楚越，轉徙經營，又賺得數萬金，才買了產業，獨力替他尊人治喪，不要同胞兄弟出一個錢；老朋友死無所歸，他就出錢殯葬。他又是莊徵君父親的學生，遵守師訓，最是敬重文人。現在南京，拿著三四千銀子，在雞鳴山修曹武惠王廟。

沈瓊枝自來南京，掛了招牌，也有來求詩的，也有來買斗方的④，也有來託刺繡的。一些好事的惡少，紛紛傳聞，前來物色。這一日是七月二十九清涼山地藏王佛事勝會，南京滿城大擺香花燈燭，沈瓊枝燒香回來，後面跟著百十多個男人，惡少們跟著調戲，她就怒罵。被莊非熊看見，來告訴杜少卿。

杜少卿偕同武書一齊來訪沈瓊枝，沈瓊枝看見兩人氣概不同，連忙接著，拜了萬福⑤，坐下介紹。

沈瓊枝道：「我在南京半年多，凡到我這裡來的，不是把我當作倚門之倡，就是疑我為江湖之盜。今見二位先生，既無狎玩我的意思，又無疑猜我的心腸。我平日聽見家父說：『南京名士甚多，只有杜少卿先生是個豪傑。』這句話不錯了，但不知夫人是否也在南京？」

杜少卿道：「拙荊⑥也同寄居在河房內。」

沈瓊枝道：「我就到府去拜謁夫人，好將心事細說。」

沈瓊枝來到杜府，在杜娘子面前雙膝跪下，娘子大驚扶起，沈瓊枝便把鹽商騙她作妾，她拐了東西逃出來的事說了一遍，但恐鹽商那邊追蹤而至，請杜家夫婦賜以援手，杜少卿慨然應允。

果然差人來捕，杜少卿檢出自刻的詩集，又封了程儀四兩銀子，武書寫詩一首，都拿來贈與沈瓊枝。帶到縣裡，知縣看她容貌不差，問她為何偷竊宋家銀兩潛蹤來此？沈瓊枝道：「宋為富強占良人為妾，我父親告了他，他竟買通知縣，把我父的狀子判輸了，這是我不共戴天之仇；況且我雖不才，也頗知文墨，怎肯嫁與市儈⑦作妾，故此逃了出來……」

知縣以堂下槐樹為題，試她才情，沈瓊枝不慌不忙，吟出一首七言八句的律詩來，又快又好。知縣叫原差到她下處取了行李來，當堂查點，看到杜少卿所贈的詩集、程儀、武書所題，知她也和本地名士唱和。簽了批，備文吩咐原差將沈瓊枝押回江都縣。

這位知縣與江都縣是同年相好，另外寫了一封信，裝入公文之內，託他開釋此女，判還她的父親沈大年，另行擇婿婚配。一場才女的坎坷，總算能有差強人意的結局。

㈡湯家的三個湯包

沈瓊枝被押回揚州，船上另有兩個妓女——細姑娘和順姑娘——被一個漢子送到儀徵。送到開妓院的王義安處。一進妓院，王義安吩咐兩個粉頭參見湯六老爺，看那六老爺時，頭戴一頂破頭巾，身穿一件油透的元色綢袍，腳底一雙舊尖頭靴，一副大黑麻臉，兩隻的溜骨碌眼睛；洗手之際，自己把兩個袖子只管往上勒；文不像文，武不像武。兩個粉頭過來奉承，六老爺把兩個姑娘拉著，一邊一個，同在板凳上坐著；拿一雙黑油油的肥腿來搭在細姑娘腿上，把細姑娘雪白的手拿過來摸他的黑腿。吃過茶，拿出一袋檳榔來亂嚼，渣滓淌出滿鬍滿嘴，左右擦偎，都擦在兩個姑娘的臉上，姑娘們拿汗巾來揩，他又奪過去擦夾肢窩。

王義安問邊地有沒有什麼消息，六老爺道：「怎麼沒有？前天還打發人來，在南京作了二十首大紅緞子繡龍旗，一首大黃緞子坐纛（ㄉㄨˊ dú）⑧。這一個月就要進京，到九月霜降時祭旗，萬歲爺作大將軍，我家大老爺作副將軍，兩人並排在一條毯上站著磕頭。磕過了頭，就作總督。」

有嫖客來會細姑娘，六老爺也不在乎，叫那嫖客出錢買酒菜來同吃，猜拳鬧酒，六老爺啞著喉嚨唱曲，叫細姑娘唱，細姑娘只是笑，不肯唱。六老爺道：「我這臉是簾子作的，要捲上去就捲上去，要放下來就放下來……」嚇得細姑娘只得唱了幾句。巡街的王把總進來，見六老爺在座，不便打官腔，一同坐下吃酒。

次日六老爺在妓院擺酒，替湯府兩位公子餞行。往南京去應考。六老爺給的銀子不夠，妓院主人王義安忙說酒席情願效勞。下午時分六老爺同大爺二爺來，頭戴恩蔭巾，一個穿大紅灑線袍，一個穿藕褐灑線袍，腳下粉底皂靴，帶著四個小廝，大白天提著兩對燈籠，一對上寫「都督府」，一對上寫「南京鄉試」。

席間湯大爺談科場的事；說貢院前先放三砲開柵欄，又放三砲開大門，再放三砲開龍門。公堂擺香案，應天府尹行禮，站起來用兩把遮陽遮臉，布政司書辦跪請三界伏魔大帝關聖帝君進場鎮壓，請周將軍進場巡場，放開遮陽，大人又行了禮。布政司書辦跪請七曲文昌開化梓潼帝君⑨進場來主試，請魁星老爺進場來放光。請過了文昌，大人朝上打恭，書辦跪請各舉子的功德父母；說到這裡，六老爺問什麼是功德父母？

二爺道：「功德父母是人家中過進士作過官的祖宗，方才請了進來；若是那考老了的秀才和百姓，請他進來作什麼？」大爺又說每號門前有紅旗黑旗，紅旗下是給下場人的恩鬼蹲的，黑旗下是給下場的怨鬼蹲的。

六老爺道：「像我們大老爺在邊疆，積了多少功德，活了多少人命，大爺、二爺的恩鬼，只怕多得紅旗下蹲不下！」大爺說了個場裡怨鬼妓女報怨的事，害得那人卷子染墨，科舉不成，又害大病。

兩個姑娘聽了拍手答道：「大老爺作踐姑娘，他若進場，我兩個就是他的怨鬼。」笑鬧一場，六老爺啞著喉唱小曲，大爺、二爺拍著腿也唱。

大爺、二爺在船上猜題，大爺道：「去年老人家在貴州征服了一洞苗子，一定是這題。」二爺道：「貴州的事就要在貴州科場出。」大爺道：「如果不是此題，那就只有求賢，免錢糧兩題了。」到了南京，催家人準備考場用品：方巾、考籃、銅銚、號頂、門帘、火爐、燭臺、燭剪、卷袋。又料理場中食物：月餅、蜜橙糕、蓮米、龍眼肉、人參、炒米、醬瓜、生薑、板鴨。進場歸號，考了出來，都累倒了，每人吃了一隻鴨子，睡了一天。

鮑廷璽帶了戲班來演戲叩賀。大爺、二爺又同他去訪葛來官，大爺留在葛來官處喝酒吃螃蟹，沒想到鄰居外科周先生惱怒葛來官家的大腳三⑩，不該把螃蟹殼倒在他家門口，大罵葛來官。正在吵鬧，湯府管家來報，二爺和鮑廷璽在東花園鷲峰寺遇著流氓，把衣服都剝了，姓鮑的溜了，二爺被人關了起來。湯大爺急忙趕去相救，救出二爺，對方看大爺雄壯，又打著「都督府」的燈籠，不敢招惹，各自散去。過了二十多天放榜，弟兄兩個都沒中，足足氣了七八天，領出落卷來，湯由大爺三本，湯實二爺三本，文上都看不到一個紅圈，兩弟兄大罵考官不通。

㈢立功將軍連降三級

貴州鎮遠府湯鎮台處來函，說是生苗近日有蠢動跡象，叫兩個兒子速來鎮署。大爺、二爺啟程，六老爺來送行，說道：「聽說我們老爺出兵征勦苗子，苗子平定，明年朝廷必定開科，大爺、二爺一齊中了，我們老爺封了侯，那一品的廕襲，料想大爺也不稀罕，就求大爺賞了我，等我戴了紗帽，細姑娘也好怕我三分。」

大爺道：「六哥！我掙一頂紗帽，單單去嚇細姑娘，又不如把這紗帽賞與烏龜王義安了。」

六老爺帶來一位臧歧，是杜少卿薦來的，一向在貴州作長隨，貴州的山僻小路，他都認得。王漢策奉了東家萬雪齋之命來見，託大爺、二爺在路上照應船鹽，結果在江上鹽船被搶，大爺、二爺叫朝奉向地方官衙告狀。地方官彭澤縣令反說不是搶劫，是押船的家人偷賣鹽斤，將舵工等人惡打一番，虧得朝奉託人到湯少爺船上求情，湯大爺拿帖子來說，知縣才裝模作樣放了人。

到了貴州鎮遠府，太守雷驥正與湯鎮台商議，生員馮君瑞被金狗洞苗酋別莊燕捉去，勒索五百兩贖金。雷太守主張由土司去苗洞曉諭，湯鎮台主張用兵。意見不一，稟明上司，過了幾日，總督批示下來：「仰該鎮帶領兵馬，勦滅逆苗，以彰法紀。」

湯鎮台接到批稟，即刻把府裡兵房書辦叫來，給他五十兩大銀一錠，叫他在府裡知會文中把「帶領兵馬」寫作「多帶兵馬」。書辦果然照辦。湯鎮台調動兵馬。估計逆苗巢穴，正在野羊塘，必須出奇制勝，幸得臧歧認得一條小路，從香爐崖爬過山去，走鐵溪裡抄到苗洞後面。那苗酋正在苗洞飲酒作樂，馮君瑞本是一個奸棍，娶了苗女為妻，翁婿兩個，萬想不到天朝兵馬突至，措手不及，苗兵死傷過半，苗酋同馮君瑞從小路逃去別的苗洞。湯總鎮會合各軍，野羊塘紮下營盤，估計苗酋夜晚會來劫營，吩咐準備。到晚上苗酋果然帶領了豎眼洞的苗兵前來，撲了一空，中伏大敗。

湯總鎮大勝，回到鎮遠府，雷太守接著恭喜，問起苗酋別莊燕與馮君瑞的下落，湯鎮台疏忽，未將賊首擒得，心裡難免不安。捷報上去，總督批示下來，果然是專問別莊燕、馮君瑞兩名要犯：「務須刻期拿獲解院，以憑奏報朝廷。」湯鎮台無計可施，幸得臧岐自稱識生苗路徑，請求前去打探。

臧岐去了九日，回來稟報，探得苗酋與馮君瑞現在白蟲洞。設下一計，因為鎮遠府有個風俗，說正月十八日，鐵溪龍神嫁妹，那妹子生得醜陋，怕人看見，龍神派遣蝦兵蟹將送嫁。這一天人家都要關門不許外出張看，若是違了神意，就有疾風暴雨，平地水深三尺，淹死人民無數。鎮遠府這一風俗相傳已久，此時苗酋等計劃利用，將在這一日，扮著鬼怪，混入鎮遠都督衙門來打劫報仇。

湯鎮台將計就計，預作布置，吩咐家丁妝扮鬼怪，埋伏等待，果然別莊燕、馮君瑞中計，落網被擒。解到府裡，雷太守請出王命、尚方劍⑪，將別莊燕和馮君瑞梟首示眾。

報捷本章，送進京去，結果奉到上諭：「湯奏辦理金狗洞匪苗一案，率意輕進，糜費錢糧，著降三級調用，以為好事貪功者戒，欽此！」湯鎮台看抄報，長歎一聲。不久部文到了，新官到任，交代了之後，湯鎮台帶著兩位公子，收拾打點回家。

回到儀徵，六老爺一直迎到黃泥灘來，見面請了安，說說家鄉的事。湯鎮台見他油嘴油舌，惱了道：「我出門三十多年，你也長大成人，怎麼學出這樣的一付下流氣質！」見他開口就是「稟老爺！」湯鎮台怒道：「你這下流，胡說！我是你叔父，你怎麼不叫叔父，稱呼老爺？」講到兩位公子身上，又見六老爺一直叫「大爺」、「二爺」。湯鎮台更是大怒，罵道：「你這匪類！更該死了！你的兩個兄弟，你不教訓照顧他們，怎麼反叫他們作什麼大爺、二爺！成何體統？」把個六老爺罵得垂頭喪氣。

湯鎮台自此，不去城裡，不會官府，只在家中讀書教子，過了三四個月，看公子們作的文章實在不行，想著要請個老師來教導。正好世姪蕭柏泉來拜，看他美如冠玉，儒雅出眾，說話伶俐，十分喜歡，蕭柏泉知道世叔要請先生，介紹河縣的一位明經先生，姓余名特，字有達，舉業實在是好。湯鎮台聽了大喜，寫了聘書，就命大公子同蕭柏泉一齊去請。

蕭柏泉叫湯大爺寫個「晚生」帖子，將來余先生坐館之後，再換門生帖。湯大爺道：「半師半友，只好寫個『同學晚弟』吧！」蕭柏泉拗他不過，只得拿了帖子，同著去見。

見到余有達先生，把來意說了，余有達笑道：「老先生二位公子高才，我老拙無能，豈能勝任？容我斟酌之後，再行奉覆。」

次日余有達來蕭柏泉處回拜，說是不能從命，問他緣故，余有達笑道：「他既然要拜我為師，怎麼用『晚弟』的帖子拜我？可見沒有求教之誠……」蕭柏泉不能勉強，只得回覆湯鎮台，另請別人去了。

(四)余大先生和余二先生

余有達的同胞兄弟叫余持，字有重，也是五河縣的飽學秀才。這五河縣人極是勢利，巴結一家中過幾個進士，選過兩個翰林的彭家，還有一家徽州人姓方的，在五河開典當作鹽行生意的。流行的話是：「非方不親，非彭不友。」只有余家兄弟，守著祖宗家訓，閉戶讀書，和方家不是親，和彭家不是友，所以親友們雖不敢輕視他們，卻也不知道敬重他們。

余二先生去鳳陽應考鳳陽八屬儒學生員，結果考在一等第二名。余大先生去無為州，州尊十分念舊，明示有一樁案，如大先生說情，州尊就准，事後那人家可以出四百兩銀子，三個人分，大先生可以分得一百三十多兩。大先生去會那人，那人姓風名影，竟是一件人命牽連的事，大先生為他說情，州尊准了，出來兌了銀子，收拾返家，路過南京，順道去看表弟杜少卿。杜少卿備酒接待，約武書來作陪。

席上談起余大先生要尋地葬父母，談起風水之說，五河縣人最重此道，找到風水好的地方，就把父母的墳墓遷葬。杜少卿與武書兩個大大反對，杜少卿道：「為這事，朝廷該立一個法，但凡人家要遷葬，叫他到有司衙門遞呈紙，風水師立下切結——棺材上有幾尺水，幾斗幾升螘蟻，開了如果不對，帶個劊子手，一刀把風水師的狗頭砍下來。那遷墳的就依子孫謀殺祖父的律，凌遲處死，如此，這種歪風或者可以少見。」

住了幾天，五河縣余二先生託人帶信來，叮嚀大先生千萬不可返家。原來是大先生在無為州收賄私和人命的事犯了，知州已經被參，公文上寫錯了，不是余特，而是余持，二先生挺身而出，上縣去理論。朋友唐三痰勸他去找彭府三老爺說情，他不去，妻舅趙麟書勸他莫要代兄受過，他也不肯。幸好無為州的事，時間正是二先生在鳳陽考試的時候，顯然無法分身，不是一人，縣裡備文回覆，恐是外鄉光棍，頂名冒姓所為，文書回了去，那邊不再來提，一件彌天大禍，總算是餬過去了。

余大先生返家，商議要葬父母，嫡堂兄弟余敷、余殷兩個請客，話題還是離不開彭家、方家。余殷道：「彭老四點了主考了，聽說前日辭朝的時候，他一句話回得不好，皇帝把他拍了一下！」

余大先生笑說，皇帝絕無拍臣子身子的事，余殷還紅著臉辯說，彭老四現是翰林院大學士，離皇帝近，拍他也是可能的。談起風水，余殷、余敷兩個大吹法螺⑫，說了好多靈驗之事。大先生與二先生商議，找到風水師張雲峰。說明不必講什麼發富發貴，只要地下乾暖，無風無蟻就好。選地已定，還未安葬，那一夜對門突然失火，余家兄弟惟恐波及，急忙把父母靈柩抬到街上，火熄之後，依五河的風俗，靈柩抬出門，再抬進來，人家必窮，親友都勸就此抬去山裡，擇日安葬。兩兄弟商議：還是要依禮告廟⑬、備祭、辭靈，遍請親友會葬，不可草率，寧肯窮死，也不願違禮。此事轟傳五河，都說余家弟兄是獃子，作出如此倒運之事。

余先生葬了父母之後，又到南京來，見著杜少卿、湯鎮台，虞博士任滿就要離去，大家在莊濯江家設筵相送，莊徵君、湯鎮台、杜少卿、余先生、蕭雲仙、遲衡山、武書都到了。送了虞博士之後，杜少卿十分懷念感傷。不久余二先生來信，表弟虞華軒家要請大先生去坐館。大先生返鄉就館，虞華軒設筵招待，席上有唐三痰的哥哥唐二棒椎，是個文舉人，問大先生說，他有一個姪兒，與他一同中舉，同榜同門，日前來拜，用的是「門年愚姪」的帖子，如今唐二棒椎要去回拜，可否用「門年愚叔」的帖？余大先生面斥人生在世，祖父當然要比科名要緊，叔姪之親，怎能說同年同門，如此得罪名教，絕不可行。

那虞華軒也是個非同小可之人，瞧不起五河縣人勢利，奉承彭府方府，故意作弄些勢利小人。縣裡的元武廟破舊，虞華軒出錢修繕，節孝入祠時，方家氣燄萬丈，合城的人無不趨炎附勢，只有余、虞兩家，還能保持讀書人的本色風度。只是歎息著五河縣沒有像虞博士那樣的學者教導，以致於禮義廉恥，一總都滅絕了。

(五)王三姑娘之死

余大先生選了徽州府學訓導，上任之後，年紀已花甲的老秀才王玉輝來拜，談起志向，要纂三部書，嘉惠後學：第一部是禮書，將三禮分類，如事親之禮、敬長之禮……經文之下將諸經子史的話印證，教子弟自幼學習。第二部是字書，是為七年識字之法。第三部是鄉約書，是以儀制教導愚民的。余大先生和余二先生聽了不勝欽佩，知他清寒，下鄉回拜，送米一石（ㄉㄢˋ dàn）、紋銀一兩。

王玉輝第三個女婿病死，王三姑娘候著丈夫入了殮，出來拜公婆和父親，說道：「父親在上，我的大姊姊死了丈夫，在家累著父親養活；而今我又死了丈夫，難道又要累寒士父親養活不成！我如今辭別公婆、公親，就要尋一條死路，跟著丈夫去了！」公婆兩個，驚得淚如雨下，勸說日後自有公婆會養活她，不可尋此短見，三姑娘執意不連累公婆，定要殉夫，請求父親接母親來當面一別。王玉輝見女兒殉節之志真切，反勸親家由著她去作，向女兒道：「我兒，既如此，這是青史上留名的事，我難道反來攔阻妳？妳就這樣做吧，我這就回去叫妳母親來和妳作別。」

王玉輝回來，把這話向老孺人說了，老孺人道：「你真是書呆子老糊塗，女兒要死，你就該勸她，怎麼能反而贊成她死，這是什麼話？」

王玉輝道：「這樣的事，妳這婦道人家是不曉得的。」

老孺人痛哭流涕，連忙叫了轎子，去親家處勸女兒去了。王玉輝在家看書寫字，候女兒的消息。老孺人勸女兒，哪裡勸得動。王三姑娘每日照樣梳洗，陪母親坐，只是絕食不吃，母親、婆婆，千方百計勸著無效，餓到第六天，不能起床。母親看了，傷心慘目，痛入心脾，病倒了抬回家來。

又過了三天，三更時分，幾個火把，幾個人來打門，報道：「三姑娘餓了八日，在今日午時去世了！」

老孺人聽了，哭死過去，灌醒回來。王玉輝走來床前，說道：「妳這老人家真是個獃子！三女兒她如今已是成仙去了，妳哭她做什麼。她這死得好，只怕我將來不能像她，有這麼一個好題目死哩！」仰天大笑道：「死得好！死得好！」大笑著，走出房門去了。

次日余大先生得知，大驚慘然，立即去靈前拜奠，同徧立即備文請旌烈婦。學裡的人，見老師如此隆重，也就都來祭奠，過了兩個月，上司批文下來，王三姑娘神主進祠，門首建貞節牌坊。入祠那日，余大先生邀請知縣，擺齊執事，送烈女神主入祠，闔縣紳衿，公服步行相送。祭了一天，明倫堂擺席，要請王玉輝來上坐，說他生的這樣的好女兒，為倫紀生色，王玉輝到了這時候，反覺得心裡悲傷，辭了不肯來。

在家日日看著老妻為亡女悲慟，心下不忍，想著去南京走走。來辭余大先生和余二先生。大先生寫了幾封信，介紹王玉輝去見杜少卿、莊徵君、遲衡山、武正字等人。王玉輝走水路乘船，一路看著水色山光，悲悼女兒，悽悽惶惶。

來到蘇州，去遊虎邱。看到遊船上，不掛簾子，婦女們都穿著鮮豔衣服，在船裡坐著吃酒，王玉輝認為風俗不好，心下不以為然。又看到船上一個少年穿白的婦人，禁不住又想起了女兒，心頭哽咽，那熱淚直滾了出來。

去鄧尉山拜訪老友，誰知老友已經物故，靈前哭拜，更覺悲傷。到了南京，拿著書信訪問名人，誰知因虞博士已任滿離開南京，選在浙江作官，杜少卿尋他去了；莊徵君回故鄉去修祖墳；遲衡山、武正字，都到遠處教書去了，一個也沒遇著。

王玉輝住在牛公庵裡，每日看書，過了一個多月，盤費用盡，上街閒走，幸好遇見了鄧質夫，他的父親是王玉輝同案進學的，所以稱王玉輝作老伯。這鄧家也有一番故事，當年鄧質夫的母親守節，鄰家失火，鄧母對天祝告，竟然奇蹟出現，反風滅火，傳聞遠近……如今王家也出了個烈女，節烈前後輝映。兩人談著，悲傷懷念不勝。

鄧質夫帶王玉輝去看泰伯祠，物是人非，昔日的那些賢人君子，都已風消雲散。知道王玉輝盤費用盡，鄧質夫取出十兩銀子相贈，雇轎送他回徽州去。王玉輝留下了自己所纂的書，托鄧質夫轉交給武正字。

【註釋】

①低三下四：地位低微，或低聲下氣。
②衣冠中人：士大夫，縉紳。
③刁健訟棍：刁頑，喜歡打官司的惡棍
④斗方：一尺左右的書畫。
⑤萬福：婦人褲衽行禮時多稱萬福。
⑥拙荊：向人稱自己的妻子。
⑦市儈：唯利是圖的商人。
⑧纛：軍營裡的大旗。
⑨七曲文昌開化梓潼帝君：神名，掌文昌府事，司人間祿籍。
⑩大腳三：南京話，指大腳婦人。
⑪尚方劍：皇帝用的劍。
⑫大吹法螺：誇張吹牛。
⑬告廟：告於祖廟。

【批評分析】

㈠鹽商一年娶七八個妾，豪奢惡劣可驚。江都縣官府前後矛盾，准了沈大年的狀，收賄之後立判沈大年敗訴，顯示吏治腐敗的嚴重。沈瓊枝的學識言行，為當時重男輕女的社會表現了革命意識，正也代表了作者男女平等觀念的更新與進步。莊濯江的義行，雖然記述筆墨不多，也可以看出其人格的高尚。

㈡湯六爺的胡亂吹牛，奉承兩位兄弟，湯大爺、湯二爺的淺薄，都是活寶型的人物，醜陋可笑可鄙。

㈢鹽船被劫，彭澤縣知縣不去緝兇，反而推求朝奉船家，昏聵卸責的官吏，不能保民，反而害民，吏治如此，可恨可歎。湯鎮台建功不賞，連降三級，又是蕭雲仙式抑悒委屈的再版。如此不公，坐使賢良屈沉，庸劣反能扶搖直上，失去了人材，政治哪能革新？國家哪能興盛？湯大爺拜老師竟用「同學晚弟」的帖子，不知禮數，不通已極，朽木不可雕也，難怪余大先生不肯作他的老師。

㈣五河縣人奉承彭、方兩家，為謀發達，講究風水，遷葬父母墳墓，奉承勢利可恥，遷葬更是荒謬卑劣。余大先生在無為州私和人命得銀，明知故犯，讀書人的名節有虧。余二先生代兄受過；杜少卿反對風水遷葬；余氏兄弟家遭火災，不顧忌諱而葬埋父母，堅持著要依禮行事：三件事都是讀書人高尚人格的表現。余殷信口開河，竟說皇帝拍了彭老四一下，幼稚可笑。唐二棒椎不重祖父，而重同年同門，連倫常都不顧，難怪余大先生要面斥反對。虞華軒不肯阿附富貴，在五河縣中，是為出汙泥而不染的可貴之士。

㈤冬烘的王玉輝，只想青史留名，為倫紀生色，竟然鼓勵女兒自殺，甚至想到自己以後還不得如此好題目去死，可見被曲解了的禮教，泯滅人道天性，惡劣的習俗，足能殺人。書呆子中毒已深，不可自拔，等到覺得悽惶，人死不能復生，悔恨已是太遲。虞博士任滿離開南京，以後屈沉於州縣小官，雖然他胸懷恬淡，但仍不免精神流離的痛苦。

十五、俠客行

㈠鳳四老爹

南京名士武書（正字），那一天被高翰林家請去，高家的客人還有施御史，高府的親家秦中書、遲衡山。主人叫管家快去催另一位客人萬中書，對施御史道：「這萬敝友是浙江一個最有用的人，一筆的好字。二十年前在揚州會著，他與我都是秀才。自從學生進京後，彼此就疏失了。前日他從京師回來；說已序班授了中書。」說著，萬中書到了，拜揖敘坐，遲衡山從萬中書口裡得知處州的馬純上馬二先生，已被學道保題了優行①，上京去了。

施御史在旁道：「這些異路功名②，弄來弄去，始終有限。有操守的，到底要從科甲出身。」遲衡山因馬二先生這麼多年，還是個秀才出身，大歎「舉業」無憑。

高翰林道：「遲先生，你這話就差了。我朝二百年來，只有這一樁事是絲毫不會走樣的，馬純上講舉業，其實此中奧妙，他全然不知，他就是作三百年秀才，考二百個案首，進了大場③，也還是沒用的。」

武正字道：「難道大場裡和學道④是兩樣看法不成？」高翰林道：「怎麼不是兩樣！凡學道考得起的，是大場裡再也不會中的；所以小弟未曾僥倖之先，一心只去揣摩大場。學道那裡，時常考個三等也罷了！」

萬中書道：「老先生的大作，敝省的人個個都揣摩爛了。」

高翰林道：「老先生，『揣摩』二字，就是這舉業的金針了。小弟鄉試的那三篇拙作，沒有一句話杜撰的，字字都有來歷，所以才得中舉。若是不知道揣摩，就是聖人也是不中的。那馬先生講了半生的舉業，不知揣摩，都是些不中的舉業。」

萬中書說起，在揚州看到馬二先生註的《春秋》，倒是甚有條理。高翰林道：「再也莫提這話，敝處有一位莊先生，他是朝廷徵召過的，而今在家閉門註《易經》。前日有個朋友和他在一齊，聽見他說：『馬純上知進而不知退，真是一條小小的亢龍。』無論那馬先生能不能比作亢龍，只把一個現活著的秀才拿來解聖人的經書，這也就是可笑之極了。」

武正字忍不住反對，例舉當初文王、周公也曾引用微子、箕子，孔子引用顏子，那時這些人也都是活的，可見活人的言行並不見得就不能引用。

高翰林道：「足見先生博學。小弟專精的是《毛詩》，不是《周易》，所以未曾考核得清。」

武正字道：「提起『毛詩』兩字，越發可笑了。近來這些作舉業的，守著朱註，越講越不明白。四五年前，天長杜少卿先生纂了一部《詩說》，引了些漢儒們的說法，朋友們就都當作新聞。可見『學問』兩字，如今是不必講的了！」

遲衡山道：「這些話都太偏了，依小弟看來：講學問的只講學問，不必問功名；講功名的只講功名，不必問學問。若是兩樣都要講，弄到後來，一樣也作不成！」

當天在高翰林家吃了酒，第二天是秦中書請客，武正字與遲衡山兩個，因覺得這些人氣味不甚相合，推辭了沒來。高翰林、施御史、萬中書都到了。正談之間，忽聽秦府左邊房裡有人高聲叫道：「妙！妙！」一問時，管家稟告，是二老爺的朋友鳳四老爹。秦中書叫請出來。只見一個四十多歲的大漢，兩眼圓睜，雙眉直豎；一部極長的烏鬚，垂過了胸膛；頭戴一頂力士巾；身穿一領元色緞緊袖袍；腳上一雙尖頭靴，腰束絲鸞絛，肘下掛著小刀，走來廳中，作了一個圈揖。

秦中書向大家介詔道：「這位鳳長兄，是敝處一個極有義氣的人；手底下實在有些講究，一部《易筋經》⑤記得爛熟。他若是趲（ㄗㄢˇ zǎn）一個勁，幾千斤石塊打落他頭上身上，他也絲毫不覺得什麼。舍弟現就在跟著學他的技藝。」一問鳳四老爹為何說妙？鳳四老爹道：「是你令弟，令弟才說人的力氣到底是生來的，我就教他提了一段氣，叫人拿棒椎打，越打越不疼，他一時歡喜起來，連說妙、妙！」

秦家請客，飯畢演戲，客人們都點了戲，戲子們裝扮起來。只見那貼旦裝了一個紅娘，一扭一捏，走上場來。紅娘才唱得一聲，忽聽大門口一棒鑼響，好幾個紅黑帽子吆喝了進來。眾人都在疑惑：《請宴》一戲裡從沒有這般作法……只見管家奔進，說不出話來。一個官員走上廳來，後面跟著二十多個快手，當先的兩個，走到上面，把萬中書一手揪住，一條鐵鍊套到頸上，就拖了出去。

(二)假中書變成真中書

這一來，嚇得施御史、高翰林、秦中書，面面相覷，摸不著頭。還是鳳四老爹有見識，提醒眾人，趕快差人去縣裡打聽。抄出一張牌票來看，上面寫著：萬里即是萬青雲，是臺州府已革生員，又是已參革臺州總兵苗而秀案內的要犯，看了還是不明就裡。鳳四老爹親去縣裡打聽，縣裡已派了長差趙昇，連同臺州府的兩位差人，將萬中書以原官服色押回臺州，並在文書上註明。

鳳四老爹把事攬下，帶著三個差人和萬中書到自己家裡，對差人道：「你們三位都是眼亮的，不必多話了，你們都在我這裡住著。萬老爹是我的朋友，這場官司，我是要同了去的，我不會難為你們的！」三個差人都說：「鳳四老爹吩咐，那還有什麼話說，只求老爹辦快一些！」

鳳四老爹把萬中書拉到書房坐著，問道：「萬先生，你的這件事，不妨實在對我說了，就有天大的事，我也可以幫襯你；若是你說含糊話，那就罷了。」

萬中書道：「我看老爹這個舉動，自是個真豪傑。真人面前不說假話；不瞞老爹說，我實在是個秀才，不是個中書。只因家計艱難，沒奈何出來混，要說是個秀才，只好喝西北風；說是個中書，那些商家、鄉紳、財主們才肯有些照應。想不到今日被江寧縣的方知縣把服色、官職寫在批文上，將來解回臺州，牽連的苗總兵欽案都還不打緊，倒是這假冒官員的官司吃不起。」

鳳四老爹沉吟了一刻道：「萬先生，如果你是個真官回臺州，這場官司能不能贏？」

萬中書道：「我同苗總兵只是一面之交，又不曾有什麼過贓犯法的事，只要臺州府不知假官的事，那就不要緊！」鳳四老爹道：「你且住著，我自有道理。」

來到秦中書家，秦中書急問事情如何！鳳四老爹道：「你還問哩！『閉門家中坐，禍從天上來』，你還不曉得哩！」秦中書忙問為何？鳳四老爹嚇他，說是官司夠他打半輩子的，秦中書越發嚇得面如土色。

鳳四老爹這才說出，萬中書是個冒牌的官：「如今一場欽案官司，把一個假官從尊府拿去，那浙江巡撫本上也不要特別指名，只消帶一筆，老先生的事，只怕也就是『滾水潑老鼠』了！」

秦中書問鳳四老爹該怎麼辦？鳳四老爹道：「沒有別的辦法，他的官司不輸，你的身家不破。」

秦中書道：「怎麼叫他的官司不輸？」

鳳四老爹道：「假官輸，真官就不輸！」一言提醒了秦中書，連忙約了高翰林來，商議著由秦中書拿出一千二百兩銀子，由高翰林託施御史，連夜打發人進京，替萬中書辦個保舉的真中書。

鳳四老爹回到家裡，只見萬中書正在望著。鳳四老爹道：「恭喜！如今是真的中書了！」將經過說了。萬中書不覺倒身下去，向鳳四老爹一連磕了二三十個頭。鳳四老爹拉了再拉，方才起來。

㈢俠客痛懲仙人跳

鳳四老爹替萬中書辦了個真中書，又自己帶著行李，同三個差人，送萬中書去臺州審官司。先到蘇州，上了一艘去杭州的船，很大，鳳四老爹一夥五人包了一個中艙、一個房艙，前艙是另一個收絲的客人，二十來歲，生得清秀。船行了一天，到晚在一處小小村落旁泊了。下水頭又來一只小船，就泊在大船旁。晚煙漸散，水光裡月色漸明，萬中書、鳳四老爹同那絲客人在船裡，推開窗子，憑舷看月。旁邊那小船靠攏來，前面撐篙的是個四十來歲的瘦漢，後面火艙裡，是個十八九歲的婦人在掌著舵。

次日開船，鳳四老爹吩咐萬中書，審理之時，不管問的是什麼情節，都只說是家中住的一個遊客鳳鳴岐作的。正說著，只見那絲客人在前艙裡哭，細問方知，昨晚等到大家都睡了，這絲客人還倚著船窗盼那小船上的婦人，那婦人站出艙來，望著絲客人笑；船靠得近，絲客人輕輕捏了她一把，那婦人便笑嘻嘻從窗子裡爬了過來，成了好事。等絲客人熟睡，那婦人竟把他行李裡四封銀子——二百兩——一齊帶走。早上開船，絲客人還是情思昏昏的，到了此刻才發現被偷。真是「啞子夢見媽，說不出來的苦」！

鳳四老爹聽了，沉吟片刻，叫船家搖回去找，找到黃昏時分，只見一株老椰樹下，繫著那只小船。鳳四老爹叫泊近一些，也泊在一株枯柳樹下，吩咐眾人，莫要聲張。自己上岸來閒步，走到小船面前，果然是昨天的婦人和那瘦漢子，在中艙裡說話。鳳四老爹徘徊了一會回船，只見那小船也移到這邊來泊，那瘦子不見了。婦人穿著白衫黑裙，獨自一個，在船窗裡坐著賞月。鳳四老爹假意挑逗，跨過小船來抱那婦人，那婦人假意推來推去，卻不作聲。

鳳四老爹把她一把抱起來，放在膝上。那婦人也就不動，倒在鳳四老爹懷裡。鳳四老爹道：「妳船上沒人，今夜陪我宿一宵，也是前世有緣。」

那婦人道：「我們在船上住家，是從來不混賬的；今晚沒人，遇著你這個冤家，叫我也沒法子了。只在這邊，我不到你船上去。」

鳳四老爹道：「我行李裡有東西，在妳這邊我不放心。」把那婦人輕輕一提，提了過來。

這時大船上人都睡了，中艙裡點著一盞燈，鋪著一副行李。鳳四老爹把婦人放在被上，那婦上就連忙脫了衣裳，鑽進被裡。等了一會，不見鳳四老爹解衣，卻聽見軋軋櫓聲，船在啟行，婦人要抬起頭來看，卻被鳳四老爹一腿壓住。婦人急了道：「你放我回去吧！」

鳳四老爹道：「獃妮子，妳是騙錢，我是騙人，一樣的騙，妳嚷什麼？」那婦人這才曉得是上當了，只得哀告道：「你放了我，任憑什麼東西，我都還你就是！」

鳳四老爹停了船，叫絲客人包了婦人通身上下衣裳，走回十多里去找到她的丈夫，取出被偷的四封銀子，才將婦人還他。絲客人拿了一封銀了，五十兩，來謝鳳四老爹。鳳四老爹沉吟了一刻，竟收了，隨即分作三分，送與三個差人，差人謝了收下。

㈣大堂上的表演

到了臺州，萬中書照舊穿了七品公服，戴紗帽，著靴，只是頸裡繫著鍊子，府差繳了牌票，臺州府祁太爺坐堂，一見犯人紗帽圓領，先吃一驚；又看了批文上有：「遵例保舉中書」字樣，又吃一驚，抬頭看那萬里，直立著未曾跪下，就問：「你的中書，是什麼時候得的？」萬中書道：「是本年正月。」祁太爺道：「何以不見知照？」中書道：「由閣咨部，由部咨本省巡撫，也須一些時日，想來眼下也就該要到了。」

祁太爺道：「你這中書，早晚也要革的了。」萬中書道：「中書自去年進京，今年回到南京，並無犯法的事。請問太公祖，隔省差拿，是何緣故？」祁太爺道：「那苗總兵疎失海防，被撫臺參拿了，衙門裡搜出你的詩箋，上面一派阿諛的話⑥，想是你被他買通了作的，現有贓款，你還不知道嗎？」

萬中書道：「這是冤枉，中書在家時並未會過苗鎮臺一面，怎會有詩送他？」

祁太爺道：「本府親自看過，那些詩後面還有你的名姓印章。現今撫院大人巡海，駐紮本府，等著要題結這一案，你還能賴嗎？」

萬中書道：「中書雖然忝列宮牆，詩卻是不會作的。家中住著一個名叫鳳鳴歧的客人，上年刻了大大小小幾方印章送中書，就放在書房裡，就是作詩，也是他會作，恐怕是他假冒中書之名，也未可知！」

祁太爺立拿鳳鳴歧，上堂問話，問他與苗總兵是否相與？他說並不認得苗總兵。又問他為何冒萬里之名，作詩用印贈與苗總兵？

鳳四老爹道：「不但我生平不會作詩，就是作詩送人，也不能就算是犯法的事。」祁太爺道：「這廝強辯！」叫「取過大刑來！」

堂上堂下衙役，吆喝一聲，把來棍向堂上一摜。兩個人扳翻了鳳四老爹，把他兩隻腿套在夾棍裡。祁太爺道：「替我用力地夾！」那扯繩子的皂隸，用力把繩一收，只聽咯嚓一聲，那夾棍迸為六段。

祁太爺道：「這廝莫不是有邪術？」隨叫換了新夾棍，硃標一條封條，用了印，貼在夾棍上，重新再夾。哪知道繩子還沒扯，又是一聲響，那夾棍又斷了。一連換了三付夾棍，足足迸作了十八截，在大堂上散了一地。鳳四老爹只是笑，並無一句口供。祁太爺只得退了堂，犯人寄監，親自上公館面稟撫軍。那撫軍聽了，知道鳳鳴歧是有名的壯士，其中必有緣故；況且苗總兵已死在獄中，萬里保舉中書的知照，又已到院，此事已不關緊要了，吩咐祁知府從寬辦結，竟將萬里、鳳鳴歧都釋放了。一場焱騰騰的官司，就這樣被鳳四老爹一瓢冷水澆息。

萬中書同鳳四老爹回到家中，念不絕口地說道：「老爹真是我的重生父母，叫我如何得報？」

鳳四老爹大笑道：「我與先生既非舊交，向日又不曾受過你的恩惠，這不過是我一時偶然高興。你若認真感激起我來，那倒是個鄙夫之見了。我今要往杭州去尋一個朋友，就在明日便行。」

萬中書再三挽留不住，次日，鳳四老爹果然別了萬中書，不曾受他杯水之謝。

㈤抱不平英雄代討債

鳳四老爹來到杭州，想起有朋友陳正公，向日欠著自己幾十兩銀子，正好找著他要了作盤纏回去。來到錢塘門外，遇見了秦中書的老弟秦二侉（ㄎㄨㄚ kuā）子，也已來到杭州，介紹認識胡尚書的八公子胡八亂子，兩個人都愛武藝，對鳳四老爹極為傾慕！

秦二侉子寓在伍相國祠後面樓下，鳳四老爹進來，看到壁上的一幅字，指著向二位道：「這個洪憨仙和我相與，他初時也愛學武藝，後來不知怎的好弄玄虛，燒丹煉汞，不知如今怎樣了？」

胡八亂子道：「說起來，竟是一場笑話。三家兄幾乎上了此人一個大當。那年勾著處州的馬純上，慫恿家兄煉丹。銀子都已封好，還虧家兄運高，這洪憨仙突然死了……」

談起胡三公子，胡八亂子道：「家兄為人，與小弟的性格不同，慣喜結交一班不三不四的人，作歪詩，自稱名士，其實好酒好肉也不曾吃過一斤，倒整千整百的被人騙了去，眼也不眨一眨。小弟生性喜歡養幾匹馬，他就說糟蹋了他的院子。如今我已搬了出來，與他分開住了。」

聽說鳳四老爹要找陳正公，胡八亂子說陳正公現在不在家，同一個毛二鬍子上南京賣絲去了，那毛二鬍子也是胡三公子的舊門客。秦二侉子留鳳四老爹在寓同住，一面由胡八亂子叫人捎信給陳正公，囑咐回來杭州時與鳳四老爹一會。

第二日到胡八亂子家，見著了有幾位客，都是胡老八平日裡相與馳馬試劍的朋友，今日特來請教鳳四老爹的武藝。胡老八新買了一匹棗騮馬⑦，帶著眾客看馬，那馬十分跳躍，不提防，馬蹄一伸，把一位少年客的腿踢了一下，那少年痛得蹲下身去。胡八亂子看了大怒，走上前，一腳就把那馬的馬腿踢斷。眾人吃了一驚，秦二侉子讚道：「好本事！」

當下擺酒上席，吃了個盡興。秦二侉子請鳳四老爹隨便使一兩件武藝給大家見識見識，鳳四老爹叫人搬了八塊方磚，放在階沿上，右手袖子捲一捲，八塊方磚，疊作一朵，足有四尺來高。鳳四老爹用手一拍，只見那八塊方磚碎成了幾十塊，一直到底。眾人齊聲贊歎。

秦二侉子道：「我們鳳四哥練就了這個手段，他的那本經上『握拳能碎虎腦，側掌能斷牛首』。這個還不算出奇。胡八哥，你方才踢馬的腿勁也算是頭等的了，你敢在鳳四哥的腎囊上踢一下，我就服你！」眾人都笑說：「這個如何使得？」

鳳四老爹道：「八先生，你果然要試一試，這倒不妨，若是踢傷了我，只怪秦二老官，與你不相干。」眾人都慫恿胡八亂子一試，胡八亂子便道：「果然如此，我就得罪了。」

鳳四老爹把前襟提起，露出褲子來。胡八亂子使盡平生力氣，飛起右腳，向他襠裡一腳踢去。那知這一腳不像是踢到肉上，倒好像踢到一塊生鐵板上，把五個腳指頭幾乎碰斷，這一痛直痛到心裡，頃刻之間，一隻腿就提不起來了。靴子脫不下來，此後足足腫疼了七八天。

鳳四老爹住在秦二侉子下處，每天打拳、跑馬，倒不寂寞。這一天陳正公的姪兒陳蝦子來找，說是要去南京接他叔父，鳳四老爹託他捎個口信，關於陳正公以前挪借的五十兩銀子，得便請他算還。陳蝦子來到南京，找到一家絲行，尋著陳正公。那陳正公正同毛二鬍子在一桌上吃飯，見了姪子，安頓了住下。

這毛二鬍子，先年在杭州開絨線鋪，原有兩千銀子的本錢……後來鑽到胡三公子家作幫閒，又賺了他兩千銀子，搬到嘉興，開了爿小當鋪，近來與陳正公合夥販絲。兩人都是一樣的小氣吝嗇，因此志同道合。南京絲行供給絲客人的飲食豐盛，毛二鬍子向陳正公道：「這行主人供給我們頓頓有肉，這不是行主人的肉，就是我們自己的肉。左右會被他算了錢去，我們不如只吃他的素飯，葷菜自己買來吃，豈不是便宜？」陳正公道：「正該如此。」以後吃飯用菜，叫陳蝦子到熟切擔上去買十四個錢的薰腸子，三個人同吃，熬得那陳蝦子清水滴滴流。

一日，毛二鬍子向陳正公道：「胭脂巷一位中書秦老爺要上北京補官，整程一時不得應手，情願七扣的短票借一千兩銀子，我想這是極穩的主子，又是三個月內必還。老哥買絲餘下的銀子，何不秤出二百一十兩借他；三個月就拿回三百兩。老哥如不信，我另寫一張保證給你！」陳正公依言，借了出去。三個月後，毛二鬍子替他討回這一筆銀子，銀子又足，陳正公滿心歡喜。

又一日，毛二鬍子道：「我有個朋友，是個賣人參的客人。他說國公府裡徐九老爺有個表兄陳四老爺，拿了他斤把人參，而今他要回蘇州，陳四老爺一時銀子不湊手，就託他情願對扣借一百兩銀子還他，限兩個月就拿二百兩銀子取回借據，也是一宗極穩的道路。」陳正公又拿出一百兩銀子，交與毛二鬍子借出去。兩個月後討回，足足二百兩，兌一兌還多三錢，把個陳正公歡喜得了不得。

陳蝦子被毛二鬍子小氣控制，沒酒沒肉，心裡恨他，勸叔子正正當當作絲生意，莫要聽毛二老爹的話放債，放債到底是不妥的事。而且拖掛起來，不知要到何時才能返鄉？陳正公卻說不妨。再過幾日，就可以回去了。

那一日，毛二鬍子接到家信，看完了咂嘴弄脣，只管獨坐著躊躇。陳正公問他不說，再三追問，毛二鬍子道：「小兒寫信來說，東頭街上談家當鋪折了本，要倒與人；現在有半樓貨，值得一千六百兩，如今事急，只要一千兩就出脫了。我想我那小典當裡若是把他的貨倒過來，倒是一宗好生意，可惜我現在缺錢。」

陳正公主動要借銀子給毛二鬍子，毛二鬍子道：「罷罷——老哥，生意事拿不穩，設若將來虧折了，不夠還你，那時叫我拿什麼臉來見你？」陳正公見他如此至誠，一心一意要把銀子借與他，每月只要二分利，毛二鬍子要找中人立借據，陳正公卻說不必，總以信行為主，一切手續全免。當下陳正公瞞著陳蝦子，湊足了一千兩銀子，封得好好地交與毛二鬍子，帶回嘉興去盤那間當鋪的貨。

又過了幾天，陳正公收齊了賣絲的銀子，辭了行主，帶著陳蝦子搭船回家，順便到嘉興來看毛二鬍子。問到毛二鬍子開的當鋪，朝奉⑧竟說：「這鋪子原是毛二爺起頭開的，而今已經倒與歙東汪家了！」

陳正公大吃一驚，問道：「他前幾天可曾來？」朝奉道：「店已不是他的，他還來做什麼？」陳正公再問：「他而今哪裡去了？」朝奉說不知道。

陳正公急得一身臭汗，趕回杭州。第二天有客來訪，開門一見，是鳳四老爹，就說：「承借的五十兩早應奉還，想不到我近日被人騙了，無法可施。」鳳四老爹問起緣由，陳正公細細說了。

鳳四老爹道：「這個不妨，我自有道理，明日我同秦二老爺回南京，你先去嘉興等著我，我包你討回，一文不少，如何？」陳正公道：「如能討回，重重奉謝老爹。」

鳳四老爹偕同秦二侉子上船來到嘉興，一直找到毛家當鋪，只見陳正公正在他店裡吵著。鳳四老爹高聲嚷道：「姓毛的在家不在家？陳家的銀子到底還不還？」櫃台裡朝奉正待出來答話，只見鳳四老爹兩手扳著牆門，把身子往後一掙，那垛牆就拉拉雜雜卸下了半堵。秦二侉子正要進來看，幾乎把頭打著。那些朝奉和取當的看了，都目瞪口呆。

鳳四老爹轉身走上廳來，背靠著櫃台外柱子，大叫道：「你們要命的，快些走出去！」說道，把兩手背剪著，把身子一扭，那條柱子就離地歪在半邊，一架廳簷塌了一半，磚頭瓦片，紛紛打下來，灰土漫天，還虧得朝奉們跑得快，不曾傷了性命。

街上的人，擠滿了看。毛二鬍子見不是事，只得從裡面走出來。鳳四老爹一頭的灰，越發精神，走進樓底，靠著庭柱。眾人一齊上前軟求。毛二鬍子自認不是，情願把這一筆賬本利清還，只求鳳四老爹不要再動手。鳳四老爹大笑道：「量你有多大的一個巢窩，不夠我一頓飯時間，都把你拆成平地！」

秦二侉子同陳正公都到樓下坐著。秦二侉子道：「這件事，原是毛兄的不是。你以為沒有中人借券，打不起官司，告不起狀，就可以白騙他，可知『不怕該債的精窮，只怕討債的英雄』，你如今遇著了鳳四哥，還怕你賴到哪裡去！」

毛二鬍子只得將本利一並兌還，完了這件橫事。陳正公得了銀子，送秦二侉子、鳳四老爹二位上船。拿出兩封——一百兩——銀子來謝鳳四老爹。鳳四老爹笑道：「這不過是我一時高興，哪裡要你謝我！留下五十兩，以清前帳；這五十兩，你還是拿回去。」陳正公謝了又謝，拿著銀子，辭別二位，另上小船去了。

㈥青樓名妓笑書呆

秦中書與陳四老爺陳木南留連在來賓樓，其後秦中書補缺將近，進京去了。來賓樓的名妓聘娘，與陳木南打得火熱，陳木南與國公府的徐九公子交好，更是身分不同。向聘娘誇說他再過一年，就可以得個知府前程，想要用幾百兩銀子替聘娘贖了身，帶去任上。那聘娘撒嬌撒痴，道是愛他的人，並不貪圖他的官，要陳木南莫要辜負了她，哄得陳木南滿心歡喜。聘娘日有所思，夜有所夢，夢見陳木南真的陞授了杭州府正堂，管家奴婢們來接太太上任，突然出現一個黃臉禿頭的尼姑來，硬說聘娘是她的徒弟，不准去作官太太，聘娘急得大叫一聲，醒來竟是南柯一夢。

國公府的三老爺選了福建漳州府正堂，九老爺要同去任所，約表兄陳木南一齊去，陳木南戀著聘娘，不能成行。向九公子借了銀兩留下，那聘娘心口疼的毛病發了，用的都是極貴重的藥，陳木南竭力報效。延壽庵的尼姑本慧前來化緣，聘娘見她和夢中出現的尼姑一樣，心中十分懊惱。

找了個瞎子來算命，那瞎子說生意不好，二十年前南京城來了個陳和甫替大老官家算命，亮眼的生意反比瞎眼的好。現在陳和甫死了，他的兒子天天和丈人吵架，吵到後來，一氣出家作了個酒肉和尚，「無妻一身輕，有肉萬事足」。每天測字得錢，就買肉吃，吃了就念詩，十分自在。

那一天與同行測字的丁言志抬槓，說起當年鶯脰湖盛會，丁言志說是胡三公子約趙雪齋等名士分韻作詩；陳和尚卻說是婁家公子約人，其中就有他父親陳和甫，並不曾作詩。丁言志說陳和尚冒認是陳和甫的兒子，陳和尚大怒，兩人揪打起來。陳木南來勸，叫丁言志替他測一個字，看什麼時候能去福建？丁言志勸他快走，莫再猶豫。

陳木南床頭金盡，來看聘娘，聘娘不在，虔婆對他冷落，丫頭捧一杯茶來，陳木南接在手裡，不太熱，吃了一口，就不吃了。陳木南踱了出來，碰到人參鋪要債的，好不容易脫了身，心想不是事，回到住處，也不通知房東，就此一溜煙去了。

第二天丁言志帶著詩稿來請教，碰到一些債主，方知陳木南早已走了。丁言志聽說聘娘也會看詩，想著去會她一會，回家換了件半新不舊的衣服，戴一頂方巾，到來賓樓來。烏龜看他像個獃子，問他來做什麼？他說來和姑娘談談詩，烏龜說先要繳錢，丁言志在腰裡摸出一包散碎銀子來，一秤共有二兩四錢五分，烏龜說還差五錢五分，丁言志說先會了姑娘再找給他。

上得樓來，見聘娘在打棋譜，丁言志上前作了一個大揖，聘娘覺得好笑，請問他來做什麼?丁言志道：「久仰姑娘最喜看詩，我有拙作，特來請教。」

聘娘道：「我們本院的規矩，詩是不能白看的，先要拿出花錢來再看。」丁言志在腰裡摸了半天，摸出了二十個銅錢來放在花梨桌上。

聘娘大笑道：「你這個錢，只好給撈毛的⑨，不要弄髒了我的桌子，快些收了回去買燒餅吃吧！」把個丁言志羞得滿臉通紅，低著頭、捲了詩，揣在懷裡，悄悄下樓回家去了。

虔婆還以為聘娘結交了獃子，得了花錢，上樓來向聘娘要錢，聘娘說她瞧不起二十個錢，虔婆罵她不曾好好下工夫詐客人的銀子，平日花錢不曾分給虔婆，聘娘反唇相譏，道是歷年替院裡掙了多少銀子，如此小事就來責怪，一個沒錢的獃子也放上樓來。

虔婆大怒，一個嘴巴把聘娘打倒在地，聘娘大哭大鬧，要尋刀刎頸，繩子上吊，鬧得要死要活，結果無奈，只得依了她，拜延壽庵本慧尼姑為師，剃光了一頭青絲，出家去了。

【註釋】

①優行：學行優等。

②異路功名：不是科舉正途的功名。

③大場：舉人、進士的考試。
④學道：由地方學官主持的考校。
⑤易筋經：書名、二卷、原題西竺達摩祖師撰，般利蜜諦譯義，專講鍊身之法。
⑥阿諛：奉承、拍馬。
⑦棗騮馬：赤紅色的馬。
⑧朝奉：店鋪裡管事的人。
⑨撈毛：妓院裡工作的下人。

【批評分析】

㈠武書談詩，主張不可拘泥朱註，應該旁博參考，是和杜少卿一樣的正確觀念。高翰林談舉業：說他的文章沒一句是杜撰的，字字都有來歷，以為得意，而事實上正表示他是一個毫無創見的抄書匠。莊紹光評馬二先生是知進而不知退的亢龍，高翰林認為以現在的秀才解聖人經書為可笑，武書舉文王、周公引用微子、箕子，孔子引顏子的例證反駁，高翰林立刻自找下臺階，承認淺陋，說自己專精的是《毛詩》，不是《周易》，其實以他拘限一隅的讀書方法，對任何經書來說，他都是讀不通的。

㈡萬中書明白說出冒稱中書是為獲得商家、鄉紳、財主們的照應，可見社會風氣的勢利。鳳四老爹俠肝義膽，救人救徹的精神最是使人敬愛。

㈢仙人跳色情陷阱一段，顯示社會風氣笑貧不笑娼的嚴重。

㈣毛二鬍子先取得陳正公的信任，然後下手詐騙，小人毒計，高明得可怕。鳳四老爹仗義援手，討債一段，痛快淋漓，不受陳正公的酬銀，尤其光明磊落。

㈤揭開歡場內幕，聘娘的虛情假意，虔婆的勢利，是社會寫實的鑑照。

十六、平民中的高潔人物

㈠嶔崎磊落的王冕

《儒林外史》在卷首楔子裡刻劃了一個嶔崎①磊落的王冕。他是元朝末年、諸暨鄉間的人，七歲父親去世，母親作針線供他去村學堂讀書。十歲時生活艱難，輟學去替間壁秦家放牛。省下秦家給他的點心錢專買舊書，放牛時坐在柳蔭樹下看，三四年後，王冕看書，心下也著實明白了。

那天在七泖湖畔，看到雨後景致，想著要學畫，沒有師承，又想到天下哪有學不會的事？自此後就勤力練畫，無師自通，畫到三個月之後，畫出的荷花精神顏色無一不像，就像是才從湖裡摘下貼在紙上的。漸漸傳聞遠近，成了個畫沒骨花卉的名筆。多有人爭著買畫。到得十七八歲時，不在秦家了，每天畫幾筆畫，讀古人詩文，漸漸不愁衣食，母親心裡歡喜。

這王冕生性聰明，不滿二十歲，那天文地理，經史上的大學問，無不貫通。生性恬淡，不求官爵，不交納朋友，終日閉戶讀書。常在花明柳媚的日子，用牛車載了母親，戴著高帽，穿了闊衣，執鞭唱曲，去鄉村鎮上湖邊玩耍，惹得鄉下孩子成群跟著他笑，他也不在意。

秦老的兒子秦大漢的乾爹翟買辦，是諸暨縣衙的一個頭役②，那日來尋，因本縣時太爺要畫二十四幅花卉冊頁送上司，請王冕費心，王冕應了。知縣將冊頁送與權貴危素③，危素極為歡喜，對時知縣說：「我學生出門久了，故鄉有如此賢士，竟然不知，可為慚愧！此人不但才高，胸中見識，大是不同，將來名位不在你我之下！」

危素想見王冕，時知縣命翟買辦持帖去約，王冕謝了不去，翟買辦無法回話，秦老出主意說回覆抱病就好，翟買辦又說即使有病，也要取得鄰居的證明，爭論了一番，還是秦老出來打圓場，叫王冕問母親秤了三錢二分銀子送與翟買辦作差錢，方才應諾去了。回覆了知縣，知縣心疑是翟家這奴才狐假虎威，嚇著了王冕，故而不敢來見。想著要自己下鄉去拜他，帶他去見老師危素，老師一定會以為自己辦事勤敏。又想著堂堂縣令，屈尊去拜鄉民，會惹笑話。又想道：「老師口氣甚是敬他，我當然更該敬他，況且屈尊敬賢，將來志書上少不得要稱讚我……」主意已定，竟然下鄉來拜王冕。王冕不在家，撲了個空，時知縣心裡十分惱怒。

秦老怪王冕不該如此固執，王冕道：「這時知縣倚著危素的勢，酷虐小民，無所不為。這樣的人，我為什麼與他相與？但這番可能使危素老羞成怒，我還是到別處躲幾時才好！」把母親託了秦老照顧，遠走濟南，賣畫維生。

不久黃河決堤，百姓逃荒，官府不管，四散覓食，王冕歎息道：「河水北流，天下行將大亂。我還是回鄉去吧！」束裝回來，打聽到危素已經回朝，時知縣也陞任去了，放心回家，拜見母親，謝過秦老。

六年後母親病重，吩咐王冕道：「我眼見得不濟事了，這幾年來，人家都說你有了學問，該勸你出去作官。作官雖是榮宗耀祖，但我看那些作官的都沒有什麼好收場。況你性情高傲，如果弄出禍來，反而不美。我兒可聽我遺言，將來娶妻生子，守著我的墳墓，不要出去作官。」王冕哭著應諾，母親放心地歸天去了。

王母死不到一年，天下大亂。方國珍、張士誠、陳友諒，不過是些草莽英雄。只有太祖皇帝，起兵滁陽，得了金陵，立為吳王，乃是王者之師。破了方國珍，號令全浙，鄉村鎮市，並無騷擾。那一日日中時分，十幾騎馬來村，為首一人，頭戴武巾，身穿團花戰袍，白淨面皮，三綹髭鬚，真有龍鳳之表，原來竟是吳王自來訪王冕。施禮坐下之後，吳王道：「孤是粗魯漢子，今日見到先生儒者氣象，不覺功利之見頓消。孤在江南，即已久慕大名，今來拜訪，要先生指示：浙人久反之後，要如何才能服人心？」

王冕道：「大王高明遠見，不消鄉民多說。若以仁義待人，何人不服？豈只是浙江。若以兵力服人，浙人雖弱，惟恐義不受辱，方國珍就是一個先例。」吳王歎息點頭。兩人促膝談到日暮，從者在外，自帶乾糧，王冕去廚下，烙了一斤麵餅，炒了一盤韮菜，捧出來陪著吳王吃了，吳王道謝教誨，上馬率眾離去。後來秦老問起此事，王冕只說是軍中一個相識的將官來訪。

不數年，吳王統一天下，國號大明，年號洪武。到了洪武四年，秦老從城裡得知消息，那危素歸降之後，妄自尊大，在太祖面前，自稱老臣，太祖大怒問罪，派去和州守余闕④墓。另一條消息，是禮部議定取士之法，三年舉行一次，考的是五經、四書、八股文。王冕見了公報，指給秦老看，說道：「這個法卻訂的不好，將來讀書人既有此一條榮身之路，把那文行出處⑤，都看得輕了。」

到了夜間，與秦老在打麥場上小飲，王冕指出星象，說是一代文人有危！話猶未畢，忽起一陣怪風，樹木颼颼地響，水面眾鳥驚起，兩人嚇得衣袖蒙臉。少頃風定，看天上時，有百十個小星，都墜向東南角去。王冕道：「天可憐，降下這夥星君去維持文運，我們是來不及見著的了！」

此後常有傳說，朝廷行文到浙江布政司，要徵聘王冕出來作官，王冕初不在意，後來漸漸說得多了，王冕也不通知秦老，連夜逃往會稽山中。半年之後，朝廷果然派遣官員，捧著詔書，帶領多人，帶著綵緞表裡前來，見著秦老，已是八十多歲皓鬚老叟，拄著拐杖出迎。官員說皇恩授王冕諮議參軍之職，特地捧詔而來，秦老告訴他王冕久已不知去向，同去看王冕的家，只見荒涼殘破，果然是久無人住，那官咨嗟歎息了一回，仍舊捧詔覆旨去了。

王冕隱居在會稽山中，沒有人知道他就是王冕，後來得病去世，由山鄰們把他葬在會稽山下。

㈡寫字的季遐年

到了萬曆二十三年，南京的名士，都已漸漸銷磨盡了。虞博士那一輩人，有的死了，有的老了，有的四散去了，有的閉門不問世事。花壇酒社，沒有才俊之人；禮樂文章，也不見賢人講究。論出處，不過得手的就是才能，失意的就是愚拙；論豪俠，不過有餘的就會奢華，不足的就見蕭索。憑你有李白、杜甫的詩才，顏淵、曾子的品行，也沒有一個人來問你。所以那些大戶人家，冠婚喪祭、鄉紳堂裡、筵席上坐著、講的無非是陞遷調降的官場；就是那貧賤儒生，做的也不過是揣合逢迎的考校。

哪知市井之中，又出了幾個奇人。

一個是會寫字的季遐年，自幼無家無業，寺院裡安身。和尚吃齋時，他也捧鉢隨堂吃飯，和尚也不厭他。他的字寫得最好，卻又不肯學古人的法帖，自創格調。凡人請他寫字時，他三日前就要齋戒一日，第二日磨一天的墨，一定要自己磨，就是只寫十四個字的對聯，也要用半碗墨。用的筆卻是人家用壞了不要的，他才用。寫字時要三四個人替他拂著紙，有一點不好他就要罵、要打。他寫字要等他高興情願，不然的話，任你王侯將相，大捧銀子送他，他正眼也不看。

他不修邊幅，穿一件稀爛的長袍、拖一雙破蒲鞋，每日寫字得來的筆資、吃飯剩下的錢，都送給不相識的窮人。那一天大雪，去朋友家，一雙破鞋踹了人家一書房汙泥。主人說鞋壞了該換了，他說沒錢。主人說若他肯送一幅字，就買鞋送他，他不肯。主人拿出一雙鞋來叫他換，他竟然惱了出門，嚷道：「你家是什麼要緊的地方，我這雙鞋就不能坐！我坐你家，還算是抬舉你，我才不稀罕你的鞋哩！」一直走回天界寺，氣呼呼地隨堂吃了一頓飯。

吃完，看見和尚房裡擺著一匣上好的香墨，季遐年問這墨要不要寫字？和尚說是施御史的孫子送的，要留著送別的施主老爺，不要寫字。季遐年硬說要寫，自己動手磨墨，和尚知道他的性情，故意用激將法讓他自己寫。

磨墨時，施御史的孫子來了，看到季遐年，彼此不理。季遐年磨完了墨，拿出紙來，叫四個和尚替他按著，取了一管敗筆，蘸飽了墨，把紙看了一會，一口氣就寫了一行。有個小和尚動了一下，他就用筆一戳，痛得小和尚大叫，矮了半截。老和尚過來勸季遐年莫生氣，替小和尚按紙，讓他寫完。施御史的孫子也過來看了一會。

次日，施家的一個小廝來問：「有個寫字姓季的，我家老爺叫他明天去府裡寫字。」季遐年道：「他今日不在家，我明日叫他來就是！」

第二天去下海橋施家，門上人攔住道：「你是什麼人？」季遐年道：「我是來寫字的。」正好昨日那小廝出來，見了道：「原來就是你，你也會寫字。」帶他進入大廳。

施御史的孫子，剛剛走出屏風，被季遐年指著大罵：「你是何等之人，敢來叫我寫字！我又不貪你的錢，又不慕你的勢，又不借你的光，你敢叫我寫起字來！」一頓大嚷大叫，把個施鄉紳罵得閉口無言，低著頭進去了。那季遐年又罵了一會，依舊回天界寺去了。

㈢賣火紙筒的王太

又一個是賣火紙⑥筒子的王太，祖先是三牌樓賣菜的，到他父親手裡窮了，連菜園都賣掉了。這王太自幼就喜歡下圍棋，父親死後，無以為生，每天到虎踞關一帶，賣火紙筒過活。

那一天，妙意庵有盛會，遊人眾多。王太走來柳蔭樹下，一個石台，兩邊四條石凳，三四個大老官，簇擁著兩個人在那裡下棋。一個穿寶藍色衣服的人說道：「我們這位馬先生，前日在楊州鹽台那裡，下的是一百一十兩銀子的彩頭，他前後共贏了二千多銀子。」又一個穿玉色衣服的少年道：「馬先生是天下大國手，只有這位卞先生受兩子，還可以敵得來，我們要學到卞先生的棋力，也著實是費力不易！」

王太挨著上來看，小廝們見他穿得襤褸，推開他不許他上前。坐著的主人問：「你這樣一個人，也曉得看棋？」王太道：「略微知道一些。」看了一會，嘻嘻地笑。那姓馬的國手道：「你笑什麼，難道你能下得過我們？」王太道：「也勉強將就。」主人道：「你是何等之人，好同馬先生下棋？」姓卞的道：「他既大膽，何不就叫他出個醜，好叫他知道我們老爺們下棋，不是他這種人能插嘴的！」

王太也不推辭，擺起子來，就請那姓馬的國手先動，旁觀的人都覺得好笑。那姓馬的同他下了幾著，覺得他出手不同；下了半盤，姓馬的站起身來道：「我這棋輸了半子了！」看的人還不明白。姓卞的道：「論這局面，確是馬先生稍敗了些。」

眾人大驚，就要拉著王太吃酒。王太大笑道：「天下那有比殺矢棋更快活的事，我殺過了矢棋，心裡快活極了，哪裡還吃得下酒！」說畢，哈哈大笑，頭也不回，就這樣走開去了。

㈣開茶館的蓋寬

蓋寬本是開當鋪的。二十多歲的時候，家裡有錢，開著當鋪，有田地、又有洲場。親戚本家都是些有錢的，他嫌人家俗氣，每天在書房裡作詩、看書、畫畫。後來畫得好，就有許多作詩畫畫的同他來往，雖然都不如他，他卻愛才如命，一有人來就留酒留飯。這些人家有緊急事沒錢用，向他說，他從來不推辭，幾百、幾十拿與人用。

當鋪裡的伙計說他獃，瞞著他作弊，本錢漸漸消折了，田地又連年淹水，變賣時買田的嫌收成薄，值一千兩的只出五六百兩。沒奈何也只得賣了，得來的銀子放在家裡秤著用，用了幾時又沒有了，只靠著洲場利錢過活。誰知沒良心的夥計放火，把院子裡幾萬擔柴都燒了。一塊塊結成如太湖石一般，光怪陸離。蓋寬看見好玩，還把這些倒運的東西的留著。夥計們見不是事，都辭職去了。

又過了半年，生活艱難，賣了大房搬去一所小房。又過了半年，妻子死了，辦喪事又把小房變賣了。可憐的蓋寬，帶著一兒一女，在一處僻靜巷裡，尋了兩間房子開茶館。每天一面賣茶一面看書、看詩畫。茶館利錢有限，一壺茶只賺得一個錢，每日賺五六十個錢，只能對付著過清苦的日子。

那天有個鄰居老爹過來，見他十月天氣還穿著夏布衣裳，問道：「你老人家現今十分艱難，從前多少人受過你的惠，而今都不來了；你的親戚本家也都不錯，何不去向他們商議，借個大些的本錢來，作個大些的生意過日子？」

蓋寬道：「老爹，世情看冷暖，人面逐高低，當初我有錢的時候，身上體面，跟班的小廝整齊，和親戚本家在一塊，還搭配得上。如今這般光景，去他們家，他就不嫌我，我自己也覺得可厭。至於受過我惠的，都是窮人，如今又到有錢的地方了，哪還肯來看我！我若去尋他們，只會惹氣，何苦！」

鄰居約他出去走走，兩人一路步出南門，吃了一頓五分銀子的素飯，那老爹會了帳。

踱進報恩寺來，門口買了一包糖，去寶塔背後一處茶館裡吃茶。談起如今不比當年，若是虞博士那班名士還在，憑蓋寬的畫筆，也不會落到如此潦倒。鄰居老爹說起當年泰伯祠大祭，好不熱鬧，那時的老爹才二十多歲，擠著來看，把帽子都擠掉了。如今賢人名士都已不在，泰伯祠也荒蕪了。

兩人來泰伯祠，山頭倒了半邊。門前小孩踢球，兩扇大門倒了一扇，堆在地下，走進去，三四個鄉間老婦在丹墀裡挑薺菜，大殿上槅子都沒了，再去後邊，五間樓裡，連樓板都沒一片。蓋寬歎息道：「這樣一個名勝所在，而今破敗如此，就沒有一個人來修理，多少有錢的，拿著整千銀子去蓋僧房道院，卻沒有一個肯來修理聖賢的祠宇！」鄰居老爹道：「當年遲衡山先生買了許多古式禮儀器具，收在樓底下的幾個大櫃裡，如今連櫃子都不見了。」

嗟歎了一出來，兩人去雨花台絕頂，望著隔江山色，嵐翠鮮明，那江中來往船隻，帆檣歷歷可數；一輪紅日，沉沉地旁著山頭落下。兩人緩緩下山，進城回去。蓋寬依舊賣他的茶，半年之後，有個人家出了八兩銀子的束脩，請他到家裡教館去了。

(五)裁縫師傅荊元

五十多歲的荊元，在三山街開著一家裁縫鋪。每天作生活的餘暇，就彈琴寫字，也喜歡作詩。朋友問他：「你既要作雅人，為什麼又作裁縫？何不和些學校裡的人去結交來往？」他道：「我也不是要作雅人；只是性情相近，故此時常學學。至於我這裁縫行業，是祖父留下來的，難道讀書識字，作了裁縫，就玷汙了不成？況且那些學校裡的朋友，他們另有一番見識，怎肯和我們結交？如今我每日尋得六七分銀子，吃飽了飯，要彈琴、要寫字，諸事都自由；我又不貪圖人家的富貴，又不伺候人家的顏色；天不收、地不管，還有什麼不快活的？」

那天，荊元來清涼山找老友于老者，于老者不讀書、也不作生意，督率五個兒子灌園為業。那園子有二三百畝大，中間空地，種了許多花卉，堆著幾塊石頭。老者的幾間茅草房就蓋在旁邊，手植的幾棵梧桐，已長到三四十圍。老者看著兒子灌溉了，就在茅齋生火煨茶，吃著茶看園子裡的新綠。

荊元來了，坐下用茶，茶的色香味都好，原來是用井泉之水烹的。荊元感慨道：「古人常說桃源⑦避世，我看哪要什麼桃源，只如老爹這樣的清閒自在，住在這樣城市山林的所在，就是活神仙了！」于老者想聽荊元彈琴，荊元答應，明日攜琴過來請教。

次日，荊元抱琴而來，于老者早焚下一爐好香，替荊元把琴安放在石凳上。荊元席地坐下，慢慢和絃，彈了起來，鏗鏗鏘鏘，聲震林木，鳥雀都在枝葉間竊聽。彈了一會，忽作變徵（ㄓˇ zhǐ）⑧之音，淒清宛轉。于老者聽到深微之處，不覺悽然淚下。

自此，他兩人就時常往來。看官！難道自今以後，就再沒一個賢人君子，可以進入《儒林外史》嗎？

記得當時，我愛秦淮，偶離故鄉，
向梅根冶⑨後，幾番嘯傲，杏花堆裡，幾度徜徉。
鳳止高梧，蟲吟小榭⑩。也共時人較短長。
今已矣！把衣冠蟬蛻，濯足滄浪。⑪
無聊且酌霞觴，喚幾個新知醉一場。
共百年易過，底須愁悶？千秋事大，也費商量
江左煙霞、淮南耆舊，寫入殘篇總斷腸。

從今後，伴茶爐經卷，自禮「空王」。⑫

【註釋】

①嶔崎：本指山勢高起，此指人的性情品行高超不俗。
②頭役：衙署中差役的頭目。
③危素：元時人，參與修宋遼金三史，降明後與宋濂同修《元史》，後被貶和州，年餘幽恨而死。
④余闕：元人，官參知政事，守安慶，死於陳友諒之難。為政嚴明，治軍有古良將風，文章氣魄渾厚，明初追謚忠宣。
⑤文行出處：文：道藝。行：品德。出處：用之則行、捨之則藏。代表士人的出仕隱退都應合理合義。
⑥火紙：紙上塗硝，易燃引火之物。
⑦桃源：晉陶潛作〈桃花源記〉，後世指樂土為世外桃源。
⑧變徵：七音之一，徵之變聲、較徵稍下。
⑨冶：冶遊。
⑩榭：台上有屋的建築物。
⑪滄浪：《孟子．離婁篇》：「滄浪之水清兮，可以濯吾纓；滄浪之水濁兮，可以濯吾足。」

⑫空王：佛家語，諸佛之通稱。諸佛以空無一切邪執之故，故稱空王。

【批評分析】

㈠翟買辦的狐假虎威，小人嘴臉。諸暨縣時知縣因攀附權勢而故意敬重士人，動機不正，不是出於本意，所以會有後來的惱怒。王冕的適性高潔，是《外史》中特別立在書前的理想典型人物。秦老的始終如一，誠樸可貴，母親臨終的一番話，代表說明了作者「人格比富貴可貴」的意識。王冕批評科舉，說：「這個法卻訂的不好，將來讀書人既有一條榮身之路，把那文行出處都看得輕了！」代表了作者「學問比八股可貴，作人比作官可貴」的觀念，洞見科舉學問狹窄，導致士人不學無術，苟且勢利的大弊，正是作者創作意識重點的表現。

㈡施御史之孫的仗勢凌人，襯托出平民高潔人物季遐年的人格；季遐年的書法藝術，高妙出於自得，尤其可貴。

㈢王太的棋藝高明，不肯和富貴中人相與，可見他只尊重藝術，不慕虛榮，平民人物，人格高潔。這是作者以明諷暗喻，敦世勵俗。

㈣蓋寬的言行，是個小型的杜少卿，不計較世態炎涼，安貧樂道，正可顯示他高潔的心志。

㈤由裁縫荊元的話：「……諸事都自由，我又不貪圖人家的富貴，又不伺候人家的顏色；天不收、地不管，還有什麼不快活的？」說明了「適性」人生的可貴，也正是作者的性格和人生觀的表白。

附錄

吳敬梓與《儒林外史》

一、作者研究

(一)先世與家人

在吳敬梓的〈移家賦〉中，作者自述是宗周後裔，是周太王次子仲雍第九十九世孫。先世原居浙東，明靖難之變時，其先人曾於南都為永樂作內應，事成封賞，「賜千戶之封、六合之地」，其後自六合遷全椒。

安徽全椒吳氏家族，可考的世系如下表：

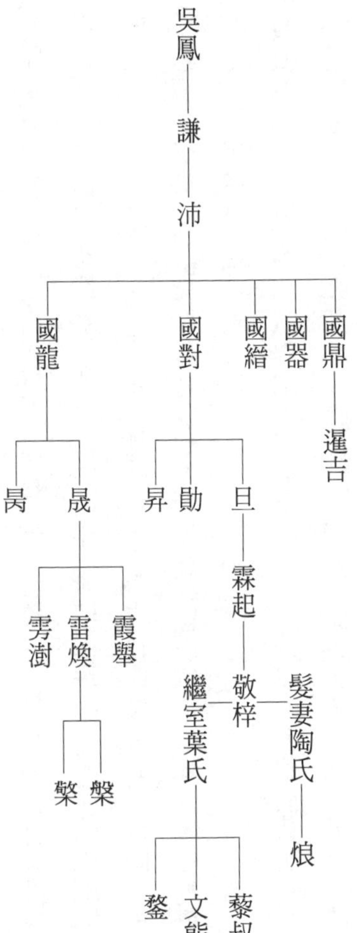

吳鳳的兒子吳謙，是一位孝悌君子，父親去世之後，為慈母之病而自習岐黃，精於針灸之術，奉侍老母到八十多歲無疾而終。對三位哥哥敬愛推讓，愛護諸姪如同己出。

吳謙的兒子吳沛，是一位廩生，生性孝友，因為生日與父親的忌日同一天，因此就終身不飲酒。著有《論文十二則》、《詩歌記序》、《詩經心解》六卷、《西墅草堂集》十二卷，道德文章，為東南學宗師。

吳沛有五個兒子：吳國鼎，崇禎十六年進士，授中書舍人，順治時與諸弟廬墓山中，布衣蔬食終身，著有《詩經講義》、《唐代詩選》等。吳國器，五兄弟中的唯一布衣，因家貧，諸兄弟業儒，遵父命獨任家務。性純孝，父病割股和藥，隱居讀書以終。吳國縉，順治壬辰進士、曾任江寧郡教授，捐資興修郡學房舍，著有《世書堂集》四十卷、《詩韻正》五卷。吳國對、吳國龍是一對孿生兄弟，國對是順治戊戌年的探花（第一甲第三名），任編修、典試福建，升國子司業，翰林院侍讀，提督順天學政，性篤孝，著有《賜書樓集》二十四卷。吳國龍是崇禎癸未年的進士，任戶部主事，其後返鄉廬墓，入清歷任工部給事中，河南道監察御史，兵科給事中，典試山東，禮科掌印給事中，著有《吳給諫奏稿》八卷，《心遠堂集》三十四卷。

吳國對的長子吳旦（敬梓的祖父），也是一位孝子，苦寒之日，用身體先溫被服，侍奉父親。他是一位增監生，考授州同知，著有《月潭集》。

吳旦的兒子吳霖起（敬梓的父親），康熙丙寅年拔貢，曾任江蘇贛榆縣教諭，為人耿介，學養博雅，孝行誠篤。

敬梓的髮妻陶氏，卒於敬梓廿八至卅歲之間，陶氏生子吳烺（ㄌㄤˇ lǎng），約生於康熙五十九年至雍正四年之間。乾隆十六年辛未，帝南巡，吳烺迎鑾，召試作賦，賜舉人，授內閣中書。其後官甯武府同知，署府篆。吳烺是清代的數學名家，以西法補正古經，對數學、曆算、等韻、詩詞都有研究，著有《周髀算經圖說》、《勾股算法》、《五音反切圖說》、《學宋齋詞韻》、《杉亭集》、《春華小草詩》、《靚妝詞鈔》等。

敬梓繼室葉氏，育有三子：次子名不可考，字藜叔，乾隆十三年前早亡。三子吳文熊，乾隆十八年舉人，二十七年官潮州普寧縣知縣。四子吳鍪，廩貢出身，由玉田縣丞升長良鄉，大興縣知縣，乾隆四十二年官遵化州知州。

全椒吳氏自吳沛以下，科第極盛：二代之中，吳沛的五個兒子，四成進士，其中吳國對是探花，國對的兒子吳昇是舉人，國龍的兒子吳晟是進士，吳昺是榜眼（第一甲第二名）。所以《外史》藉旁人之口讚揚「一門三鼎甲、四代六尚書」，其實只是二鼎甲，諸人任官也並未作到尚書，《外史》所列，仍是不免誇張。

㈡性格與生平

吳敬梓，字敏軒，一字文木，號粒民，安徽全椒人，清康熙四十（一七〇一）年生。敬梓的天資聰敏，讀書過目就能背誦。十三歲母親去世，十四歲隨父去贛榆縣教諭任所，二十二歲父親去官，次年逝世，而敬梓就在這年考中秀才。父親遺留下來的產業不少，約有二萬餘金。因為敬梓的生性豁達豪邁，最喜助人急難，無論識與不識，不辨急難真偽，一律有求必應；加上他喜歡冶遊，與文士們往來，飲酒遊樂，揮霍不善營生的結果，不到幾年，家產蕩盡。廿九歲曾至池州應舉人試，遭到白眼落第。家世科名難繼，祖業拋盡，漸至不容於鄉人。雍正十一（一七三三）年二月，敬梓年三十三，日漸困窮，而因性格倔強，不肯求助於人，加上奴僕捲款逃走，鄉人冷眼輕視，嘗盡人情冷暖的吳敬梓，不得已只好揮淚移家南京。

在南京卜居秦淮水榭河房，四方文酒之士來金陵的，都推敬梓為盟主。江寧雨花台有先賢祠，明代所建，記吳泰伯以下五百餘人，荒廢已久，敬梓響應整修，費用不夠，甚至賣掉全椒祖產老屋來促成其事。

乾隆六（一七三六）年三月，敬梓三十六歲，安徽巡撫趙國麟，上江督學鄭江荐舉他去應博學鴻詞廷試，因病不克上路。自此後就再也不應鄉舉，放棄了諸生所能參加的各種考試機會。以賣文為生，或種菜雜作，家境生活，愈形窘困。

程晉芳（敬梓之友，工辭章）在〈吳敬梓傳〉中記有：

「……乃移居江城東之大中橋，環堵蕭然，擁故書數十冊，旦夕自娛。窮極，則以書易米。或冬日苦寒，無酒食，邀同好汪京門、樊聖謨輩五六人，乘月出城南門，繞城堞行數十里，歌吟嘯呼，相與應和，逮明，入水西門，各大笑散去，夜夜如是，謂之『暖足』。」「余族伯祖麗山先生，與有姻連，時周之。方秋，霖潦三四日，族祖告諸子曰：『比日城中米奇貴，不知敏軒作何狀。可持米三斗、錢二千，往視之。』至，則不食二日矣。然先生得錢，則飲酒歌吶，未嘗為來日計。」

敬梓喜歡雲遊，足跡遍江淮南北。乾隆十六（一七五一）年，敬梓五十一歲。帝南巡，敬梓的長子吳烺迎鑾，召試奏賦，賜舉人，授內閣中書，敬梓高臥深藏，不以為意。吳烺雖然得官，但是家貧仍然如舊。敬梓晚年，研究經書，常說經書是人生立命之處。其後因吳烺之故，于乾隆十八（一七五三）年，被敕封文林郎內閣中書。

乾隆十九（一七五四）年，遇程晉芳於揚州，當時程也貧寒，敬梓握著老友的手，哭著說：「你也到了如我的地步，這種境遇不容易過呵！怎麼辦？」在揚州時，還取餘錢召集友朋飲酒，醉了就吟張祜的詩句：「人生只合揚州死！」果然在幾天之後，因痰壅的病死於揚州旅次，時為乾隆十九年十月廿八日。得年五十四歲。

敬梓去世之後，吳烺的同年王又曾正在揚州，告知轉運使盧見曾，成殮歸葬於金陵南郊。

敬梓的性格孝慈豁達，耿介豪放，一如祖父。而他的冶遊揮霍，不善營生，則又不同。功名不成，家業蕩盡，迫得破產移家，落魄貧困，雖然他生性灑脫，但人情的炎涼，現實生計的艱難，對他來說，仍是不無悔恨淒涼，在他的詩文中可以多見，如〈減字木蘭花〉詞中顯示的：

「田廬盡賣，鄉里傳為子弟戒。年少何人，肥馬輕裘笑我貧。」

「學書學劍，懊恨古人吾不見。株守殘編，落魄諸生十二年。」

「昔年遊冶，淮水鍾山朝復夜。金盡床頭，壯士逢人面帶羞。」

「文瀾學海，落筆千言從灑灑。家世科名，康了（落第）惟開㲘㲪聲（不捷而醉飽謂之打㲘㲪）。郎君乞相，新例入貲須少壯。西北長安，欲往從之行路難。」

言為心聲，從以上敬梓的作品可見，他並不是絕意功名，只是性格與環境，使得他坎坷終身。由於性格的豪爽而破產，由家業蕩盡而環境貧困，中間雖有荐舉鴻博的機會，又因病而不行，時乖運蹇，竟無轉機，終至於落魄潦倒而終。所謂「詩窮而後工」，文學作家，多有因為境遇困逆，迫使生命動力轉向，在文學作品中去寄託理想，表現自我，而求取渲洩之後的快慰平衡。古今中外的例子，不勝枚舉，如左丘失明，厥有《國語》；史遷受刑，方成《史記》；易卜生的母死破產，遂有《傀儡家庭》劇作；小仲馬不得親愛，假設《茶花女》以求自慰。所以日人廚川白村以為文學是為《苦悶的象徵》。我們一方面為吳敬梓的遭遇坎坷而深感悲憫同情；另一方面，又為他慶幸，正因為他有此困逆不平，所以特能專注凝聚他充沛的生命動力，寫出了不朽的文學傑作《儒林外史》。人生的得失互見，原是如此。

㈢著作：

吳敬梓的著作有：

《文木山房集》：是敬梓的詩文集，有四卷、八卷、十二卷本，今存有四卷本。

《詩說》：敬梓論詩的新見，部分已在《外史》中表現。今已失傳。

《史漢記擬》：敬梓史學方面的深造發表，書稿未完成，失傳。集外詩文，可得而知者有文一篇，詩廿五首，聯句一，零句二。

《儒林外史》。

二、作品研究

㈠版本

《儒林外史》約作於乾隆五年至十五年（一七四〇—一七五〇）。是為吳敬梓四十歲以後思想成熟之作。成書的正確年月已不可知。最初僅有鈔本流傳，其後金兆燕任揚州府教授時（乾隆卅三年至四十四年，一七六八—一七七九），刻印問世，自此之後，風行海內，傳本有五十卷本、五十五回本、五十六回本、六十回本。

五十卷本：清道咸年間猶存，其後不傳。

五十五回本：清同治八年蘇州書局刻本《儒林外史》，金和在「跋」中指出五十六回本末一回〈幽榜〉是妄人增列，陋劣不當，應刪去恢復五十五回原來面目。天目山樵於評本五十五回末也說〈幽榜〉一回是傖父所為的狗尾續貂，主張刪除或以附錄列後。五十五回《儒林外史》，自民國以來的版本有：民九年上海亞東圖書館排印本、民廿三年本（封面封底已毀，出版處所無考）、民廿四年上海世界書局排印本、民卅一年上海公益書局排印本、民四十六年臺灣正中書局版本、民四十七年香港商務印書館排印本、民五十三年臺灣文化圖書公司版本、民六十二年臺灣三民書局版本、民六十四年臺灣華正書局港商影印本、廣益書局排印本（出版年月不詳）。

五十六回《儒林外史》版本，最早刊者為嘉慶八（一八〇三）年的臥閒草堂本，以下為嘉慶廿一年藝古堂本、清江浦注體閣刊小本、同治八年群玉齋活字版大字本、蘇州書局活字本、同治十三年上海申報館第一次排印活字本、齊省堂增訂活字本、光緒七年申報館第二次排印活字本、民廿四年上海商務印書館排印本、民五九年臺灣商務印書館影印本。

六十回本所增回目，除五十六回〈幽榜〉一回外，於第四十三回中插入後半回，回目改為「劫私鹽地方官諱盜，追身價老貢生押房」。增列第四十四回「沈瓊枝救父居側室，宋為富種子乞仙丹」、第四十五四「滿月麟兒扶正室，春風燕子賀華堂」、第四十六回「假風騷萬家開廣慶，真血食兩父顯靈魂」，到第四十七回前半回：「吃官司鹽商破產，欺苗民邊鎮興師」，再續接原五十六回本的四十三回後半。插入的四回，寫沈瓊枝婚後的事，性行表現，與原作中沈瓊枝巾幗英雄的性行矛盾不合，乞仙借種一段，迷信猥褻，更不像是敬梓的風格。而且割裂拼湊、痕跡顯然，看來一定是後人的妄增，絕不是敬梓的手筆。六十回《儒林外史》版本有：光緒十四年齊省堂石印本、民國三年上海育文書局石印本、民國十六年上海愛古書店石印本。

㈡譯本、評本及研究參考專書

《外史》譯本有英文全譯本一種。日文全譯本三種：稻田孝譯，東京平凡社昭和四三年出版一種。岡本隆三譯，東京開成館昭和十九年出版一種。小田嶽夫、岡本隆三共譯，東方社一九四九年出版一種。另節譯本有英文四種，日文三種。

《外史》評本有光緒十一年寶文閣刊本，題為《儒林外史評》，下署「天目山樵戲筆」。

《外史》研究參考主要專書，日人香坂順一編著《儒林外史語彙索引》，是為研究《外史》的工具書。

鄭明娳著《儒林外史研究》（國立臺灣師範大學國文研究所碩士論文，指導教授楊昌年），刊於國文研究所集刊第二十一號（民六十六年出版）。

㈢《外史》的時代背景

《外史》假託明代，其實表現的正是作者吳敬梓身處的清康熙、雍正、乾隆三朝。傑作剖示了時代的背景的實況，重點如下：

異族統治下的思想箝制與懷柔籠絡：康、雍、乾三朝，正是清廷大興文字獄以壓制漢族士人的時候，文字獄的株連廣大，渲染酷毒，史實俱在，不再例述。由《外史》中盧信侯遭遇一節，就已可見小題大作，極權箝制思想言論自由的一斑。而清廷的統治，高壓與懷柔雙管齊下，除科舉以外，又設立博學鴻詞科等荐舉徵辟方式，用以籠絡漢族優秀士人，延攬為其所用。漢族士人之中，多有淡泊名利，不願接受籠絡的，如《外史》中的莊紹光力辭徵辟，隱居讀書，即是一例。

吏治結黨貪瀆與軍政腐敗：雍正之時，大臣鄂爾泰、張廷玉結黨對立，權臣的各立門戶，相為排擠，必然影響朝政黑暗不公。《外史》中莊紹光到京，太保公想要攬入門牆，莊紹光婉拒之後，太保公就在皇帝面前阻撓破壞，由此可見朋黨政治的黑暗嚴重。至於史治的腐敗貪墨，賄賂風行，到乾隆時代已成風氣，雖有重刑大獄，仍不能止。例如甘肅官吏的侵吞糧款，牽連者七十人，被戮的不下三十人，當時乾隆在諭旨中曾稱：「從來未有之奇貪異事。」就《外史》所述種種衙門黑幕來看，雖然吳敬梓的筆觸冷靜客觀，二百年後仍能使讀者們觸目驚心。「物必自腐，然後蟲生」，清室中衰的因素在此。再說軍政方面：清人入關之後，奢靡驕惰，士老兵疲，不但八旗昔年的強悍已失，而在三藩之役以後，綠營也已逐漸腐化。《外史》中蕭雲仙一段，據考證是年羹堯平桌子山、基子山之事；湯總鎮一節，考證是楊凱抗苗之事。其中顯示將官畏葸無能，敷衍冒功；而中樞朝廷又昏昧不明，賞罰不公。軍政黑暗如此，坐使英雄屈沉，軍旅戰力受到掣肘，士氣低落，積弊的嚴重，影響到國家實力不能保持長治久安。

科舉毒害與民生貧富的懸殊：科舉的毒害，有如顧炎武所說：「八股之害，等於焚書，而敗壞人材，有甚於咸陽之郊，所坑者豈共四百六十餘人也！」八股取士，命題範圍狹小，而評取又漫無標準。士人的中與不中，不靠才學，只靠運氣。近人齊如山《中國的科名》一書中舉晚清流行諺語為證：「窗下莫言命，場中不論文。」、「一財二命三風水，四積陰功五讀書。」如《外史》中所述的種種科場弊端，主觀好惡、人情關照、賄賂舞弊，不但顯示了八股取士的不公，更可看出，由於士人的鑽營，影響到世風的敗壞。所謂「士大夫之無恥，是為國恥」，吳敬梓所以在《外史》中著力描寫科舉醜態，就因為這正是使他最感到痛心的所在。

至於社會民生方面，貧富相差懸殊，富者日用千金，飲食窮極奢侈，而貧者每飯不過一二十文，僅能勉強維生，若遇天災，不免凍餒。康熙四十六年大旱，餓莩遍野，正如孟子所謂「樂歲終身苦，凶年不免於死亡」。《外史》中寫鹽商生活豪奢，萬雪齋生病的小妾已是第七位，宋為富說鹽商一年要娶七八個妾。而卅六回寫貧農無力買棺葬父，迫得投水自盡。貧富相差的天壤之別，影響到讀書人的氣節不能維持。科舉作官的知縣一年不下萬金，而科舉失意的寒士周進，教館一年只有十二兩，廿五回寫倪老爹甚至窮到賣兒子。現實迫壓之下，連衣食溫飽都難，影響到士人心性觀念的勢利現實，行為的卑劣趨下。

社會風俗的澆薄與禮教的毒害：這一點和民生經濟有著直接的關連，現實勢利的世風觀念，與風俗人情的澆薄互為表裡，導致社會風氣的全面敗壞趨下。而腐惡的禮教觀念，枷鎖人性，殺人而不見血，毒害人性而反得讚揚，據安徽《全椒志》資料，有清烈女，未婚夫死而守節不嫁的四人，已嫁夫死守節養姑的五人，嫁後夫死殉夫而死的十人。《外史》中王三姑娘之死一段，正是寫現實事。而在《外史》篇幅之中，人情冷暖，風俗澆薄，處處可見。社會風氣，禮教陋習，腐惡酷烈如此，真可使得現代讀者，為之驚詫憤恨，激動難安的了。

(四)《外史》人物考證

《外史》人物，十之八九，都是和作者同時代的人，發生的事件也是當時的事。敬梓所述既是真人事實，寫出來當然是不無顧忌；另一方面又擔心文字獄招禍，所以假託明代，這只是一種障眼法。其實連作者自己，就已列在《外史》人物之中，如果從敬梓的生平交遊，當時的史料、傳說、地方誌、詩文等資料中去對照尋索，研究是不難獲得明晰的。現在將《外史》重要人物的真實姓名身分，考證資料列出以供參考。

杜儀（少卿）就是作者自己。

盧博士（育德）是吳培源，名士，敬梓之友。

莊尚志是程延祚，名士，敬梓之友。

遲均（衡山）是樊明徵（聖謨）。敬梓的摯友，冬夜一齊繞走城堞的窮文士。

馬靜（馬二先生）是馮祚泰，曾遇假仙，直到卒年才與試中舉的老秀才。

牛布衣是朱卉（草衣），流落江南的老布衣，死在敬梓卒年之後，而《外史》中為了要寫牛浦冒名，預先寫出了這位老清客的死亡，可見敬梓創作《外史》的造境變化。權勿用影射是鏡，欺世盜名的偽君子。

向鼎（向道台）是商盤，才子，名士而仕宦為官的。

季萑（葦蕭）是李葂，有文才而落拓不遇，風流無行的文士。

荀玫是盧見曾，官兩淮鹽運使，敬梓客死揚州，就是他出資殯殮並且運柩返回南京的。

杜倩（慎卿）是吳檠，敬梓同高祖的從堂兄弟，貴公子，追逐功名的假名士。

高翰林是郭長源，雍正壬子年解元，傳聞他抄襲他人的試卷，不學無知，名不副實的名利中人。

盧德（信侯）是劉著，私藏抄本《方輿紀要》，文字獄案遷延近十年，父死家破。劉著其後更名湘煃，敬梓的長子吳烺曾跟著他學習算學。

沈瓊枝是張宛玉，袁枚《隨園詩話》裡所引的揚州女子。

湯奏（湯鎮台）是楊凱，任職辰州，與苗民相抗。

余特（余大先生）是金榘，敬梓的堂表兄弟，連襟。

王蘊（玉輝）是汪洽聞。三女夫死絕食以殉。

平少保是年羹堯，權臣、大將。
大保公是張廷玉，雍正朝的寵幸大臣。
鳳鳴歧（鳳四老爹）是甘鳳池，大俠。

㈤意識重點，特色與影響

《外史》創作的意識重點，特色與啟示影響，在前面導讀，和附列在各章之後的批評分析裡，部分都已經提出，現在再歸納列出綱目，以供讀者們參考。

《外史》的創作意識、重點兩大項：第一大項是社會寫實，以人物的行徑剖寫作者身處的時代全貌。在人與事的片段中，我們看清了那一時代讀書人的原形：為了現實名利而致力舉業、立身處世虛偽造作，盲從禮教陋習昏昧不明，登科作官的不學無品，科舉失意的精神漂泊，甚至招搖撞騙。而土豪劣紳的橫行鄉里，魚肉百姓，官場賄賂風行，吏治軍政腐敗黑暗，社會風尚的現實勢利，貧富懸殊的悲慘實況……禮教的腐惡與害人的八股使得讀書人淺狹卑劣，身為四民之首，中堅份子的士人既是如此，又哪能為民表率，影響風氣，促使社會正常進步，國家強盛？康、雍、乾三朝號稱有清一代的盛世，剖開的社會實況竟是如此！一葉知秋，有清一代的衰亡因素早已可見。

創作意識重點的第二大項，是作者鑒於讀書士人的嚴重缺失，提出他理想人生觀的啟示，眷戀儒家至善社會，推崇平民高潔人物，強調世俗的功名富貴不如人格德行學問。提出理想的典型，如王冕的適性高潔，虞博士的淡泊篤厚，莊紹光的素養渾雅，遲衡山的隆禮制樂，杜少卿的豪放磊落……來供讀者們參考。雖然事實上上列諸人也各有瑕疵缺失，但是通過《外史》的藝術手法，把這幾位重點人物的人格純淨化、鮮明化了，提昇到典型的層次，用以為敬梓標舉理想人生的範式，啟示讀者，促使品學高潔，實是用心良苦，意義深長。

《外史》的特色：筆者在前已經介紹了他可貴的客觀藝術手法，以及寫實諷刺足能表現當代、啟示後世的深廣內涵。除此二項以外，還有另兩項主要的特色：第一是主題的呈現特異，近人夏志清說：「《儒林外史》是一部在意識狀態上，完全擺脫一般人所信仰的宗教的諷刺寫實小說……吳敬梓也許可以說是代表著他同時代中不喜歡瀰漫一時的，迷信和佛家的因果報應觀的儒家知識份子，他表現出偉大的藝術勇氣，企圖把小說從宗教的枷鎖裡解救出來。」正因為《外史》擺脫了教化工具的束縛，所以能以新異之姿表現更深入，更廣闊的主題，全然不同於舊小說說教的窠臼模式，以純文學的創作大放華采。

第二項特色，表現的也是在破舊布新，《外史》在人物塑造上脫出窠臼，「瑕瑜並見於一人」的忠實手法，不同於善惡明晰始終不變的舊小說格套。如匡超人的性向轉變，王玉輝良知與禮教的心理掙扎……說明了人類的是非善惡常因時空環境的不同而有改變，這才是真實的人性，是生活在我們群中的活生生的人，不是故意刻鏤製造出來的假人。人類要讀，愛讀的是「人的文學」，惟有如此，才能親切。這一特色，最能符合現代文學的要求。

《外史》的影響：在前，筆者已談到《外史》的影響重點在現實的時代意義不受時空限制：《外史》中的人物至今仍鮮活地存在於我們的周遭，甚至部分就是讀者自己，那一時代的諸多闕失，也很可能已經重現於今日或是將要重演，《外史》啟示人性人生調適的作用是極為具體而重大的。除此以外，《外史》的主要影響還有兩項：第一是這本諷刺小說的傑作，直接影響到晚清譴責小說的產生，如《官場現形記》、《二十年目睹之怪現狀》等。但譴責與諷刺的藝術有別，譴責小說常因作者的不脫主觀而減弱了讀者的激動省思，比起《外史》的客觀自然來，藝術的高下明晰，明顯地可以看出不能相等並列。諷刺小說既有《外史》以壯闊先河表現於前，而影響繼作的竟然不能超越進展更形佳勝，就文學發展說很使我們惶惭，我們期待著這一系脈的小說創作能有突破。

第二是《外史》的文學藝術影響：夏志清分析說：「毫無疑問的，古典小說連《紅樓夢》在內，就難得如《儒林外史》寫出的白話那樣純粹而代表中國人的語言。由於晚清及民初以來小說家的模仿，《外史》的白話形式，極有力地影響著現代散文作家。」錢玄同也以為《外史》是「國語的文學」，認為《外史》的出現，是為「中國國語的文學完全成立的一個大紀元。」

《外史》雖不是毫無缺點，但由於風格活潑生動，刻劃中國文士階級和廣泛的社會眾生相細密深刻，全書充滿著濃郁親切的情味，許多的優點已使這部小說成為二百年來極為出色的傑作，在中國小說史占有高位，已是不爭的事實。其至西方學者也認為可以列於世界文學史傑作之林。就世界諷刺小說言，可與西班牙塞梵提斯（Miguel de Cervantes 1547-1616）的《唐，吉訶德》（《Don Quixote》），俄國果戈里（N. Gogol-Yanovski 1809-1853）的《巡按》（《Revizor》）（劇本譯名：《欽差大臣》）兩部諷刺傑作鼎立輝映。

中國歷代經典寶庫⑳

儒林外史——書生現形記

編　撰　者—楊昌年
編　　輯—康逸藍
責任企劃—洪小偉、楊齡媛
校　　對—謝家柔
總　編　輯—余宜芳
董　事　長—趙政岷
出　版　者—時報文化出版企業股份有限公司
108019台北市和平西路三段二四〇號三樓
發行專線—（〇二）二三〇六—六八四二
讀者服務專線—〇八〇〇—二三一—七〇五
（〇二）二三〇四—七一〇三
讀者服務傳真—（〇二）二三〇四—六八五八
郵撥—一九三四四七二四時報文化出版公司
信箱—10899臺北華江橋郵局第99信箱
時報悅讀網—http://www.readingtimes.com.tw
法律顧問—理律法律事務所　陳長文律師、李念祖律師
印　　刷—勁達印刷有限公司
五版一刷—二〇一二年六月十五日
五版三刷—二〇二三年二月六日
定　　價—新台幣二百五十元

時報文化出版公司成立於一九七五年，
並於一九九九年股票上櫃公開發行，於二〇〇八年脫離中時集團非屬旺中，
以「尊重智慧與創意的文化事業」為信念。

儒林外史：書生現形記 / 楊昌年編撰. -- 五版. -- 臺北市：時報文化, 2012.06
面；　公分. --（中國歷代經典寶庫；20）

ISBN 978-957-13-5561-0（平裝）

857.44　　101007104

ISBN 978-957-13-5561-0
Printed in Taiwan